UCIECZKA W DZICZ

ERIN HUNTER

UCIECZKA W DZICZ

WOJOWNICY

TOM I

Z angielskiego przełożyła
Katarzyna Krawczyk

nowa baśń

Tytuł oryginału:
Into the Wild

Redakcja
Aleksandra Kubisiak

Projekt typograficzny i łamanie
Grzegorz Kalisiak | *Pracownia Liternictwa i Grafiki*

Projekt graficzny okładki
Hauptmann & Kompanie Werbeagentur

Wydanie I

ISBN 978-83-65122-02-5

nowa baśń

Wydawnictwo Nowa Baśń
ul. Czechowska 10, 60-447 Poznań
www.nowabasn.com

Dla Billy'ego — który opuścił dom Dwunożnych,
by stać się wojownikiem.
Wciąż za nim tęsknimy.
I dla Benjamina, jego brata, który dołączył do
niego w Klanie Gwiazd.

Wyjątkowe podziękowania dla Kate Cary.

KLANY

KLAN PIORUNA

PRZYWÓDCZYNI	**Błękitna Gwiazda** — niebieskoszara kocica ze srebrnym połyskiem wokół nozdrzy
ZASTĘPCA	**Rudy Ogon** — mały szylkretowy kocur z charakterystycznym rudym ogonem **Uczeń: Zakurzona Łapa**
UZDROWICIELKA	**Nakrapiany Liść** — piękna ciemna szylkretowa kotka o niezwykłej nakrapianej sierści
WOJOWNICY	(koty i kotki bez młodych)
	Lwie Serce — wspaniały złocisty pręgowany kocur z sierścią gęstą jak lwia grzywa **Uczeń: Szara Łapa**
	Tygrysi Pazur — duży ciemnobrązowy pręgowany kocur o niezwykle długich pazurach przednich łap **Uczeń: Krucza Łapa**
	Biała Burza — duży biały kot **Uczeń: Piaskowa Łapa**
	Ciemna Pręga — czarno-szary pręgowany kocur krótkowłosy
	Długi Ogon — jasny kot z ciemnymi pręgami

Szybki Wiatr — szybki pręgowany kot

Wierzbowa Skóra — bardzo jasna szara kotka o niezwykle niebieskich oczach

Mysia Skóra — mała ciemnobrązowa kotka

UCZNIOWIE

(koty, które skończyły sześć księżyców, szkolące się na wojowników)

Zakurzona Łapa — ciemnobrązowy pręgowany kot

Szara Łapa — postawny szary kot o długiej sierści

Krucza Łapa — mały, chudy czarny kot z białą plamką na piersi i białym koniuszkiem ogona

Piaskowa Łapa — jasnoruda kotka

Ognista Łapa — ładny rudy kot

KRÓLOWE

(kotki oczekujące młodych lub opiekujące się nimi)

Oszronione Futro — piękna biała kotka o niebieskich oczach

Brązowy Pysk — ładna pręgowana kotka

Złoty Kwiat — kotka o jasnorudej sierści

Nakrapiany Ogon — jasno pręgowana kotka, najstarsza królowa

STARSI

(byli wojownicy i królowe)

Obcięty Ogon — duży ciemnobrązowy kocur z brakującą częścią ogona

Małe Ucho — szary kocur o bardzo małych uszach, najstarszy w Klanie Pioruna

Łatana Skóra — mały czarno-biały kocur

Jedno Oko — jasnoszara kocica, najstarsza samica w Klanie Pioruna; właściwie nie widzi i nie słyszy

Pstrokaty Ogon — niegdyś ładna szylkretowa kocica o pięknej cętkowanej sierści

KLAN CIENIA

PRZYWÓDCA	**Złamana Gwiazda** — długowłosy ciemno pręgowany kocur
ZASTĘPCA	**Czarna Stopa** — duży biały kocur o wielkich atramentowoczarnych łapach
UZDROWICIEL	**Cieknący Nos** — mały szaro-biały kocur
WOJOWNICY	**Gruby Ogon** — brązowy pręgowany kot **Uczeń: Brązowa Łapa**
	Głaz — srebrny pręgowany kot **Uczeń: Mokra Łapa**
	Podrapany Pysk — brązowy kocur poznaczony bliznami po bitwach **Uczeń: Mała Łapa**
	Nocna Skóra — czarny kot
KRÓLOWE	**Poranna Chmura** — mała pręgowana kotka

Jasny Kwiat — czarno-biała kotka

STARSI **Jesionowe Futro** — mały pręgowany kocur

KLAN WIATRU

PRZYWÓDCA **Wysoka Gwiazda** — czarno-biały kocur o bardzo długim ogonie

KLAN RZEKI

PRZYWÓDCA **Zakrzywiona Gwiazda** — wielki jasno pręgowany kocur z krzywą szczęką

ZASTĘPCA **Dębowe Serce** — rudawobrązowy kocur

KOTY NIE NALEŻĄCE DO KLANÓW

Żółty Kieł — stara ciemnoszara kocica o szerokim, spłaszczonym pysku

Łatek — pulchny, przyjazny czarno-biały kociak mieszkający w domu na skraju lasu

Jęczmień — czarno-biały kot mieszkający na farmie niedaleko lasu

Wysokie Skały
Gospodarstwo Jęczmienia
Obóz Klanu Wiatru
Cztery Drzewa
Wodospad
Sowie Drzewo
Rzeka
Słoneczne Skały
Obóz Klanu Rzeki

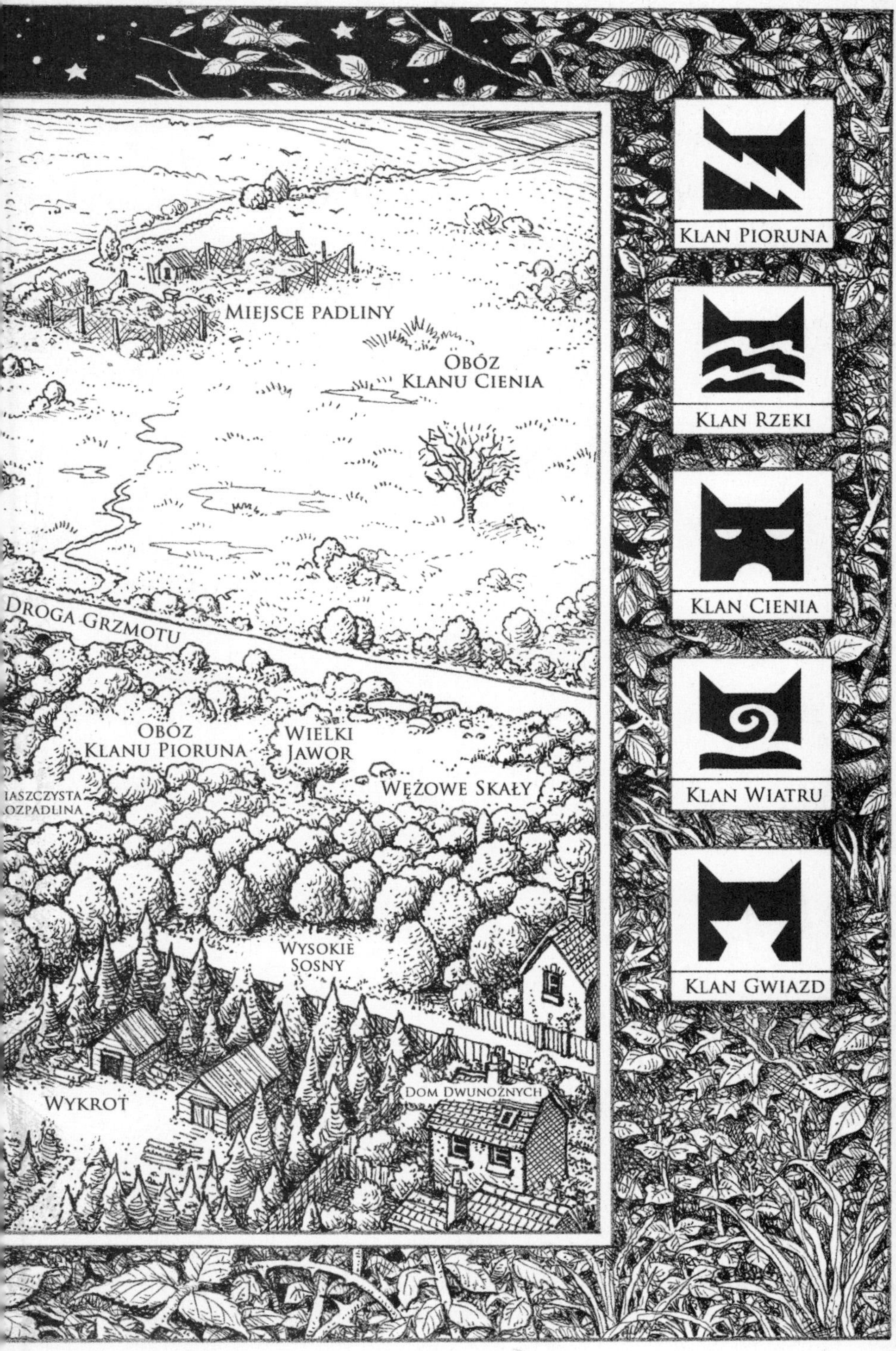
Miejsce padliny
Obóz Klanu Cienia
Droga Grzmotu
Obóz Klanu Pioruna
Wielki Jawor
Wężowe Skały
iaszczysta ozpadlina
Wysokie Sosny
Wykrot
Dom Dwunożnych
Klan Pioruna
Klan Rzeki
Klan Cienia
Klan Wiatru
Klan Gwiazd

Prolog

Blask księżyca odbijał się na granitowych skałach, barwiąc je srebrzyście. Ciszę przerywał tylko szum bystrej ciemnej rzeki i delikatny szelest liści w pobliskim lesie.

W cieniu coś się poruszyło, a na skały zaczęły wpełzać zwinne czarne sylwetki. Wysunięte pazury błyskały w świetle księżyca, czujne oczy lśniły bursztynowo. I nagle, jakby na sygnał, zwierzęta rzuciły się na siebie, a skały zaroiły się walczącymi, prychającymi kotami.

W samym środku kłębowiska sierści i pazurów potężny ciemno pręgowany kot przyszpilił złocistobrązowego rywala do ziemi i z triumfem uniósł głowę.

— Dębowe Serce! — warknął pręgowany. — Jak śmiesz polować na naszym terytorium? Słoneczne Skały należą do Klanu Pioruna!

— Dzisiaj przyłączymy je do terytorium Klanu Rzeki, Tygrysi Pazurze! — parsknął brązowy kocur.

Od strony brzegu dobiegł przenikliwy ostrzegawczy pisk.

— Uważaj! Nadchodzą wojownicy Klanu Rzeki!

Tygrysi Pazur odwrócił się; z wody u stóp skał wynurzały się kolejne koty. Przemoczeni wojownicy Klanu Rzeki wyskakiwali bezszelestnie na brzeg i nawet nie otrząsając futra z wody, rzucali się do bitwy.

Ciemno pręgowany samiec obrzucił Dębowe Serce wściekłym spojrzeniem.

— Pływacie jak wydry, ale w lesie nie macie czego szukać! — uniósł wargę i wyszczerzył kły na wijącego się w jego pazurach kocura.

Nad zgiełk bitwy wybił się rozpaczliwy wrzask kotki z Klanu Pioruna, rozpłaszczonej na brzuchu i przyciśniętej do ziemi przez żylastego brązowego wojownika z Klanu Rzeki, który nagle sięgnął do jej szyi szczękami wciąż jeszcze ociekającymi wodą po przepłynięciu rzeki.

Usłyszawszy jej krzyk, Tygrysi Pazur puścił Dębowe Serce. Jednym energicznym skokiem zrzucił wojownika z pleców kotki.

— Uciekaj, Mysia Skóro! — rozkazał i odwrócił się do wojownika Klanu Rzeki, który napadł kotkę. Mysia Skóra podniosła się niepewnie, krzywiąc się z bólu od głębokiego cięcia na łopatce, i rzuciła się do ucieczki.

Za jej plecami Tygrysi Pazur prychał z wściekłości, gdyż kocur z Klanu Rzeki rozciął mu nos. Nie zważając na zalewającą oczy krew, rzucił się do przodu i zatopił zęby w tylnej łapie wroga. Kocur z Klanu Rzeki wrzasnął i wyszarpnął łapę.

— Tygrysi Pazurze! — rozległ się wrzask wojownika z ogonem rudym jak lisia kita. — To nie ma sensu! Tych z Klanu Rzeki jest zbyt wielu!

— Nie, Rudy Ogonie! Nikt nie pokona Klanu Pioruna! — odkrzyknął Tygrysi Pazur, jednym skokiem stając u boku wojownika. — To nasze terytorium! — Krew spływała mu po ciemnych nozdrzach; strząsnął ją niecierpliwie, opryskując skały ciemnymi kroplami.

— Klan Pioruna doceni twoją odwagę, Tygrysi Pazurze, ale nie możemy już stracić ani jednego wojownika — nalegał Rudy Ogon. — Błękitna Gwiazda nigdy nie oczekuje od wojowników niemożliwego. Znajdziemy jeszcze okazję do pomsty za tę porażkę. — Nie spuścił oczu pod spojrzeniem Tygrysiego Pazura, potem wycofał się i wskoczył na głaz na skraju lasu.

— Odwrót! Klan Pioruna! Odwrót! — wrzasnął. Jego wojownicy zaczęli wyślizgiwać się i wywijać spod pazurów przeciwników. Prychając i sycząc, wycofywali się w stronę Rudego Ogona. Przez krótką chwilę wojownicy Klanu Rzeki wydawali się zdezorientowani. Czyżby zwycięstwo przyszło im aż tak łatwo? Dębowe Serce wydał okrzyk bojowy. Wojownicy Klanu Rzeki natychmiast dołączyli do swojego przywódcy i zaczęli wielogłosową pieśń zwycięstwa.

Rudy Ogon rozejrzał się po swoich wojownikach. Poruszył ogonem, dając sygnał do odwrotu. Członkowie Klanu Pioruna pobiegli na odległy skraj Słonecznych Skał, zeskoczyli w cień i zniknęli w lesie.

Tygrysi Pazur biegł na końcu. Na skraju lasu zawahał się na moment i odwrócił, by spojrzeć na zalane krwią pole bitwy. Oczy miał zmrużone w szparki, minę ponurą. Potem skoczył za swoim klanem w cichy las.

*

Na pustej polanie siedziała samotnie stara siwa kocica, wpatrzona w czyste nocne niebo. Wokół słyszała oddechy i poruszenia pogrążonych we śnie kotów.

Z ciemnego zakątka wynurzyła się kocica o szylkretowej sierści; szła szybkim, bezszelestnym krokiem.

Szara kocica pochyliła głowę w pozdrowieniu.

— Jak się ma Mysia Skóra? — miauknęła.

— Jej rany są głębokie, Błękitna Gwiazdo — odparła szylkretowa, sadowiąc się na chłodnej nocnej trawie. — Ale jest młoda i szybko dojdzie do siebie.

— A co z innymi?

— Również wyzdrowieją.

Błękitna Gwiazda westchnęła.

— Mamy szczęście, że tym razem nie straciliśmy żadnego z wojowników. Zdolna z ciebie uzdrowicielka, Nakrapiany Liściu. — Znów uniosła głowę ku gwiazdom. — Niepokoi mnie dzisiejsza porażka. Odkąd zostałam przywódczynią, Klan Pioruna nie dał się pokonać na swoim terytorium — wymruczała. — Dla klanu nastały trudne czasy. Pąki na drzewach pojawiają się późno, rodzi się mniej młodych. Jeśli Klan Pioruna ma przetrwać, potrzebuje więcej wojowników.

— Ale rok dopiero się zaczyna — zauważyła spokojnie Nakrapiany Liść. — Będzie ich więcej, kiedy liście się zazielenią.

Szara kocica poruszyła szerokimi barkami.

— Być może. Ale wyszkolenie kociąt na wojowników wymaga czasu. Jeśli Klan Pioruna ma bronić swojego terytorium, musi jak najszybciej znaleźć sobie nowych wojowników.

— Chcesz zapytać o radę Klan Gwiazdy? — miauknęła cicho Nakrapiany Liść, podążając za wzrokiem Błękitnej Gwiazdy i unosząc spojrzenie na rój gwiazd migoczących na ciemnym niebie.

— W takich czasach potrzebujemy słów starożytnych wojowników. Czy Klan Gwiazdy przemówił do ciebie? — zapytała Błękitna Gwiazda.

— Od kilku księżyców milczą, Błękitna Gwiazdo.

Nagle nad czubkami drzew przemknęła spadająca gwiazda. Nakrapiany Liść poruszyła ogonem i nastroszyła sierść.

Błękitna Gwiazda postawiła uszy, lecz zachowała milczenie, podczas gdy Nakrapiany Liść nadal wpatrywała się w niebo.

Po kilku chwilach Nakrapiany Liść opuściła głowę i spojrzała na Błękitną Gwiazdę.

— To była wiadomość z Klanu Gwiazdy — wymruczała, a jej spojrzenie zamgliło się. — Tylko ogień ocali nasz klan.

— Ogień? — powtórzyła Błękitna Gwiazda. — Ale przecież ogień wywołuje trwogę u wszystkich klanów! Jakże zdoła nas ocalić?

Nakrapiany Liść pokręciła głową.

— Nie wiem — przyznała. — Ale taką wiadomość przesłał mi Klan Gwiazdy.

Przywódczyni Klanu Pioruna wbiła wzrok w uzdrowicielkę.

— Nigdy dotąd się nie pomyliłaś, Nakrapiany Liściu — miauknęła. — Jeśli Klan Gwiazdy przemówił, to musi być prawda. Ogień ocali nasz klan.

Rozdział 1

Panowała zupełna ciemność. Rdzawy czuł coś w pobliżu. Młody kot otworzył szeroko oczy, wpatrując się w gęste poszycie lasu. Miejsce było mu nieznane, lecz nowe zapachy przyciągały go głębiej w mrok. W brzuchu mu burczało, przypominając o głodzie. Lekko otworzył pysk, by ciepłe zapachy lasu dotarły do kubków smakowych na podniebieniu. Zatęchłe zapachy gnijących liści zmieszane z kuszącym aromatem małego, pokrytego sierścią zwierzęcia.

Nagle obok przemknęła szara błyskawica. Rdzawy przystanął, nasłuchując. Zwierzę przyczaiło się mniej niż dwie długości ogona od niego. Wiedział, że to mysz, w głębi ucha słyszał szybkie bicie malutkiego serca. Przełknął, tłumiąc burczenie w żołądku. Niedługo zaspokoi głód.

Powoli przyczaił się i przygotował do ataku. Stał pod wiatr od myszy, wiedział, że ta go nie poczuje. Ostatni raz sprawdził położenie ofiary, wybił się mocno na zadnich łapach i skoczył, kopnięciem wyrzucając w górę opadłe liście.

Mysz pomknęła w stronę kryjówki w dziurze w ziemi. Rdzawy jednak już ją dopadł. Chwycił bezbronne stworzenie w ostre jak brzytwa pazury, uniósł i podrzucił wysoko nad zasłaną liśćmi ziemię. Mysz wylądowała oszołomiona, lecz żywa. Próbowała uciekać, ale Rdzawy znów ją złapał. Podrzucił mysz jeszcze raz, nieco wyżej. Mysz zdołała przebiec kilka kroków, lecz szybko ją dogonił.

Nagle w pobliżu rozległ się brzęk. Rdzawy rozejrzał się, a mysz korzystając z okazji, zdołała wyrwać mu się z pazurów. Kiedy się odwrócił, zobaczył, jak znika w ciemnej plątaninie korzeni drzew.

Rozzłoszczony, zrezygnował z polowania. Zawirował w miejscu, rozjarzonymi zielonymi oczami szukając źródła hałasu, który pozbawił go kolacji. Dźwięk nie zamilkł, stawał się coraz bardziej znajomy. Rdzawy zamrugał i otworzył oczy.

Las zniknął, a Rdzawy leżał skulony na swoim posłaniu w gorącej i dusznej kuchni. Przez okno wpadało światło księżyca, rzucając cienie na gładką, twardą podłogę. Hałasem okazał się brzęk suchych, kawałków karmy wsypywanych do miski, polowanie zaś było tylko snem.

Uniósł głowę i oparł podbródek na brzegu posłania. Obroża cisnęła go w szyję. We śnie czuł świeże powietrze pieszczące mu miękkie futro w miejscu zwykle uciskanym przez pasek. Rdzawy przetoczył się na plecy, przez kilka chwil jeszcze napawając się wspomnieniem. Nadal czuł zapach myszy. To już trzeci raz od pełni księżyca przyśnił mu się ten sen i za każdym razem mysz mu uciekała.

Oblizał wargi. Ze swego posłania czuł zapach karmy. Właściciele zawsze wieczorem napełniali mu miskę. Zapach kurzu przepłoszył ciepłe aromaty ze snu, lecz w brzuchu wciąż mu burczało. Rdzawy rozciągnął łapy, żeby się dobudzić, i podreptał przez kuchnię na kolację. Karma była sucha i nie miała smaku. Niechętnie przełknął jeszcze jeden kęs, potem odwrócił się od miski i przecisnął przez klapkę w drzwiach w nadziei, że zapach ogrodu pozwoli mu odtworzyć nastrój snu.

Księżyc świecił jasno, padał lekki deszcz. Rdzawy maszerował przez niewielki ogródek po oświetlonej blaskiem żwirowej alejce, czując pod łapami zimne i ostre kamyki. Załatwił swoje potrzeby pod dużym krzewem o lśniących zielonych liściach i ciężkich czerwonych kwiatach. Ich mdląco słodki zapach dominował pośród świeżego aromatu wilgotnego powietrza, więc kot zmarszczył pysk, by nie dopuścić go do nozdrzy.

Następnie usadowił się na szczycie słupka ogrodzenia wytyczającego granice jego ogrodu. Było to jego ulubione miejsce, gdyż sięgał stąd wzrokiem zarówno na podwórka sąsiadów, jak i do gęstego zielonego lasu po drugiej stronie ogrodzenia.

Deszcz ustał. Nisko przycięty trawnik za jego plecami skąpany był w księżycowej poświacie, lecz za ogrodzeniem między drzewami czaiły się cienie. Rdzawy uniósł nieco głowę i zaczął niuchać w wilgotnym powietrzu. Pod grubym futrem jego skóra była sucha i ciepła, lecz czuł ciężar kropel deszczu, które skrzyły się na jego rudej sierści.

Słyszał, jak właściciele po raz ostatni wołają go, a ich głos dobiega spod drzwi kuchennych. Gdyby poszedł teraz do domu, przyjęliby go dobrym słowem i pieszczotami, a potem wpuścili do łóżka, w którym mógłby się zwinąć w kłębek i mrucząc, grzać się w zagięciu kolan.

Tym razem jednak Rdzawy zignorował wołanie właścicieli i zwrócił spojrzenie z powrotem na las. Po deszczu orzeźwiający zapach drzew jeszcze nabrał świeżości.

Nagle poczuł, że jeży mu się sierść na karku. Czy coś się poruszyło? Czy ktoś go obserwuje? Rdzawy wlepił wzrok w przestrzeń przed sobą, lecz w przesyconej zapachem drzew ciemności nie dało się niczego dostrzec ani wywąchać. Z nową odwagą uniósł głowę, wstał i przeciągnął się, łapami chwytając za słupki przy furtce, prostując nogi i wyginając grzbiet. Zamknął oczy i znów wciągnął w nozdrza zapachy lasu. Zdawały się coś obiecywać, kusić, by ruszył przed siebie w rozszeptane cienie. Sprężył mięśnie i przysiadł na chwilę, potem lekko zeskoczył na drugą stronę płotu, na szorstką trawę. Przy lądowaniu w nocnej ciszy zabrzęczał dzwoneczek przymocowany do obroży.

— Dokąd się wybierasz, Rdzawy? — zamiauczał znajomy głos za plecami.

Rdzawy uniósł wzrok. Na ogrodzeniu balansował niezgrabnie czarno-biały kociak.

— Cześć, Łatek — odparł Rdzawy.

— Chyba nie zamierzasz wyjść do lasu? — Bursztynowe oczy Łatka miały wielkość spodków.

— Tylko zerknę — obiecał Rdzawy, z zakłopotaniem przestępując z łapy na łapę.

— Ja bym tam nie poszedł za nic. To niebezpieczne! — Łatek z niesmakiem zmarszczył nos. — Henryk mówił, że raz poszedł do lasu — uniósł głowę nad rząd ogrodzeń i nosem wskazał ogród, w którym mieszkał Henryk.

— Ten pręgowany spaślak nigdy nie postawił łapy w lesie! — parsknął z pogardą Rdzawy. — Od czasu wyjazdu do weterynarza prawie nie wychyla nosa poza swój ogród. Tylko by jadł i spał.

— Nie tylko. Złapał tam rudzika! — przekonywał Łatek.

— Jeśli nawet, to zrobił to przed weterynarzem. A teraz narzeka na ptaki, bo zakłócają mu sen!

— W każdym razie — ciągnął Łatek, nie zwracając uwagi na pogardę w głosie Rdzawego — Henryk mówił, że żyje tam mnóstwo groźnych zwierząt. Olbrzymie dzikie koty, które na śniadanie pożerają żywcem króliki, a na starych kościach ostrzą sobie pazury!

— Idę tylko się rozejrzeć — miauknął Rdzawy. — Niedługo wracam.

— Nie mów, że cię nie ostrzegałem! — zakończył czarno-biały kociak, odwrócił się i zeskoczył z płotu do własnego ogrodu.

Rdzawy przysiadł na ostrej trawie za ogrodowym płotem. Nerwowo polizał sobie bark, zastanawiając się, ile prawdy kryją w sobie rewelacje Łatka.

Nagle kątem oka dostrzegł jakieś poruszenie. Patrzył, jak drobnym krokiem coś niewielkiego przemyka pod gałązkami malin.

Instynktownie rozpłaszczył się na ziemi. Powolutku stawiając łapę za łapą, przesuwał się w stronę krzaków. Z postawionymi wysoko uszami i rozdętymi nozdrzami, nie mrugając, zbliżał się do zwierzątka. Widział je teraz wyraźnie: przycupnięte między kolczastymi gałązkami, obgryzało duże ziarenko, trzymając je w łapkach. Była to mysz.

Rdzawy zakołysał się lekko, gotów do skoku. Wstrzymał oddech, by dzwonek znów się nie odezwał. Krew w nim zagrała, serce biło mocno. To jeszcze lepsze od tamtego snu! Znienacka podskoczył na nagły trzask łamanych gałązek i deptanych liści. Dzwonek zadźwięczał zdradliwie, mysz czmychnęła w największą gęstwinę malin.

Rdzawy stał jak wmurowany, rozglądając się wokół. Dojrzał biały koniuszek kity, przesuwający się między wysokimi paprociami. Dobiegł go mocny, dziwny zapach. Zdecydowanie mięsożerca, ale ani kot, ani pies. Zdezorientowany Rdzawy zapomniał o myszy i z ciekawością śledził poruszenia ogona. Chętnie przyjrzałby mu się bliżej.

Ruszył przyczajony do przodu, wyostrzonymi zmysłami badał okolicę. Nagle doszedł go kolejny dźwięk. Dobiegał z tyłu, lecz wydawał się odległy i stłumiony. Rdzawy zastrzygł uszami, by lepiej słyszeć. „Odgłos łap?” — zastanawiał się, nie odrywając spojrzenia od rudego ogona przed sobą i dalej skradając się w jego kierunku. Dopiero kiedy lekki szelest za plecami zamienił się w głośny, szybko przybliżający się trzask, kociak zdał sobie sprawę z zagrożenia.

Zwierzę spadło na niego jak grom z jasnego nieba i siłą rozpędu odrzuciło na kępę pokrzyw. Wijąc się i sycząc, próbował zrzucić wczepionego w grzbiet napastnika, trzymającego go w uścisku niezwykle ostrych pazurów. Rdzawy poczuł też ostre kły, wbijające mu się w kark. Wił się i wykręcał całe ciało, lecz nie mógł się uwolnić. Przez moment czuł się bezbronny, nagle zastygł w bezruchu. W mgnieniu oka ułożył plan i rzucił się na plecy. Instynkt podpowiadał, że odsłanianie miękkiego brzucha jest niezwykle niebezpieczne, lecz była to jedyna szansa.

Szczęście mu sprzyjało — podstęp wydawał się działać. Spod spodu rozległo się pufnięcie, świadczące o tym, że napastnik stracił dech. Miotając się dziko, Rdzawy w końcu się wyswobodził i nie oglądając się za siebie, pognał do domu.

Tupot łap wskazywał, że napastnik rzucił się w pogoń. Mimo palącego bólu zadrapań pod sierścią, Rdzawy postanowił raczej stanąć do otwartej walki, niż dać się zaskoczyć od tyłu.

Zatrzymał się gwałtownie, błyskawicznie odwrócił i stanął na wprost prześladowcy.

Był to także kot — o gęstej, zmierzwionej szarej sierści, mocnych nogach i szerokim pyszczku. Rdzawy od razu wyczuł, że to samiec, i poczuł siłę mięśni ukrytych pod miękkim futerkiem. W następnej chwili kot pędem wpadł na Rdzawego, a zaskoczony jego nagłym przystanięciem, odbił się od niego i przewrócił.

Rdzawy stracił dech od uderzenia i zatoczył się do tyłu. Szybko jednak odzyskał równowagę, wygiął grzbiet i nastroszył rudawe futerko, gotów skoczyć na przeciwnika. Jednak napastnik tylko usiadł i zaczął lizać łapę, już bez śladu agresji.

Rdzawy poczuł dziwne rozczarowanie. Całe ciało miał sprężone, gotowe do bitwy.

— Hej, koteczku! — zawołał szary kot pogodnie. — Jak na oswojonego pieszczocha całkiem nieźle się bronisz!

Rdzawy jeszcze przez sekundę stał spięty, zastanawiając się, czy nie zaatakować. Szybko przypomniał sobie jednak siłę łap, które przyszpiliły go do ziemi. Schował pazury, rozluźnił mięśnie i rozprostował grzbiet.

— I jeśli trzeba, znów będę się bronił — warknął.

— A przy okazji, mam na imię Szara Łapa — ciągnął szary kot, ignorując groźbę. — Szkolę się na wojownika Klanu Pioruna.

Rdzawy nie odezwał się. Nie rozumiał znaczenia słów Szarej Łapy, lecz wyczuł, iż zagrożenie minęło. Ukrył zdziwienie, pochylając głowę i liżąc sobie zmierzwione futro na piersi.

— Co taki domowy kociak jak ty robi w lesie? Nie wiesz, że tu jest niebezpiecznie? — zapytał Szara Łapa.

— Jeśli to ty jesteś największym niebezpieczeństwem w tym lesie, to chyba jakoś sobie z nim poradzę — odparł zuchowato Rdzawy.

Szara Łapa zmierzył go spojrzeniem zmrużonych żółtych oczu.

— Och, zdecydowanie nie jestem największym niebezpieczeństwem. Gdybym był chociaż w połowie wojownikiem, takiemu intruzowi zostawiłbym na pamiątkę kilka prawdziwych ran.

Rdzawy poczuł dreszcz strachu na te pogróżki. Co miał na myśli obcy, mówiąc o intruzie?

— Zresztą — miauczał dalej Szara Łapa, ostrymi zębami wyciągając sobie źdźbła trawy spomiędzy pazurów — nie chciało mi się zadawać ci ran. Widać od razu, że nie należysz do żadnego z innych klanów.

— Innych klanów? — powtórzył oszołomiony Rdzawy.

Szara Łapa syknął zniecierpliwiony.

— Na pewno słyszałeś o czterech klanach wojowników, które polują w okolicy! Ja należę do Klanu Pioruna. Inne klany wciąż próbują podkradać nam zwierzynę z terytorium, a celuje w tym Klan Cienia. Oni na pewno rozerwaliby cię na kawałki bez zadawania pytań, są naprawdę bezwzględni.

Szara Łapa przerwał na chwilę, prychnął z gniewem i ciągnął:

— Zabierają zwierzynę, która wedle prawa należy do nas. Wojownicy Klanu Pioruna mają za zadanie trzymać ich z dala od granic naszego terytorium. Jak skończę szkolenie, będę najgroźniejszy, inne klany będą drżały tak, że z nich pchły pospadają! Nigdy już nie odważą się podejść do naszych granic!

Rdzawy zmrużył oczy. To na pewno jeden z tych dzikich kotów, przed którymi ostrzegał go Łatek! Żyły w lesie, polowały i walczyły między sobą o każdy kęs pożywienia. A jednak Rdzawy nie bał się. Właściwie pewny siebie młodziak wręcz mu zaimponował.

— Tak więc nie jesteś jeszcze wojownikiem? — zapytał.

— Dlaczego? Tak myślałeś? — Szara Łapa zamruczał dumnie, po czym potrząsnął szeroką, puszystą głową. — Jeszcze dużo czasu minie, zanim nim zostanę. Najpierw muszę skończyć szkolenie. Kociaki muszą skończyć sześć miesięcy, zanim w ogóle je zaczną. Dzisiaj jest moja pierwsza noc jako ucznia.

— A może zamiast tego znajdziesz sobie właściciela z miłym, przytulnym domem? Żyłoby ci się znacznie łatwiej — podsunął Rdzawy. — Mnóstwo ludzi z domów wokół wziąłoby takiego kociaka jak ty. Wystarczy, że przez kilka dni posiedzisz w widocznym miejscu i będziesz wyglądał na głodnego...

— I będą mnie karmić króliczymi bobkami i śmierdzącą breją! — wpadł mu w słowo Szara Łapa. — Nigdy! Nie wyobrażam sobie losu gorszego, niż być domowym kotem! To tylko zabawki Dwunożnych! Jedzą coś, co nawet nie przypomina pożywienia, załatwiają się do pudełka z piaskiem i wysuwają nosy na dwór tylko wtedy, kiedy Dwunożni im pozwolą! To nie życie! Tutaj jest niebezpiecznie, ale jest wolność. Chodzimy, gdzie chcemy — zakończył przemowę dumnym prychnięciem i miauknął psotnie. — Nie znasz życia, dopóki nie spróbujesz świeżo zabitej myszki. Czy kiedykolwiek jadłeś mysz?

— Nie — przyznał z lekkim oporem Rdzawy. — Jeszcze nie.

— No to chyba nie zrozumiesz — westchnął Szara Łapa. — Nie urodziłeś się na wolności, a to wielka różnica. Trzeba mieć w żyłach krew wojownika lub poczuć na wąsach powiew wiatru. Kociaki urodzone w domach Dwunożnych nigdy tego nie zrozumieją.

Rdzawy przypomniał sobie uczucie przepełniające go we śnie.

— Nieprawda! — miauknął z oburzeniem.

Szara Łapa nie odpowiedział. Nagle zesztywniał w połowie lizania, z jedną łapą uniesioną, i zaczął węszyć.

— Czuję koty z mojego klanu — syknął. — Powinieneś iść. Nie ucieszą się, jak cię zastaną na naszym terytorium!

Rdzawy rozejrzał się wokół, zastanawiając się, skąd Szara Łapa wie o zbliżających się kotach. Wyczuł jedynie przepełniony zapachem liści powiew wiatru. Jednak naglący ton Szarej Łapy zjeżył mu sierść.

— Szybko! — syczał Szara Łapa. — Uciekaj!

Rdzawy przygotował się do skoku w krzaki, lecz nie wiedział, w którą stronę uciekać.

Nie zdążył. Za jego plecami ktoś miauknął ostro i groźnie.

— Co się tutaj dzieje?

Rdzawy odwrócił się; na polankę dostojnym krokiem wchodziła duża szara kocica. Była wspaniała. Białe kosmyki znaczyły jej pysk, na barkach szpetna blizna przecinała sierść, która w świetle księżyca lśniła srebrem.

— Błękitna Gwiazda! — Szara Łapa przywarł do ziemi obok Rdzawego i zmrużył oczy. Rozpłaszczył się jeszcze mocniej, kiedy na polanę wkroczył kolejny, złocisty pręgowany kocur.

— Nie powinieneś zbliżać się do domostwa Dwunożnych, Szara Łapo! — zganił go złocisty, z gniewem mrużąc zielone oczy.

— Wiem, Lwie Serce, przepraszam. — Szara Łapa wbił wzrok w swoje łapy.

Za jego przykładem Rdzawy skulił się nisko przy ziemi, poruszając nerwowo uszami. W tych kotach drzemała siła, jakiej nigdy nie wyczuwał w swoich znajomych z ogrodu. Może ostrzeżenia Łatka jednak kryły w sobie prawdę.

— Kto to jest? — zapytała kocica.

— Nie jest groźny — odparł Szara Łapa szybko. — Nie jest wojownikiem klanów, to tylko domowy kot Dwunożnych spoza naszych terytoriów.

„Tylko domowy kot Dwunożnych"! Krew zawrzała Rdzawemu w żyłach, lecz zdołał utrzymać język za zębami. W spojrzeniu Błękitnej Gwiazdy dostrzegł ostrzeżenie — znak, że zauważyła gniew w jego oczach. Odwrócił wzrok.

— To przywódczyni mojego klanu, Błękitna Gwiazda! — syknął do niego Szara Łapa ledwie dosłyszalnie. — I Lwie Serce, mój mentor. To znaczy, że on mnie szkoli na wojownika.

— Dziękuję za przedstawienie nas, Szara Łapo — odezwał się Lwie Serce chłodno.

Błękitna Gwiazda wciąż wpatrywała się w Rdzawego.

— Jak na domowego kota Dwunożnych dobrze walczysz — miauknęła.

Rdzawy i Szara Łapa wymienili zdezorientowane spojrzenia. Skąd wie?

— Obserwowaliśmy was obu — ciągnęła Błękitna Gwiazda, jakby czytała w ich myślach. — Zastanawialiśmy się, jak sobie poradzisz z intruzem, Szara Łapo. Odważnie go zaatakowałeś.

Szara Łapa rozpromienił się na tę pochwałę.

— Usiądźcie obaj! — Błękitna Gwiazda spojrzała na Rdzawego. — Ty też, kocie domowy.

Natychmiast usiadł i nie opuszczając oczu pod spojrzeniem Błękitnej Gwiazdy, wysłuchał jej słów.

— Dobrze zareagowałeś na atak, kociaku. Szara Łapa jest od ciebie silniejszy, lecz ty broniłeś się, używając głowy. Kiedy cię gonił, stawiłeś mu czoła. Nigdy dotąd nie widziałam, by jakikolwiek kot domowy tak się zachował.

Rdzawy z trudem kiwnął głową w podziękowaniu, zaskoczony nieoczekiwaną pochwałą. Jej dalsze słowa zaskoczyły go jeszcze bardziej.

— Zastanawiałam się, jak sobie poradzisz w dziczy, poza domem Dwunożnych. Często patrolujemy tę okolicę, wtedy widuję cię siedzącego na granicy twojego terenu i wpatrzonego w las. Wreszcie zdobyłeś się na odwagę i postawiłeś łapę na nowym lądzie. — Błękitna Gwiazda z namysłem patrzyła na Rdzawego. — Jak się zdaje, masz wrodzony talent do polowania. Dobry wzrok. Gdybyś się tak długo nie zastanawiał, złapałbyś tę mysz.

— Na... naprawdę? — zająknął się Rdzawy.

Lwie Serce wtrącił się tonem pełnym szacunku, lecz i naglącym:

— Błękitna Gwiazdo, to kot domowy. Nie powinien polować na terenach Klanu Pioruna. Odeślij go do domu, do Dwunożnych!

Rdzawy poczuł swędzenie łap na te pogardliwe słowa.

— Odesłać mnie do domu? — miauknął niecierpliwie. Pochwała Błękitnej Gwiazdy sprawiła, że poczuł dumę z siebie. Zauważyła go, zrobił na niej wrażenie. — Ale przecież chciałem tylko złapać mysz albo dwie. Na pewno wystarczy ich dla wszystkich.

Błękitna Gwiazda odwróciła się do Lwiego Serca, uznając słuszność jego słów. Teraz z powrotem zwróciła szybkie spojrzenie na Rdzawego. Tym razem w błękitnych oczach palił się gniew.

— Nigdy nie wystarcza dla wszystkich — parsknęła ostro. — Gdybyś nie żył sobie wygodnie, przekarmiany przez właścicieli, wiedziałbyś o tym!

Rdzawy, zdezorientowany nagłym wybuchem gniewu Błękitnej Gwiazdy, zerknął na przerażony pysk Szarej Łapy i zrozumiał, że posunął się za daleko. Lwie Serce stanął przy boku przywódczyni klanu, dwoje wojowników górowało nad nim. Rdzawy zerknął w groźne oczy

Błękitnej Gwiazdy i poczuł, jak jego duma topnieje. To nie są rozpuszczone domowe koty, spędzające czas przy kominku. To dzikie, wygłodniałe bestie, które zapewne dokończą dzieła Szarej Łapy.

Rozdział 2

— Więc? — wysyczała Błękitna Gwiazda, przybliżając do niego pyszczek zaledwie na długość myszy. Lwie Serce w milczeniu spoglądał na Rdzawego z góry.

Kociak położył po sobie uszy i przykucnął pod zimnym spojrzeniem złocistego wojownika. Nagle poczuł się niewygodnie we własnym futrze.

— W żaden sposób nie zagrażam twojemu klanowi — miauknął, spuszczając wzrok na swoje drżące łapy.

— Zagrażasz naszemu klanowi, gdy zabierasz nasze jedzenie! — wrzasnęła Błękitna Gwiazda. — W swoim gnieździe Dwunożnych masz wszystkiego w bród. Przychodzisz tu polować dla zabawy, a dla nas to kwestia życia i śmierci.

Prawda słów królowej wojowników przeszyła Rdzawego jak cierń; wreszcie zrozumiał przyczynę jej gniewu. Przestał drżeć, usiadł i postawił uszy. Uniósł oczy i napotkał jej spojrzenie.

— Nie pomyślałem o tym wcześniej. Przepraszam — miauknął poważnie. — Nie będę tu więcej polował.

Błękitna Gwiazda przestała stroszyć sierść na grzbiecie i dała znak Lwiemu Sercu, by cofnął się o krok.

— Jesteś niezwykłym kociakiem, Rdzawy — przyznała.

Westchnienie ulgi, które wydał Szara Łapa, sprawiło, że Rdzawy zastrzygł uszami. Usłyszał aprobatę w głosie Błękitnej Gwiazdy i zauważył, że wymieniła z Lwim Sercem znaczące spojrzenie. Zaciekawił się. Co chciało sobie przekazać tych dwoje wojowników?

Zapytał cicho:

— Czy naprawdę tak trudno tu przeżyć?

— Nasze terytorium obejmuje tylko część lasu — odpowiedziała Błękitna Gwiazda. — O to, co mamy, rywalizujemy z innymi klanami. A późne pojawienie się nowych liści oznacza brak zwierzyny.

— Czy wasz klan jest duży? — wypytywał Rdzawy z szeroko otwartymi oczami.

— Wystarczająco — odparła Błękitna Gwiazda. — Nasze terytorium jest w stanie wyżywić nas, ale nikogo więcej.

— Zatem wszyscy jesteście wojownikami? — miauknął Rdzawy. Powściągliwe odpowiedzi coraz bardziej zaostrzały jego ciekawość.

Tym razem odpowiedzi udzielił Lwie Serce.

— Niektórzy tak. Inni są zbyt młodzi lub zbyt starzy, albo zbyt zajęci opieką nad młodymi, by polować.

— I wszyscy żyjecie razem i dzielicie się wspólnie łupami! — zamruczał z podziwem Rdzawy, czując się trochę winny w powodu własnego wygodnego, samolubnego życia.

Błękitna Gwiazda ponownie spojrzała na Lwie Serce, który odpowiedział równie długim spojrzeniem. Wreszcie zwróciła wzrok na Rdzawego i zamiauczała:

— Może powinieneś sam dowiedzieć się niektórych rzeczy. Czy chciałbyś dołączyć do Klanu Pioruna?

Rdzawy ze zdumienia nie potrafił znaleźć słów odpowiedzi.

Błękitna Gwiazda ciągnęła:

— Jeśli to zrobisz, powinieneś potrenować z Szarą Łapą, by stać się wojownikiem klanu.

— Ale domowe kociaki nie mogą być wojownikami! — wyrwał się Szara Łapa. — Nie mają w sobie krwi wojowników!

Oczy Błękitnej Gwiazdy zaszły mgłą smutku.

— Krew wojowników... — powtórzyła z westchnieniem. — Zbyt wiele jej się ostatnio polało.

Zamilkła, a głos zabrał Lwie Serce.

— Błękitna Gwiazda proponuje ci tylko naukę, młodzieńcze. Nie ma żadnej pewności, że zostaniesz prawdziwym wojownikiem. To może okazać się dla ciebie zbyt trudne. Przecież jesteś przyzwyczajony do życia w wygodzie.

Słowa Lwiego Serca ukłuły dumę Rdzawego, który odwrócił głowę w stronę złotego kocura.

— Dlaczego zatem dajecie mi szansę?

Ale to Błękitna Gwiazda odpowiedziała.

— Masz rację, zapytując o nasze motywy, młodzieńcze. Fakty są takie, że Klan Pioruna potrzebuje więcej wojowników.

— Rozumiesz, że Błękitna Gwiazda nie składa tej propozycji lekko — ostrzegł Lwie Serce. — Jeśli chcesz z nami trenować, musimy przyjąć cię do naszego klanu. Musisz albo żyć z nami według naszych zwyczajów, albo wrócić do swoich Dwunożnych i nigdy więcej się tu nie pokazywać. Nie możesz żyć w rozkroku, każdą łapą w innym świecie.

Chłodnawy wiaterek poruszył zarośla, mierzwiąc futro Rdzawego. Kot zadrżał, lecz nie z zimna, tylko z radosnego podniecenia na myśl o niewiarygodnych możliwościach, jakie się przed nim otwierały.

— Zastanawiasz się, czy warto porzucić swoje wygodne życie domowego kociaka? — zapytała łagodnie Błękitna Gwiazda. — Lecz czy zdajesz sobie sprawę, jaką cenę zapłacisz za swoje ciepło i jedzenie?

Rdzawy spojrzał na nią zmieszany. Z pewnością spotkanie z tymi kotami dowiodło mu, jak łatwe i luksusowe życie prowadzi.

— Mogę powiedzieć ci, że jesteś wciąż kocurkiem — dodała Błękitna Gwiazda. — Pomimo tego smrodu Dwunożnych, który przenika twoje futro.

— Co masz na myśli, mówiąc, że wciąż jestem kocurkiem?

— Dwunożni nie zabrali cię jeszcze na wizytę do Obcinacza — oznajmiła poważnie Błękitna Gwiazda. — Byłbyś wtedy zupełnie inny. Podejrzewam, że nie tak chętny do stawienia czoła kotu z klanu!

W pierwszej chwili Rdzawy nie zrozumiał, o co chodzi, ale przyszedł mu na myśl Henryk, który od czasu wizyty u weterynarza przytył i rozleniwił się. Czy to miała na myśli Błękitna Gwiazda, mówiąc o Obcinaczu?

— Klan nie zapewni ci tak łatwo strawy albo ciepła — ciągnęła Błękitna Gwiazda. — W bezlistnej porze roku noce w lesie mogą być bardzo ciężkie. Klan żąda głębokiej lojalności i ciężkiej pracy. Jeśli okaże się to konieczne, będzie oczekiwać od ciebie obrony, nawet z poświęceniem życia. I jest wiele gąb do wykarmienia. Ale korzyści są ogromne. Pozostaniesz samcem. Nauczysz się życia na wolności. Dowiesz się, co to znaczy być prawdziwym kotem. Siła klanu i twoich towarzyszy zawsze będą z tobą, nawet na polowaniu w pojedynkę.

Rdzawemu zakręciło się w głowie. Błękitna Gwiazda proponowała mu to kuszące życie, które tyle razy przeżywał w swoich snach, ale czy umiałby żyć w ten sposób w rzeczywistości?

Lwie Serce przerwał jego rozmyślania.

— Chodź, Błękitna Gwiazdo, nie marnujmy już czasu. Musimy dołączyć do drugiego patrolu, dopóki świeci księżyc. Tygrysi Pazur będzie się zastanawiał, co się z nami stało.

Wstał i machnął niecierpliwie ogonem.

— Poczekajcie — miauknął Rdzawy. — Mogę przemyśleć waszą propozycję?

Błękitna Gwiazda przyglądała mu się przez długą chwilę, po czym kiwnęła głową.

— Lwie Serce będzie tu jutro w południe — powiedziała. — Wtedy przekażesz mu swoją odpowiedź.

Zamruczała cichy sygnał; trzy koty tym samym ruchem odwróciły się i zniknęły w zaroślach.

Rdzawy zamrugał. Rozemocjonowany, niepewny, uniósł wzrok ku górze, gdzie wysoko nad baldachimem liści paproci na bezchmurnym niebie migotały gwiazdy. Ciężki zapach kotów z klanu wciąż wisiał w nocnym powietrzu. A gdy odwrócił się i ruszył do domu, doznał dziwnego wrażenia, jakby coś ciągnęło go z powrotem w głąb lasu. Delikatny wiatr cudownie igrał z jego futrem, a szelest liści zdawał się szeptać w cieniu jego imię.

Rozdział 3

Rano, gdy Rdzawy odsypiał nocną włóczęgę, ponownie śnił o myszy, bardziej nawet realistycznie niż poprzednio. Wolny od obroży, w świetle księżyca tropił płochliwe stworzenie. Tym razem jednak zdawał sobie sprawę, iż jest obserwowany, gdyż w cieniu lasu widział dziesiątki świecących żółtych oczu. Koci klan wszedł do świata jego snu.

Rdzawy obudził się i zamrugał w jaskrawych promieniach słońca odbijających się w kuchennej podłodze. Futro miał puszyste i ciepłe; do jednej miski dosypano jedzenia, drugą wypłukano i napełniono gorzką w smaku wodą Dwunożnych. Rdzawy wolał pić z kałuż na zewnątrz, jednak musiał przyznać, że w upał, gdy usychał z pragnienia, łatwiej było chłeptać wodę w domu. Naprawdę mógłby porzucić to przyjemne życie?

Zjadł, następnie pchnął klapkę kociego wyjścia do ogrodu. Dzień zapowiadał się ciepły, a ogród przepełniał intensywny zapach wczesnych kwiatów.

— Cześć, Rdzawy! — dobiegło miauknięcie z ogrodzenia. To był Łatek. — Powinieneś wstać godzinę temu. Młode wróble wyleciały na pierwszą wycieczkę, rozprostować skrzydła.

— Złapałeś jakiegoś? — zapytał Rdzawy.

Łatek ziewnął i oblizał nos.

— Szkoda zachodu, najadłem się w domu. A dlaczego właściwie nie wyszedłeś wcześniej? Wczoraj skarżyłeś się na Henryka, że ciągle śpi, a dziś zachowujesz się niewiele lepiej od niego.

Rdzawy usiadł na chłodnej ziemi obok ogrodzenia i zawinął ogon wokół przednich łap.

— Wczoraj wieczorem byłem w lesie — przypomniał swojemu przyjacielowi. Na samo wspomnienie poczuł, jak krew zaczyna wrzeć mu w żyłach, a futro się stroszy.

Łatek spojrzał na niego z góry, a oczy mu się rozszerzyły.

— No tak, zapomniałem! I jak było? Złapałeś coś? Albo czy coś złapało ciebie?

Rdzawy milczał chwilę, nie bardzo wiedząc, jak opowiedzieć staremu przyjacielowi, co się wydarzyło.

— Spotkałem dzikie koty — zaczął.

— Co?! — Łatek był najwyraźniej wstrząśnięty. — Wdałeś się w bójkę?

— Mniej więcej. — Rdzawy przypomniał sobie siłę dzikich kotów i znów poczuł dreszcz energii przebiegający przez jego ciało.

— Zrobiły ci coś? Co się stało? — dopytywał zaintrygowany Łatek.

— Były trzy. Większe i silniejsze od każdego z nas.

— I walczyłeś ze wszystkimi trzema naraz! — wtrącił Łatek, którego ogon drgał w napięciu.

— Nie! — miauknął pospiesznie Rdzawy. — Tylko z najmłodszym; dwa inne przyszły później.

— Dlaczego nie rozszarpały cię na kawałki?

— Po prostu ostrzegły mnie i kazały opuścić ich terytorium. Ale potem... — Rdzawy zawahał się.

— Co?! — miauknął niecierpliwie Łatek.

— Spytały, czy nie przyłączyłbym się do ich klanu.

Wąsy Łatka zadrgały niedowierzająco.

— Naprawdę! — upierał się Rdzawy.

— Dlaczego niby miałyby to robić?

— Nie wiem — przyznał Rdzawy. — Myślę, że potrzebują dodatkowych łap.

— Dla mnie brzmi to trochę dziwnie — miauknął niepewnie Łatek. — Na twoim miejscu nie ufałbym im.

Rdzawy spojrzał na niego. Jego czarno-biały przyjaciel nigdy nie okazywał zainteresowania ryzykownymi wyprawami do lasu, życie w ludzkim domu najzupełniej mu wystarczało do szczęścia. Nigdy nie zrozumiałby niespokojnych tęsknot, jakie budziły w Rdzawym conocne sny o polowaniu.

— Ale ja im ufam — mruknął cicho. — Przemyślałem to. Zamierzam się do nich przyłączyć.

Łatek zszedł z ogrodzenia i stanął przed nim.

— Proszę, nie idź, Rdzawy — zamiauczał z niepokojem. — Może nigdy więcej cię już nie zobaczę.

Rdzawy szturchnął go czule w głowę.

— Nie martw się. Do mojego domu przyjdzie inny kot. Dobrze ci się z nim ułoży. Jak ze wszystkimi innymi!

— Ale to nie będzie to samo! — zawodził Łatek.

Rdzawy niecierpliwie machnął ogonem.

— O to właśnie chodzi. Jeśli zostanę tutaj, zabiorą mnie do Obcinacza i też nie będę już taki sam.

Łatek zrobił zdziwioną minę.

— Obcinacz? — powtórzył.

— Weterynarz — wyjaśnił Rdzawy. — Zmienię się tak jak Henryk.

Łatek potrząsnął głową i spuścił wzrok na swoje łapy.

— Ale z Henrykiem jest wszystko w porządku — wymamrotał. — To znaczy, wiem, trochę się rozleniwił, ale nie narzeka. Wciąż moglibyśmy dobrze się bawić.

Rdzawy poczuł, że jego serce wypełnia się smutkiem na myśl z rozstaniu z przyjacielem.

— Przykro mi, Łatku. Będzie mi ciebie brakowało, ale muszę iść.

Łatek nie odpowiedział; podszedł i łagodnie dotknął nosem nosa Rdzawego.

— No, dobrze. Rozumiem, że cię nie zatrzymam, ale przynajmniej spędźmy razem jeszcze ten poranek.

Rdzawy spędził poranek nawet przyjemniej niż zwykle, odwiedzając z Łatkiem ulubione zakamarki i gawędząc z towarzyszami dzieciństwa. Wszystkie zmysły miał wyczulone, jak przed ogromnym skokiem. W miarę zbliżania się południa z coraz większą niecierpliwością wyglądał pojawienia się Lwiego Serca; czy naprawdę dziki kocur będzie na niego czekał? Leniwe miauknięcia starych znajomych zlewały się w jednostajny szum, który docierał do niego jak przez mgłę, gdyż całą natężoną uwagę skierował na las.

Po raz ostatni zeskoczył z ogrodzenia swojego ogrodu i chyłkiem wszedł do lasu. Pożegnał się już z Łatkiem, a teraz wszystkie myśli skupił na lesie i kotach, które w nim mieszkały.

Gdy zbliżył się do miejsca, w którym ostatniej nocy spotkał się z kotami z klanu, usiadł i z rozkoszą wciągnął powietrze. Wysokie drzewa chroniły ziemię przed południowym słońcem, zapewniając spokój i chłód. Przebijające gdzieniegdzie przez liście promienie słońca rozświetlały leśne podłoże. Rdzawy czuł zapach kotów, ten sam, co poprzedniego wieczora, ale nie miał pojęcia, czy to stary, czy świeży ślad. Podniósł głowę i zawęszył niepewnie.

— Musisz się wiele nauczyć — zamiauczał niski głos. — Nawet najmłodszy członek klanu potrafi wyczuć innego kota w pobliżu.

Spod jeżynowego krzaku błysnęła para zielonych oczu. Teraz Rdzawy rozpoznał zapach: to Lwie Serce.

— Możesz stwierdzić, czy jestem sam? — zapytał złocisty kocur, wychodząc z cienia.

Rdzawy pospiesznie zawęszył raz jeszcze. Zapachy Błękitnej Gwiazdy i Szarej Łapy wciąż były wyczuwalne, ale nie tak silne jak poprzedniej nocy. Miauknął niepewnie:

— Tym razem nie ma z tobą Błękitnej Gwiazdy i Szarej Łapy.

— Tak, zgadza się — przytaknął Lwie Serce. — Ale jest ktoś inny.

Rdzawy zesztywniał, gdy w krąg światła wkroczył inny kot klanu.

— To Biała Burza — powiedział Lwie Serce. — Jeden ze starszych wojowników Klanu Pioruna.

Rdzawy popatrzył na kocura i poczuł zimne ciarki na plecach. Czy to pułapka? Umięśniony, o długim cielsku Biała Burza stanął przed Rdzawym, patrząc na niego z góry. Jego biała sierść była gęsta i gładka, oczy żółte, w kolorze spalonego słońcem piasku. Rdzawy położył ostrożnie uszy po sobie i napiął mięśnie w oczekiwaniu na walkę.

— Odpręż się, zanim zapach twojego strachu przyciągnie uwagę wrogów — rzucił Lwie Serce. — Przyszliśmy zabrać cię do naszego obozu.

Rdzawy siedział nieruchomo, nie ośmielił się oddychać, dopóki Biała Burza nie wyciągnął do przodu nosa i nie dał mu się powąchać.

— Witaj, młodzieńcze — zamruczał biały kocur. — Wiele o tobie słyszałem.

Rdzawy pochylił głowę na powitanie.

— Ruszamy, porozmawiamy w obozie — zarządził Lwie Serce i natychmiast razem z Białą Burzą skoczyli daleko w zarośla. Rdzawy zerwał się na łapy i pognał za nimi, jak mógł najszybciej.

Dwóch wojowników gnało przez las, nie oglądając się na Rdzawego, który długo usiłował za nimi nadążyć. Niemal nie zwalniając, dotarli do zwalonych drzew i przesadzili je jednym skokiem, podczas gdy Rdzawy musiał gramolić się przez nie łapa za łapą. Minęli intensywnie pachnące sosny, wśród których musieli przeskakiwać przez głębokie wykroty, pozostawione przez pożeracze drzew należące do Dwunożnych. Z bezpiecznego miejsca na ogrodzeniu swojego ogrodu Rdzawy często słyszał ryki i warkoty dochodzące z oddali. Jeden z wykrotów, wypełniony do połowy mulistą, cuchnącą wodą, był zbyt szeroki, by go przeskoczyć. Koty z klanu przebrnęły przez nią bez wahania.

Rdzawy nigdy dotąd nie zamoczył łapy w wodzie, jednak postanowił nie okazywać jakichkolwiek oznak słabości, więc zmrużył oczy i wszedł, próbując ignorować niemiłą wilgoć, która moczyła mu futro na brzuchu.

W końcu Lwie Serce i Biała Burza przystanęli. Rdzawy z poślizgiem zatrzymał się za nimi i stał, dysząc, podczas gdy dwóch wojowników weszło na głaz, który opierał się o krawędź małego wąwozu.

— Jesteśmy już bardzo blisko naszego obozu — zamiauczał Lwie Serce.

Rdzawy wytężał wzrok, żeby dostrzec jakieś oznaki życia — poruszenia liści, mignięcie futra wśród krzaków poniżej, ale nie zdołał wypatrzeć niczego z wyjątkiem takich samych zarośli, jakie pokrywały całą okolicę.

— Użyj swojego nosa. Musisz umieć to wywęszyć — syknął niecierpliwie Biała Burza.

Rdzawy zamknął oczy i zaczął niuchać. Biała Burza miał rację. Zapachy unoszące się w tym miejscu stanowczo różniły się od kocich zapachów, do których przywykł. Były znacznie silniejsze, wskazując na obecność bardzo wielu innych kotów.

Poważnie skinął głową i ogłosił:

— Czuję zapach kotów.

Lwie Serce i Biała Burza wymienili rozbawione spojrzenia.

— Jeśli przyjmiemy cię do klanu, w końcu poznasz zapach każdego z nas — miauknął Lwie Serce. — Za mną!

Poprowadził zwinnie po głazach w dół, na dno wąwozu, i przecisnął się przejściem przez grubą warstwę kolcolistu. Rdzawy ruszył za nim, z tyłu podążał Biała Burza. Ocierając się bokiem o ciernisty krzew, Rdzawy opuścił wzrok na ziemię. Wydeptana trawa pod jego łapami tworzyła szeroką, silnie pachnącą drogę. „To musi być główne wejście do obozu", pomyślał.

Za kolcolistem otworzyła się polana. Jej środek stanowiła naga, stwardniała ziemia, udeptana łapami wielu pokoleń. Obóz istniał tu od dawna. Polankę pokrywały cętki promieni słonecznych, a powietrze stało nieruchome i ciepłe.

Rdzawy rozejrzał się dookoła i szerzej otworzył oczy. Koty były wszędzie, siedząc w pojedynkę lub grupami, wspólnie jedząc albo rozmawiając cicho podczas wzajemnej pielęgnacji.

— Po południu, gdy dzień jest najgorętszy, nadchodzi czas na dzielenie się językami — wyjaśnił Lwie Serce.

— Dzielenie się językami? — powtórzył Rdzawy.

— Koty klanu zawsze poświęcają czas na wzajemną pielęgnację i dzielenie się wiadomościami dnia — wyjaśnił mu Biała Burza. — Nazywamy to dzieleniem się językami. To zwyczaj, który łączy członków klanu.

Koty oczywiście poczuły obcy zapach Rdzawego, zaczęły odwracać głowy i patrzeć zdziwione w jego stronę.

Onieśmielony nagle bezpośrednimi spojrzeniami tylu nieznajomych, Rdzawy rozejrzał się po polanie. Była obramowana gęstą trawą, poprzecinana pniakami i wykrotami. Gruba zasłona paproci i kolcolistu oddzielała obóz od reszty lasu.

— Tam — miauknął Lwie Serce, celując ogonem w kierunku wyglądającej na nieprzebytą plątaniny jeżyn — jest żłobek, w którym małe kociaki mają opiekę.

Rdzawy nastawił uszu w tamtym kierunku. Nie zdołał przebić wzrokiem plątaniny kłujących gałęzi, ale usłyszał popiskiwanie kilku kociąt gdzieś w środku. Ruda kotka wyślizgnęła się na zewnątrz przez małą lukę w gąszczu. „To musi być jedna z królowych", pomyślał Rdzawy.

Koło jeżynowego krzaka pojawiła się przysadzista królowa z charakterystycznymi czarnymi pręgami. Zanim pręgowana kotka wślizgnęła się do żłobka, mrucząc do popiskujących kociąt, obie nawzajem polizały się przyjaźnie po głowach.

— Wszystkie nasze królowe opiekują się naszymi kociakami — wyjaśnił Lwie Serce. — Wszystkie koty służą klanowi. Lojalność wobec klanu jest pierwszym prawem kodeksu wojownika, to lekcja, którą musisz sobie szybko przyswoić, jeśli chcesz z nami pozostać.

— Nadchodzi Błękitna Gwiazda — miauknął Biała Burza, węsząc.

Rdzawy również zaczął węszyć i ku swemu zadowoleniu stwierdził, że jest w stanie wyłapać zapach szarej kocicy, zanim wyłoniła się z cienia dużego głazu na skraju polany.

— Przyszedł — zamruczała Błękitna Gwiazda do wojowników.

— Lwie Serce był przekonany, że nie przyjdzie — odpowiedział Biała Burza.

Rdzawy zauważył, że czubek ogona Błękitnej Gwiazdy poruszył się niecierpliwie.

— Dobrze, co o nim myślicie? — zapytała przywódczyni.

— Pomimo mizernego wzrostu nadążał za nami w drodze powrotnej — przyznał Biała Burza. — Na pewno jak na kota domowego jest silny.

— Więc zgadzacie się? — Błękitna Gwiazda popatrzyła na Lwie Serce i Białą Burzę.

Oba kocury kiwnęły głowami.

— Zatem oznajmię jego przybycie klanowi. — Błękitna Gwiazda wskoczyła na głaz i wrzasnęła: — Wszystkie koty dość duże, by samodzielnie polować, mają stawić się pod Wysoki Głaz na spotkanie klanu!

Na to wezwanie wszystkie koty ruszyły truchtem w jej stronę; kolejne płynne cienie pojawiały się na skraju polany. Rdzawy wciąż stał w miejscu między Lwim Sercem a Białą Burzą. Inne koty usadowiły się pod Wysokim Głazem i z wyczekiwaniem spoglądały na swoją przywódczynię.

Rdzawy poczuł przypływ ulgi, gdy wśród kotów rozpoznał gęste futro Szarej Łapy. Za nim usiadła młoda szylkretowa królowa, schludnie układając na małych białych łapkach swój czarno zakończony ogon. Duży ciemnoszary pręgowany kot przykucnął za nimi; czarne pasy na jego sierści przypominały cienie na leśnym poszyciu rozświetlonym księżycową poświatą.

Gdy wszystkie koty się zebrały, przemówiła Błękitna Gwiazda.

— Klan Pioruna potrzebuje wojowników — rozpoczęła. — Jeszcze nigdy nie mieliśmy tak niewielu uczniów. Postanowiono, że na szkolenie przyjmiemy kota spoza klanu...

Wokół wybuchło pełne oburzenia narzekanie, ale Błękitna Gwiazda uciszyła je stanowczym prychnięciem.

— Spotkałam kota, który chce zostać uczniem Klanu Pioruna.

— Szczęściarz! — nad pomruk rozprzestrzeniający się wśród zszokowanych kotów wybił się pojedynczy głos.

Rdzawy wyciągnął szyję i ujrzał jasnego pręgowanego kota, który wstał i wyzywającym wzrokiem obrzucił przywódczynię.

Błękitna Gwiazda zignorowała go i zwróciła się do całego klanu.

— Lwie Serce i Biała Burza poznali tego kociaka i zgadzają się ze mną, że powinniśmy trenować go wraz z innymi uczniami.

Rdzawy podniósł wzrok na Lwie Serce, po czym przeniósł spojrzenie z powrotem na pozostałych. Wszystkie oczy spoczywały teraz na nim. Poczuł swędzenie na skórze i przełknął nerwowo. Na moment zapadła cisza. Rdzawy był pewien, że wszyscy słyszą bicie jego serca i czują zapach jego strachu.

W tłumie narastał gniewny pomruk.

— Skąd on pochodzi?

— Do którego klanu należy?

— Jak dziwnie pachnie! To na pewno nie jest zapach żadnego klanu!

Jeden głos brzmiał szczególnie donośnie.

— Spójrzcie na jego obrożę! To kot domowy! — ponownie odezwał się jasny kot. — Domowy kot zawsze pozostanie piecuchem. Ten klan potrzebuje dziko urodzonych wojowników do obrony, a nie kolejnej paszczy do wyżywienia.

Lwie Serce pochylił się i wysyczał do ucha Rdzawego:

— Ten pręgowany kot to Długi Ogon. Wyczuwa po twoim zapachu, że się boisz. Wszyscy to wyczuwają. Musisz udowodnić jemu i wszystkim innym, że strach cię nie powstrzyma.

Ale Rdzawy nie był w stanie się poruszyć. Jak miałby udowodnić tym groźnym stworom, że nie jest domowym kociakiem?

Pręgowany ciągnął swoje szyderstwa.

— Twoja obroża to piętno Dwunożnych, a te hałaśliwe dzwoneczki w najlepszym wypadku nie pozwolą ci nic upolować. W najgorszym — ściągną na nasze terytorium Dwunożnych, poszukujących swojego zaginionego kiciusia, którego żałosne dzwonienie rozlega się wśród drzew.

Tłum wrzasnął zgodnie.

Długi Ogon, świadomy poparcia zebranych, mówił dalej:

— Hałas twojego podstępnego dzwonka zaalarmuje naszych wrogów, nawet jeśli nie zrobi tego smród twoich Dwunożnych!

Lwie Serce jeszcze raz wysyczał do ucha Rdzawego:

— Nie podejmiesz wyzwania?

Rdzawy wciąż stał bez ruchu, jednak teraz spróbował określić dokładnie położenie Długiego Ogona. Kot stał za brązową królową. Rdzawy położył po sobie uszy, zmrużył oczy i sycząc, czmychnął przez zaskoczone koty, by rzucić się na swojego dręczyciela.

Długi Ogon był zupełnie nieprzygotowany na atak. Zachwiał się, tracąc oparcie na wysuszonej ziemi. Pchany desperackim pragnieniem udowodnienia swojej wartości Rdzawy wbił pazury w futro pręgowanego kota i zatopił w nim zęby. Tej walki nie poprzedziły żadne wyszukane rytuały bicia i boksowania. Dwa koty starły się z wrzaskiem, tworząc kłąb, który przesunął się na środek obozu. Pozostali musieli uskoczyć na boki przed wyjącym futrzanym tornadem.

Drapiąc i gryząc, Rdzawy nagle uświadomił sobie, że nie czuje strachu, a jedynie radość. Przez pulsowanie krwi w uszach słyszał wokół wycie radośnie podnieconej widowni.

I wtedy Rdzawy poczuł, jak obroża zaciska mu się na szyi. Długi Ogon chwycił ją w zęby i zaczął szarpać. Mocno. Rdzawy poczuł straszliwy ucisk na gardle. Nie mogąc złapać oddechu, zaczął wpadać w panikę. Wił się i kręcił, jednak z każdym ruchem nacisk się wzmagał. Czując, że zbiera mu się na wymioty, i wciągając w płuca powietrze, Rdzawy zebrał wszystkie siły, by wyrwać się z uchwytu Długiego Ogona. I nagle, z głośnym trzaskiem, uwolnił się.

Długi Ogon potoczył się spory kawałek dalej. Rdzawy zerwał się na łapy i rozejrzał. Przeciwnik kucał w odległości trzech ogonów, a z pyska zwisała mu obroża, wymięta i rozdarta.

W tej chwili z Wysokiego Głazu zeskoczyła Błękitna Gwiazda i głośnym miauczeniem uciszyła gwarny tłum. Rdzawy i Długi Ogon stali na swoich miejscach, z trudem łapiąc oddech. Kępki wyrwanej sierści zwisały im z grzbietów. Rdzawy czuł palące skaleczenie nad oczami, a Długi Ogon miał paskudnie naderwane lewe ucho, z którego krew spływała po szczupłych łopatkach i kapała na zakurzoną ziemię. Wpatrywali się w siebie z wciąż żywą wrogością.

Błękitna Gwiazda zrobiła krok w przód i wzięła obrożę od Długiego Ogona. Położyła ją na ziemi przed sobą i zamiauczała:

— Nowicjusz stracił obrożę Dwunożnych w walce o honor. Klan Gwiazdy ogłasza jego przyjęcie. Ten kot wyrwał się z niewoli swoich Dwunożnych właścicieli i może dołączyć do Klanu Pioruna jako uczeń.

Rdzawy spojrzał na Błękitną Gwiazdę i poważnie kiwnął głową na tę wieść, po czym wstał i postąpił krok w przód, w plamę słońca, z zadowoleniem poddając się ciepłym promieniom, kojącym ból mięśni. Światło odbiło się od jego pomarańczowej sierści, zapalając na niej ogniste blaski. Rdzawy podniósł dumnie głowę i patrzył na otaczające go koty. Tym razem nie rozległ się ani jeden głos sprzeciwu czy szyderstwo. Nowy okazał się godnym przeciwnikiem w walce.

Błękitna Gwiazda podeszła i na ziemi przed nim położyła zniszczoną obrożę. Nosem dotknęła delikatnie jego ucha.

— W tym świetle słonecznym wyglądasz, jakbyś został napiętnowany ogniem — zamruczała. Jej oczy zabłysły na moment, jakby te słowa niosły ze sobą jakieś głębsze znaczenie, nieznane Rdzawemu. — Dobrze walczyłeś.

Po czym odwróciła się do klanu i ogłosiła:

— Od dzisiaj aż do czasu, gdy zdobędzie imię wojownika, od ognistoczerwonego futra uczeń ten będzie nazywał się Ognista Łapa.

Cofnęła się i wraz z resztą czekała w milczeniu na jego kolejny ruch. Rdzawy bez wahania odwrócił się, tak jak to robił w kuwecie, nagarnął kurz i trawę na swoją obrożę.

Długi Ogon warknął i kulejąc, usunął się do zakątka ocienionego paprocią. Koty podzieliły się na grupy, mrucząc do siebie z podnieceniem.

— Hej, Ognista Łapo!

To był przyjazny głos Szarej Łapy. Ognista Łapa! Na dźwięk nowego imienia Rdzawy poczuł dreszcz dumy. Odwrócił się do szarego ucznia, obwąchując go na powitanie.

— Wspaniała walka, Ognista Łapo! — zamiauczał Szara Łapa. — Szczególnie jak na kota domowego! Długi Ogon jest już wojownikiem, chociaż naukę zakończył dopiero dwa miesiące temu. Blizny na uchu będą mu ciebie przypominać jeszcze długo. Oszpeciłeś mu śliczny pyszczek, to pewne.

— Dzięki, Szara Łapo — odpowiedział Ognista Łapa. — Mimo wszystko on też dobrze walczył.

Liznął swoją przednią łapę i zaczął wycierać do czysta głębokie, piekące zadrapanie nad okiem. Myjąc się, słyszał swoje nowe imię powtarzane przez otaczające go koty.

— Ognista Łapa!

— Cześć, Ognista Łapo!

— Witaj, młody Ognista Łapo!

Ognista Łapa przymknął na chwilę oczy, napawając się tym, co słyszał.

— To dobre imię! — miauknął Szara Łapa z aprobatą, wyrywając go z zamyślenia.

Ognista Łapa obejrzał się.

— Dokąd polazł Długi Ogon?

— Chyba kierował się w stronę legowiska Nakrapianego Liścia. — Szara Łapa skinął głową w kierunku osłoniętego paprocią zakątka, w którym zniknął Długi Ogon. — To nasza uzdrowicielka. Jest też całkiem ładna, młodsza i dużo ładniejsza niż większość...

Głęboki pomruk tuż obok przerwał Szarej Łapie w pół słowa. Odwrócili się; Ognista Łapa rozpoznał potężnego szarego pręgowanego kocura, który przedtem siedział za Szarą Łapą.

— Ciemna Pręgo — miauknął Szara Łapa, pochylając głowę z szacunkiem.

Lśniący kocur przez chwilę przyglądał się Ognistej Łapie.

— Miałeś szczęście, że obroża pękła w trakcie walki. Długi Ogon to młody wojownik, jednak trudno mi uwierzyć, że pokonał go domowy kociak! — pogardliwie wypluł z siebie słowa „domowy kociak", odwrócił się i odszedł.

— Jeśli chodzi o Ciemną Pręgę — wysyczał cicho Szara Łapa do Ognistej Łapy — ten z kolei nie jest ani młody, ani ładny...

Ognista Łapa miał właśnie przytaknąć swojemu nowemu przyjacielowi, gdy przerwał mu ostrzegawczy wrzask szarego starszego kocura ze skraju polany.

— Małe Ucho wietrzy kłopoty! — zamiauczał Szara Łapa zaniepokojony.

Ognista Łapa ledwie miał czas, żeby się obejrzeć, gdyż przez krzewy do obozu przebił się właśnie młody kot. Był chudy i — oprócz białego czubka długiego, wąskiego ogona — kruczoczarny od łap do głowy.

— To Krucza Łapa! Dlaczego jest sam? Gdzie Tygrysi Pazur?

Ognista Łapa patrzył na Kruczą Łapę, chwiejnie wkraczającego na polanę. Kot dyszał ciężko, futro miał zmierzwione i brudne, oczy płonące dzikim strachem.

— Kim są Krucza Łapa i Tygrysi Pazur? — Ponieważ kilka innych kotów spieszyło na spotkanie przybysza, Ognista Łapa wyszeptał pytanie do Szarej Łapy.

— Krucza Łapa to uczeń. Tygrysi Pazur jest jego nauczycielem — szybko wyjaśnił Szara Łapa. — Krucza Łapa z Tygrysim Pazurem i Rudym Ogonem wyruszył o świcie na wyprawę przeciwko Klanowi Rzeki. Szczęściarz!

— Rudy Ogon? — powtórzył Ognista Łapa, którego nadmiar nowych imion zaczął przyprawiać o zamęt w głowie.

— Zastępca Błękitnej Gwiazdy — syknął Szara Łapa. — Ale dlaczego, u licha, Krucza Łapa powrócił sam? — dodał sam do siebie. Uniósł głowę, nasłuchując kroków nadchodzącej Błękitnej Gwiazdy.

— Krucza Łapo? — Kocica mówiła spokojnie, choć jej niebieskie oczy lśniły niepokojem. Pozostali odsunęli się, niecierpliwie zagryzając wargi.

— Co się stało? — Błękitna Gwiazda wskoczyła na Wysoki Głaz i spojrzała z góry na roztrzęsionego kota. — Mów, Krucza Łapo!

Kot wciąż próbował złapać oddech, a jego boki unosiły się z trudem, podczas gdy zakurzona ziemia wokół niego zaczerwieniła się krwią; zdołał jednak wspiąć się na Wysoki Głaz i stanąć obok Błękitnej Gwiazdy. Zwrócił się do tłumu otaczających go przejętych pysków i złapawszy wreszcie oddech, wykrztusił:

— Rudy Ogon nie żyje!

Rozdział 4

Jęk wstrząśniętego klanu poniósł się echem po lesie.

Krucza Łapa zachwiał się. Jego prawa łapa zalśniła od krwi spływającej z głębokiego nacięcia na barku.

— Niedaleko Słonecznych Skał, nad strumieniem, spotkaliśmy pięciu wojowników Klanu Rzeki — mówił drżącym głosem. — Był z nimi Dębowe Serce.

— Dębowe Serce! — wysapał Szara Łapa stojący obok Ognistej Łapy. — To zastępca przywódcy Klanu Rzeki. Jest jednym z największych wojowników w lesie. Co za szczęściarz z Kruczej Łapy! Szkoda, że to nie na mnie trafiło! Ja bym na pewno... — ucichł pod gniewnym spojrzeniem starego szarego kocura, który pierwszy wyczuł powrót Kruczej Łapy.

Ognista Łapa ponownie odwrócił się do Kruczej Łapy.

— Rudy Ogon ostrzegł Dębowe Serce, by nie zapuszczał się na polowania na terytorium Klanu Pioruna. Powiedział, że następny wojownik Klanu Rzeki złapany na terytorium Klanu Pioruna zostanie zabity, ale Dębowe...

Dębowe Serce nie ustąpił. Powiedział, że jego kl... klan musi znaleźć pożywienie, niezależnie od naszych gróźb.

Krucza Łapa zamilkł, ze świstem łapiąc oddech. Jego rana wciąż bardzo krwawiła, więc oparł się niezgrabnie na drugiej łapie.

— Wtedy Klan Rzeki rzucił się na nas. Ciężko było dojrzeć, co się dzieje. Walka była bezwzględna. Zobaczyłem, że Dębowe Serce przyciska do ziemi Rudy Ogon, ale wtedy Rudy Ogon... — Nagle oczy zapadły mu się w głąb czaszki, a on sam się zatoczył. Na wpół ześlizgując się, na wpół spadając z głazu, osunął się na ziemię.

Ruda królowa skoczyła do niego i przykucnęła przy jego boku. Polizała go po pyszczku i zawołała:

— Nakrapiany Liściu!

Spod liści paproci wybiegła ładna szylkretowa kotka, którą Ognista Łapa widział wcześniej obok Szarej Łapy. Podeszła do Kruczej Łapy i miauknięciem poprosiła królową, żeby się odsunęła. Różowym noskiem przekręciła ucznia, aby móc dobrze przyjrzeć się jego ranom, potem uniosła wzrok i miauknęła:

— Nie jest źle, Złoty Kwiecie, jego rany nie są groźne. Ale będę potrzebowała pajęczyn, by zatamować krwawienie.

Nakrapiany Liść pognała z powrotem do legowiska, a ciszę przerwało nagle żałosne zawodzenie. Oczy wszystkich zwróciły się w kierunku źródła dźwięku.

Ogromny, ciemny, brązowo pręgowany kot przecisnął się przez gałęzie krzewów. W ostrych zębach wojownik trzymał nie ofiarę, lecz innego kota. Wciągnął martwe, poszarpane ciało na środek polany.

Ognista Łapa wyciągnął szyję i poprzez tłum dojrzał błyszczący rudy ogon leżący bezwładnie na pylistej ziemi.

Przez grupę na polance jak zimny powiew wiatru przebiegło westchnienie. Szara Łapa aż skulił się ze smutku.

— Rudy Ogon!

— Rudy Ogon!

— Jak to się stało, Tygrysi Pazurze? — spytała Błękitna Gwiazda ze swojego miejsca na Wysokim Głazie.

Tygrysi Pazur wypuścił ciało Rudego Ogona z pyska i z szacunkiem zwrócił się do przywódczyni.

— Zginął z honorem, powalony przez Dębowe Serce. Nie mogłem go ocalić, ale gdy Dębowe Serce chełpił się swoim zwycięstwem, zdołałem go zabić.

Głos Tygrysiego Pazura brzmiał silnie i głęboko.

— Śmierć Rudego Ogona nie poszła na marne. Sądzę, że myśliwi Klanu Rzeki już nie zapuszczą się na nasze tereny.

Ognista Łapa spojrzał na przyjaciela, którego oczy przepełniał smutek.

Po chwili ciszy kilka kotów podeszło do ciała. Polizały zmierzwiony rudy ogon i zaczęły mruczeć ciche słowa do martwego wojownika.

— Co oni robią? — wyszeptał Ognista Łapa do ucha Szarej Łapy.

Nie odrywając wzroku od martwego kocura, Szara Łapa odparł:

— Jego duch dołączył do Klanu Gwiazdy, ale koty naszego klanu ostatni raz chcą podzielić się językami z Rudym Ogonem.

— Do Klanu Gwiazdy? — powtórzył Ognista Łapa.

— To plemię niebiańskich wojowników, czuwających nad wszystkimi kotami naszego klanu. Możesz ich ujrzeć na Srebrnej Skórze.

Ognista Łapa zrobił zdziwioną minę, więc Szara Łapa pospieszył z wyjaśnieniem:

— Srebrna Skóra to zwarta grupa gwiazd, którą widzisz na niebie co noc. Każda gwiazda to wojownik Klanu Gwiazdy. Dziś wieczorem dołączy do nich Rudy Ogon.

Ognista Łapa kiwnął głową, a Szara Łapa zrobił krok do przodu, by podzielić się językami z zabitym przywódcą.

Błękitna Gwiazda nie odezwała się, gdy pierwsi członkowie klanu podchodzili, by oddać hołd Rudemu Ogonowi. Teraz jednak zeskoczyła z Wysokiego Głazu i powolnym krokiem podeszła do ciała. Pozostali cofnęli się i patrzyli, jak przywódczyni przysiada, by ostatni raz podzielić się językami ze swym starym towarzyszem.

Gdy skończyła, podniosła głowę i przemówiła. Głos miała cichy i przepełniony żalem, a klan słuchał w milczeniu.

— Rudy Ogon był dzielnym wojownikiem. Jego lojalność wobec Klanu Pioruna była niezachwiana. Zawsze zdawałam się na jego osąd, gdyż zawsze najwyżej cenił dobro klanu i nigdy nie poddał się egoizmowi i pysze. Był dobrym przywódcą.

Ułożyła się na brzuchu, skłoniła głowę, wyciągnęła przed siebie łapy i pogrążyła się w cichej żałobie za utraconym przyjacielem. Podeszło kilka innych kotów i ułożyło się koło niej. Z pochylonymi głowami i zgarbionymi karkami połączyły się z nią w smutku.

Ognista Łapa patrzył. Nie znał Rudego Ogona, ale nie mógł pozbyć się uczucia, że on również uczestniczy w żałobie klanu.

Ponownie podszedł do niego Szara Łapa.

— Zakurzona Łapa będzie smutny — zauważył.

— Zakurzona Łapa?

— Uczeń Rudego Ogona. Tamten brązowy pręgowany kociak. Zastanawiam się, kto zostanie jego nowym nauczycielem.

Ognista Łapa rzucił okiem na niewielkiego kota, który samotnie przysiadł nieopodal ciała Rudego Ogona, niewidzącymi oczami wpatrując się w ziemię. Ognista Łapa spojrzał ponad nim na przywódczynię klanu.

— Jak długo Błękitna Gwiazda przy nim pozostanie? — zapytał.

— Zapewne całą noc — odparł Szara Łapa. — Rudy Ogon był jej zastępcą przez wiele, wiele księżyców. Nie będzie chciała zbyt szybko go zostawić. Był jednym z najlepszych wojowników. Nie tak wielki ani potężny jak Tygrysi Pazur czy Lwie Serce, ale za to szybki i zręczny.

Ognista Łapa spojrzał na Tygrysiego Pazura, podziwiając siłę bijącą z jego potężnych mięśni i wielkiego łba. Jego masywne ciało nosiło ślady wojowniczego życia: w jednym uchu brakowało kawałka w kształcie klina, a nos znaczyła gruba blizna.

Nagle Tygrysi Pazur wstał i zaczął węszyć ponad Kruczym Pazurem. Nakrapiany Liść przysiadła obok jego rannego ucznia, używając zębów i przednich łap do okładania pajęczyną jego pokaleczonych barków.

— Co ona robi? — spytał Ognista Łapa, nachylając się do Szarej Łapy.

— Tamuje krwawienie. Rana wygląda paskudnie. Krucza Łapa wydawał się naprawdę wstrząśnięty. Zawsze był trochę nerwowy, ale nigdy nie widziałem go w tak złym stanie. Chodźmy zobaczyć, czy się już zbudził.

Przecisnęli się pomiędzy rozpaczającymi kotami do miejsca, w którym leżał Krucza Łapa, i z szacunkiem stanęli w pewnej odległości, czekając, aż Tygrysi Pazur skończy rozmawiać.

— Zatem, Nakrapiany Liściu — miauknął Tygrysi Pazur. — Co z nim? Myślisz, że się z tego wykaraska? Dużo czasu poświęciłem na jego naukę, nie chciałbym, by moje wysiłki poszły na marne w pierwszej bitwie.

Nakrapiany Liść odpowiedziała, nie odrywając wzroku od swojego pacjenta.

— Tak, byłoby trochę szkoda, gdyby po twoim wspaniałym szkoleniu zginął podczas swojej pierwszej walki, prawda?

Ognista Łapa dosłyszał w jej głosie rozdrażnienie.

— Będzie żył? — spytał Tygrysi Pazur.

— Oczywiście. Potrzebuje tylko odpoczynku.

Tygrysi Pazur prychnął i opuścił wzrok na nieruchomy czarny kształt. Dźgnął pazurem Kruczą Łapę.

— No, dalej! Wstawaj!

Krucza Łapa nie poruszył się.

— Spójrz na jego pazury! — wysyczał Ognista Łapa.

— No wiem! — odpowiedział zafascynowany Szara Łapa. — Nie chciałbym się z nim bić!

— Nie tak szybko, Tygrysi Pazurze! — Nakrapiany Liść łagodnie odsunęła ostre szpony Tygrysiego Pazura. — Ten uczeń musi leżeć, dopóki rana się nie zagoi. Nie chcę, by otworzyła się przy skokach w trakcie ćwiczeń, które mu zadasz. Zostaw go w spokoju.

Ognista Łapa wstrzymał oddech, czekając na reakcję Tygrysiego Pazura. Domyślał się, że niewiele kotów ośmiela się zwracać do niego tak bezpośrednio. Pręgowany olbrzym zesztywniał; wyglądał, jakby chciał coś powiedzieć, ale Nakrapiany Liść miauknęła przekornie:

— Wiesz, że lepiej nie sprzeczać się z uzdrowicielką, Tygrysi Pazurze.

Oczy Tygrysiego Pazura błysnęły na te słowa drobnej kotki.

— Nie ośmieliłbym się sprzeczać z tobą, drogi Nakrapiany Liściu — odparł, potem odwrócił się, by odejść, i zauważył dwójkę przyjaciół. — Kto to? — zapytał Szarą Łapę, stając nad nim.

— To nowy uczeń — miauknął Szara Łapa.

— Wygląda jak domowy kociak! — wąchając, mruknął wojownik.

— Byłem nim — odpowiedział śmiało Ognista Łapa. — Ale zamierzam zostać wojownikiem.

Tygrysi Pazur przyjrzał mu się z nagłym zainteresowaniem.

— Ach, tak. Teraz sobie przypominam. Błękitna Gwiazda wspomniała, że wzięła na próbę jakiegoś domowego. A teraz się uczysz, tak?

Ognista Łapa wyprostował się jak struna, chcąc zrobić wrażenie na wybitnym wojowniku klanu.

— Tak — miauknął z szacunkiem.

Tygrysi Pazur przyjrzał mu się uważnie.

— W takim razie będę obserwował twoje postępy.

Gdy Tygrysi Pazur odszedł, Ognista Łapa wypiął dumnie pierś.

— Myślisz, że mnie polubił?

— Myślę, że Tygrysi Pazur nie lubi żadnego ucznia! — szepnął Szara Łapa.

W tej chwili Krucza Łapa poruszył się i zastrzygł uszami.

— Poszedł? — spytał cicho.

— Kto? Tygrysi Pazur? — spytał Szara Łapa, drepcząc ku niemu. — Tak, odszedł.

— Cześć! — zaczął Ognista Łapa, chcąc się przedstawić.

— Zmykajcie, obaj! — zawołała Nakrapiany Liść. — Jak mam go leczyć przy wszystkich tych odwiedzinach?!

Niecierpliwie machnęła ogonem i przecisnęła się między dwoma kotami do swojego pacjenta.

Ognista Łapa zdał sobie sprawę, że pomimo żywego błysku ciepłych złocistych oczu uzdrowicielka mówi poważnie.

— Chodź, kolego — miauknął Szara Łapa. — Oprowadzę cię. Do zobaczenia, Krucza Łapo!

Oba koty zostawiły Nakrapiany Liść z pacjentem i wróciły na polanę.

Szara Łapa zastanawiał się przez chwilę, co dalej; najwyraźniej traktował swoje obowiązki przewodnika bardzo poważnie.

— Wysoki Głaz już znasz — rozpoczął, ogonem wskazując duży, gładki kamień. — To stąd Błękitna Gwiazda zawsze przemawia do klanu. Na dole ma legowisko — nosem wskazał niszę w skale. — Jej jama została bardzo dawno temu wyżłobiona przez starożytny strumień.

Szara Łapa poszedł dalej.

— Tu śpią wojownicy.

Ognista Łapa podążył za nim do dużego krzaka rosnącego kilka stóp od Wysokiego Głazu, skąd miał doskonały widok aż do krzewu skrywającego wejście do obozu. Gałęzie kolcolistu zwisały nisko nad ziemią, ale Ognista Łapa dostrzegł osłoniętą przestrzeń, na której wojownicy umościli swoje legowiska.

— Starsi wojownicy śpią bliżej środka, gdzie jest cieplej — wyjaśnił Szara Łapa. — Zazwyczaj dzielą się tym, co upolują, w tym gąszczu pokrzyw. Młodsi wojownicy jedzą nieopodal. Czasami są zapraszani na wspólny posiłek przez starszych wojowników, co jest dużym zaszczytem.

— A inne koty klanu? — zapytał Ognista Łapa, zafascynowany, ale i przytłoczony wszystkimi zwyczajami i rytuałami, wedle których żył klan.

— Królowe dzielą kwatery z wojownikami, ale gdy spodziewają się miotu lub opiekują się młodymi, przebywają w legowisku w pobliżu żłobka. Starsi mają swoje miejsce po drugiej stronie polany. Chodź, pokażę ci.

Ognista Łapa dreptał przez polanę, podążając za Szarą Łapą do miejsca, gdzie swoje legowisko miała Nakrapiany Liść.

Zatrzymali się obok wykrotu porośniętego połacią bujnej trawy. Wśród miękkiej zieleni przycupnęły cztery starsze koty, zajadające teraz młodego tłustego królika.

— Przyniósł im to Zakurzona Łapa lub Piaskowa Łapa — szepnął Szara Łapa. — Do obowiązków uczniów należy zaopatrywanie starszych w świeże pożywienie.

— Witaj, młodzieńcze — pozdrowił Szarą Łapę jeden ze starszych wojowników.

— Witaj, Małe Ucho — odpowiedział kociak, pochylając z szacunkiem głowę.

— To musi być jeden z nowych uczniów, Ognista Łapa, nieprawdaż? — miauknął drugi starszy.

Miał poszarpane ciemnobrązowe futro, a w miejscu ogona sterczał tylko kikut.

— Zgadza się — odpowiedział Ognista Łapa, wzorem towarzysza kłaniając się uprzejmie.

— Jestem Obcięty Ogon — powiedział brązowy kocur. — Witaj w klanie.

— Jedliście coś? — miauknął Małe Ucho.

Ognista Łapa i Szara Łapa potrząsnęli przecząco głowami.

— Wystarczy dla wszystkich. Zakurzona Łapa i Piaskowa Łapa wyrosną na świetnych myśliwych. Nie będziesz miała nic przeciwko temu, że podzielimy się tą myszką z naszymi młodymi przyjaciółmi, Jedno Oko?

Jasnoszara królowa, leżąca obok, potrząsnęła głową. Ognista Łapa zauważył, że jedno oko ma zasnute mgłą i niewidzące.

— Zgadzasz się, Pstrokaty Ogonie?

Starsza szylkretowa kocica z szarą mordką miauknęła ochrypłym starczym głosem:

— Oczywiście, że tak.

— Dziękujemy — miauknął z zapałem Szara Łapa. Podszedł, wygarnął dużą mysz ze stosu zdobyczy i rzucił pod nogi Ognistej Łapy.

— Jeszcze nie próbowałeś myszy? — spytał.

— Jeszcze nie — przyznał Ognista Łapa. Ciepły zapach świeżo upolowanej myszy niespodziewanie wprawił go w podniecenie. Na myśl o tym, że zje pierwszy prawdziwy posiłek jako członek klanu, poczuł dreszcz przebiegający mu przez ciało.

— W takim razie możemy zabrać się do jedzenia. Zostaw mi kawałek! — Szara Łapa odsunął się, ustępując miejsca koledze.

Ognista Łapa przykucnął i ugryzł spory kęs. Mięso było soczyste i kruche, jego smak współgrał z zapachami lasu.

— I jak? — spytał Szara Łapa.

— Wspaniałe! — wymamrotał Ognista Łapa z pełnym pyszczkiem.

— To się posuń — miauknął Szara Łapa, robiąc krok naprzód i również schylając się nad zdobyczą.

Jedząc wspólnie, przysłuchiwali się rozmowie starszych kotów.

— Kiedy Błękitna Gwiazda wyznaczy swojego zastępcę? — spytał Małe Ucho.

— Co mówiłeś? — zapytała Jedno Oko.

— Nie wiedziałem, że słuch pogorszył ci się tak jak wzrok! — odpowiedział niecierpliwie Małe Ucho. — Zapytałem, jak dużo czasu zajmie Błękitnej Gwieździe wybór nowego zastępcy.

Jedno Oko zignorowała rozdrażniony ton Małego Ucha i zamiast mu odpowiedzieć, zwróciła się do szylkretowej królowej:

— Pstrokaty Ogonie, pamiętasz ten dzień, wiele księżyców temu, kiedy Błękitna Gwiazda została mianowana zastępczynią?

Pstrokaty Ogon przytaknęła poważnie.

— O, tak! To było wkrótce po tym, jak straciła swoje dzieci.

— Nie będzie zadowolona z konieczności wyboru nowego zastępcy — zauważył Małe Ucho. — Rudy Ogon służył jej długo i dobrze. Ale będzie musiała szybko podjąć decyzję. Zgodnie ze zwyczajem klanu po śmierci starego zastępcy wybór musi zostać dokonany przed pełnią księżyca.

— Przynajmniej tym razem wybór będzie oczywisty — miauknął Obcięty Ogon.

Ognista Łapa uniósł głowę i rozejrzał się po polanie. Kogo miał na myśli Obcięty Ogon? Dla Ognistej Łapy wszyscy wojownicy wyglądali na godnych mianowania zastępcą. Może miał na myśli Tygrysiego Pazura, przecież to on pomścił śmierć Rudego Ogona.

Tygrysi Pazur siedział niedaleko, skierował uszy w stronę starszych, nasłuchując ich rozmowy.

Ognista Łapa zlizywał językiem ostatnie ślady myszy z wąsów, gdy z Wysokiego Głazu odezwała się Błękitna Gwiazda. Jasnoszare w przygasającym świetle dnia ciało Rudego Ogona wciąż leżało na ziemi pod skałą.

— Należy mianować nowego zastępcę — zamiauczała. — Ale przede wszystkim podziękujmy Klanowi Gwiazdy za życie Rudego Ogona. Dziś wieczorem zasiądzie ze swoimi wojownikami wśród gwiazd.

Zapadła cisza i wszystkie koty spojrzały w niebo, ciemniejące w wieczornym mroku ogarniającym las.

— A teraz podam imię nowego zastępcy Klanu Pioruna — ciągnęła Błękitna Gwiazda. — Wypowiem je nad ciałem Rudego Ogona, by jego dusza mogła usłyszeć i zaaprobować mój wybór.

Ognista Łapa zerknął na Tygrysiego Pazura. Nie umknął mu wyraz pragnienia w bursztynowych oczach wielkiego wojownika wpatrzonego w skałę.

— Nowym zastępcą przywódczyni Klanu Pioruna — miauknęła donośnie Błękitna Gwiazda — zostanie Lwie Serce.

Ognista Łapa z chęcią zobaczyłby reakcję Tygrysiego Pazura, lecz na ciemnym pysku wojownika nie odbiły się żadne emocje, gdy gratulował Lwiemu Sercu wyboru, szturchając go tak mocno, że prawie przewrócił złocistego kocura.

— Dlaczego nie mianowała zastępcą Tygrysiego Pazura? — szepnął Ognista Łapa do Szarej Łapy.

— Zapewne dlatego, że Lwie Serce jest starszym i bardziej doświadczonym wojownikiem — odszepnął Szara Łapa, wciąż wpatrzony w Błękitną Gwiazdę.

Ona zaś odezwała sie ponownie:

— Rudy Ogon był również nauczycielem Zakurzonej Łapy. Nie możemy pozwolić sobie na żadne opóźnienia w szkoleniu naszych uczniów, dlatego od razu wyznaczam mu nowego nauczyciela. Ciemna Pręgo, jesteś gotów na szkolenie swojego pierwszego ucznia, więc będziesz kontynuował szkolenie Zakurzonej Łapy. Tygrysi Pazur był wyśmienitym nauczycielem, oczekuję, że przekażesz swojemu uczniowi umiejętności, które w przeszłości od niego nabyłeś.

Pręgowany wojownik wyprostował się dumnie i wyraził akceptację uroczystym kiwnięciem głowy. Podszedł do Zakurzonej Łapy, pochylił jego głowę i raczej niezgrabnie dotknął nosem nowego ucznia. Zakurzona Łapa machnął z szacunkiem ogonem, ale jego oczy wciąż były zasnute żalem za utraconym nauczycielem.

Błękitna Gwiazda podniosła głos:

— Dziś wieczorem będę czuwać przy Rudym Ogonie.

Pochowamy go o wschodzie słońca. — Zeskoczyła z Wysokiego Głazu i ponownie podeszła do ciała. Dołączyły do niej pozostałe koty, wśród nich Zakurzona Łapa i Małe Ucho.

— Czy my też powinniśmy siedzieć z nimi? — spytał Ognista Łapa, chociaż bez entuzjazmu. Po całym długim dniu zaczynał już odczuwać zmęczenie. W tej chwili miał tylko ochotę znaleźć gdzieś ciepłe i suche miejsce, zwinąć się w kłębek i zasnąć.

Szara Łapa potrząsnął głową.

— Nie, tylko najbliżsi Rudego Ogona będą czuwać przy nim tej ostatniej nocy. Pokażę ci, gdzie śpimy. Legowisko uczniów jest tam.

Ognista Łapa podszedł za przewodnikiem do bujnej kępy paproci rosnącej za omszałym pniakiem.

— Wszyscy uczniowie w tym miejscu dzielą się zdobyczą — wyjaśnił Szara Łapa.

— Ilu jest uczniów? — spytał Ognista Łapa.

— Mniej niż zwykle. Tylko ja, ty, Krucza Łapa, Zakurzona Łapa i Piaskowa Łapa.

Gdy obaj usadowili się obok pniaka, spod paproci wypełzła młoda kotka. Tak jak Ognista Łapa, miała rude futro, lecz znacznie bledsze, z ledwo widocznymi pasami ciemniejszej sierści.

— Jak widzę, przybył nam uczeń! — miauknęła, mrużąc oczy.

— Dzień dobry! — przywitał się Ognista Łapa.

Kotka poniuchała ostentacyjne.

— Czuć go domowym kotem! Tylko mi nie mów, że mam dzielić swoje legowisko z tym odrażającym śmierdzielem!

Ognista Łapa był zaskoczony. Od czasu bójki z Długim Ogonem wszystkie koty zachowywały się wobec niego całkiem przyjaźnie. „Może to wpływ wiadomości przyniesionych przez Kruczą Łapę", pomyślał.

— Musisz wybaczyć Piaskowej Łapie — przeprosił Szara Łapa. — Coś ją ugryzło, zazwyczaj nie jest taka wybuchowa.

— Pssst! — splunęła Piaskowa Łapa z rozdrażnieniem.

— Spokojnie, młodziaki — zabrzmiał za plecami uczniów niski głos Białej Burzy. — Piaskowa Łapo! Od mojej uczennicy oczekuję trochę bardziej przyjaznego powitania nowicjusza.

Piaskowa Łapa podniosła głowę z wyzywającą miną.

— Przepraszam, Biała Burzo — powiedziała bez śladu skruchy. — Po prostu nigdy nie przyszłoby mi do głowy, że będę się uczyła razem z domowym kotem, to wszystko!

— Bez wątpienia przyzwyczaisz się do tego — miauknął spokojnie Biała Burza. — Robi się późno, a szkolenie zaczyna się wczesnym rankiem. Powinniście położyć się spać.

Spojrzał srogo na Piaskową Łapę; kiwnęła posłusznie głową. Gdy odszedł, zakręciła się i znikła w kępie paproci, przechodząc szybko obok Ognistej Łapy i obwąchując go raz jeszcze.

Krótkim machnięciem ogona Szara Łapa dał znak Ognistej Łapie, by za nim podążył, i poszedł za Piaskową Łapą.

W sypialni ziemia była wyłożona miękkim mchem, a jasne światło księżyca barwiło otoczenie na bladą zieleń. Powietrze przesycał zapach paproci; było tu cieplej niż na zewnątrz.

— Gdzie będę spał? — zapytał Ognista Łapa.

— Gdziekolwiek, byle daleko ode mnie! — warknęła Piaskowa Łapa, szturchając mech łapą.

Szara Łapa wymienił szybkie spojrzenie z Ognistą Łapą, ale żaden z nich nic nie powiedział. Ognista Łapa zgarnął pazurami kupkę mchu. Gdy umościł sobie przytulne gniazdko, pokręcił się w nim chwilę, potem ułożył się wygodnie. W całym ciele czuł senne zadowolenie. Znalazł nowy dom. Należał do Klanu Pioruna.

Rozdział 5

— Hej, kolego, wstawaj! — miauknięcie Szarej Łapy wyrwało Ognistą Łapę ze snu, w którym gonił wiewiórkę po pniu wysokiego dębu, coraz wyżej, do samego czubka drzewa. — Trening zaczyna się o wschodzie słońca. Zakurzona Łapa i Piaskowa Łapa już wstali — ponaglił Szara Łapa.

Ognista Łapa przeciągnął się sennie i dopiero wtedy dotarło do niego, jaki dzisiaj dzień: zaczyna szkolenie na wojownika. Zerwał się na równe łapy. Senność minęła błyskawicznie, a w żyłach wezbrało radosne podniecenie.

Szara Łapa mył się pospiesznie, pomiaukując między liźnięciami:

— Właśnie rozmawiałem z Lwim Sercem. Krucza Łapa nie będzie z nami trenować, dopóki nie wygoi się jego rana. Prawdopodobnie jeszcze dzień lub dwa spędzi w legowisku Nakrapianego Liścia. Zakurzona Łapa i Piaskowa Łapa są na polowaniu, więc Lwie Serce uznał, że możemy dziś rano potrenować razem z nim i Tygrysim

Pazurem. Lepiej się jednak pospieszmy — dodał. — Będą na nas czekać!

Szybko poprowadził Ognistą Łapę tunelem w kolcoliście, w górę zbocza doliny pokrytego porozrzucanymi głazami. Gdy wspięli się na grzbiet wzniesienia, chłodnawy wiaterek zmierzwił ich futra. Na błękitnym niebie ponad ich głowami ścigały się puszyste białe chmury. Podążając dalej za Szarą Łapą w dół zacienionego stoku do piaszczystej kotliny, Ognista Łapa odczuł przypływ gwałtownej radości.

Tygrys Pazur i Lwie Serce rzeczywiście czekali, siedząc w nasłonecznionym miejscu o kilka długości ogonów od siebie.

— Na przyszłość oczekuję od was punktualności — warknął Tygrysi Pazur.

— Nie przesadzaj, Tygrysi Pazurze: wczorajszy wieczór był dosyć męczący. Nie dziwię się, że są niewyspani — miauknął łagodnie Lwie Serce. — Nie masz jeszcze wyznaczonego nauczyciela, Ognista Łapo — ciągnął. — Na razie Tygrysi Pazur i ja będziemy szkolić cię wspólnie.

Ognista Łapa kiwnął entuzjastycznie głową i wyprężył wysoko ogon, nie kryjąc radości z faktu, że dwaj tak wielcy wojownicy zostaną jego nauczycielami.

— Chodźmy — miauknął niecierpliwie Tygrysi Pazur. — Dziś zamierzamy pokazać ci granice naszego terenu, żebyś wiedział, gdzie będziesz polować i jakiego obszaru musisz pilnować. A tobie, Szara Łapo, nie zaszkodzi przypomnienie sobie przebiegu naszych granic.

Bez dalszych słów Tygrysi Pazur poderwał się i lekko wyskoczył z piaszczystego wgłębienia. Lwie Serce skinął na Szarą Łapę i obaj skoczyli równie szybko. Międląc łapami miękki piasek, Ognista Łapa ruszył za nimi.

Tę część lasu porastały bujne brzozy i jesiony, nad którymi górowały ogromne dęby. Ziemię zaścielał kruchy dywan zeschłych liści, szeleszczących pod łapami. Tygrysi Pazur zatrzymał się, by zaznaczyć swoim zapachem gęstą kępę paproci. Pozostałe koty zatrzymały się za nim.

— To ścieżka Dwunożnych — zamruczał Lwie Serce. — Użyj nosa, Ognista Łapo. Co czujesz?

Ognista Łapa zawęszył. Wyczuł słaby zapach Dwunożnych i wyraźniejszy zapach psa, znany mu z poprzedniego domu.

— Dwunożni prowadzili tędy swojego psa, ale już odeszli — miauknął.

— Dobrze — przytaknął Lwie Serce. — Jak sądzisz, możemy bezpiecznie przejść przez ścieżkę?

Ognista Łapa znów zawęszył. Woń była słaba, tłumiły ją świeższe zapachy lasu.

— Tak — odpowiedział.

Tygrysi Pazur skinął głową. Cztery koty wykradły się spod paproci i po ostrych kamieniach przekroczyły wąską ścieżkę Dwunożnych.

Za ścieżką rosły sosny. Stały wysokie i proste, rząd za rzędem. Łatwo było tu poruszać się cicho. Ziemię pokrywała gruba warstwa opadłych igieł, które kłuły łapy nowego ucznia, jednak pod nimi czuło się miękką ziemię.

Nie było tu żadnych zarośli, nadających się na kryjówkę, i gdy przekradali się bez żadnej osłony pomiędzy pniami, Ognista Łapa wyczuwał napięcie swoich towarzyszy.

— Te drzewa zasadzili Dwunożni — miauknął Tygrysi Pazur. — Wycinają je cuchnące stworzenia, które wypluwają tyle spalin, że można od nich wzrok stracić. Potem powalone drzewa są stąd zabierane na Porębę, która znajduje się nieopodal stąd.

Ognista Łapa zatrzymał się, by dosłyszeć ryk znanych mu już pożeraczy drzew.

— Poręba będzie cicha jeszcze przez kilka księżyców, do czasu zielonych liści — wyjaśnił mu Szara Łapa, zauważając, że kolega przystanął.

Koty przemknęły przez sosnowy las.

— Domostwo Dwunożnych leży po tamtej stronie — miauknął Tygrysi Pazur, wskazując kierunek swoim grubym ogonem. — Bez wątpienia czujesz jego zapach, Ognista Łapo. Dziś jednak podążymy inną drogą.

Dotarli w końcu do innej drogi Dwunożnych, biegnącej skrajem sosnowego lasu. Szybko przeszli na drugą stronę, do bezpiecznych krzaków pośród dębów. Mimo to Ognista Łapa wciąż wyczuwał niepokój pozostałych kotów.

— Zbliżamy się do terytorium Klanu Rzeki — wyszeptał Szara Łapa. — Tam są Słoneczne Skały — miękkim pyskiem wskazał bezdrzewny skalisty pagórek.

Ognista Łapa poczuł, jak jeży mu się sierść. To tam zginął Długi Ogon.

Lwie Serce zatrzymał się przed szarym kamieniem.

— To granica terytoriów Klanu Pioruna i Klanu Rzeki. Za tą rzeką znajdują się tereny łowieckie Klanu Rzeki — miauknął. — Oddychaj głęboko, Ognista Łapo.

Ognista Łapa poczuł uderzenie ostrego zapachu obcych kotów. Zaskoczyło go, jak różnił się on od ciepłego zapachu kotów z Klanu Pioruna. Zdziwił się także, gdy uświadomił sobie, jak znajome i przyjazne wydawały mu się już zapachy jego klanu.

— To zapach Klanu Rzeki — warknął za nim Tygrysi Pazur. — Zapamiętaj go dobrze. Najsilniejszy będzie przy granicy, ponieważ ich wojownicy oznaczają drzewa rosnące wzdłuż niej. — Z tymi słowy ciemny pręgowany kot podniósł swój ogon i znacząc własny ślad, spryskał płaski kamień.

— Pójdziemy wzdłuż granicy, prowadzi prosto do Czterech Drzew — zamiauczał Lwie Serce.

Ruszył szybko spod Słonecznych Skał, za nim podążył Tygrysi Pazur. Dwaj uczniowie pokłusowali ich śladem.

— Co to są Cztery Drzewa? — wydyszał Ognista Łapa.

— To miejsce, w którym spotykają się terytoria czterech klanów — odpowiedział Szara Łapa. — Rosną tam cztery wielkie dęby, tak stare jak klany...

— Bądźcie cicho! — ostrzegł Tygrysi Pazur. — Nie zapominajcie, jesteśmy tuż obok terytorium wroga!

Obaj uczniowie zamilkli i Ognista Łapa skoncentrował się na cichym truchcie. Przez płytki strumień przebrnęli suchą łapą, skacząc z głazu na głaz.

Zanim dotarli do Czterech Drzew, Ognista Łapa stracił dech, za to bolały go łapy. Nie przywykł do tak dalekich i szybkich wędrówek. Odetchnął z ulgą, gdy Lwie Serce i Tygrysi Pazur podprowadzili ich do grubych drzew i zatrzymali się na porośniętym krzewami grzbiecie wzniesienia.

Słońce stało w zenicie, chmury rozeszły się, a wiatr ucichł. Poniżej, w oślepiającym słonecznym świetle, stały cztery ogromne dęby, których ciemnozielone korony sięgały niemal do szczytu stromego stoku.

— Tak jak powiedział ci Szara Łapa — miauknął Lwie Serce do Ognistej Łapy — to są Cztery Drzewa. Tutaj spotykają się tereny wszystkich czterech klanów. Do Klanu Wiatru należą terytoria położone wyżej przed nami, tam, gdzie zachodzi słońce. Nie chwycisz dzisiaj śladu ich obecności — wiatr wieje w ich stronę. Ale wkrótce wystarczająco dobrze poznasz ich zapach.

— A Klan Cienia sprawuje władzę tam, w najmroczniejszej części lasu — dodał Szara Łapa, wskazując głową w bok. — Starsi powiadają, że zimne północne wiatry wiejące nad terytorium Klanu Cienia studzą serca jego kotów.

— Tyle klanów! — zawołał Ognista Łapa. „I tak dobrze zorganizowane", dodał w duchu, przypominając sobie ponure opowieści Łatka o dzikich kotach siejących postrach w lesie.

— Rozumiesz teraz, dlaczego każda zdobycz jest tak cenna — miauknął Lwie Serce. — Musimy walczyć, by chronić te niewielkie zasoby, które przypadają na nas.

— Ale to bez sensu! Dlaczego klany nie współpracują ze sobą i nie polują wspólnie na wszystkich terytoriach, zamiast ze sobą walczyć? — zasugerował śmiało Ognista Łapa.

Po jego słowach zapadło zdumione i niedowierzające milczenie.

Tygrysi Pazur odpowiedział pierwszy.

— To sposób myślenia zdrajcy, domowy kocie — rzucił.

— Nie bądź zbyt surowy, Tygrysi Pazurze — ostrzegł go Lwie Serce. — Sprawy klanów to nowość dla tego ucznia — popatrzył na Ognistą Łapę. — Mówisz z głębi serca, młodziaku. Dzięki temu pewnego dnia staniesz się silniejszym wojownikiem.

— Albo w chwili ataku okaże się słaby jak domowy piecuch — warknął Tygrysi Pazur.

Lwie Serce zmierzył krótko wzrokiem Tygrysiego Pazura i znów przemówił:

— Cztery klany przychodzą na spotkanie w pokoju w czasie każdego księżyca. Zgromadzenie odbywa się właśnie tutaj — pochylił głowę ku czterem potężnym dębom rosnącym poniżej. — Rozejm trwa tak długo, jak długo księżyc jest w pełni.

— W takim razie zgromadzenie nastąpi niedługo? — zapytał Ognista Łapa, pamiętając jasne światło księżyca poprzedniej nocy.

— W rzeczy samej! — odpowiedział Lwie Serce, wyraźnie pod wrażeniem. — Ściśle mówiąc, dzisiejszej nocy. Zgromadzenia są niezwykle ważne, zapewniają klanom jedną noc pokoju. Musisz jednak zrozumieć, że na dłuższą metę sojusze przyniosłyby więcej szkody niż pożytku.

— To lojalność wobec naszego klanu daje nam siłę — przytaknął Tygrysi Pazur. — Osłabiając tę lojalność, zmniejszasz nasze szanse przeżycia.

Ognista Łapa kiwnął głową.

— Rozumiem — miauknął.

— Ruszajmy! — Lwie Serce wstał. — Idziemy dalej.

Przemierzyli grzbiet zbocza doliny, w której rosły Cztery Drzewa. Chylące się ku zachodowi słońce mieli teraz za plecami. Przebyli strumień w miejscu, gdzie był wystarczająco wąski, by przeskoczyć go jednym susem.

Ognista Łapa wciągnął powietrze. Poczuł nowy koci zapach, silny i cierpki.

— Który to klan? — zapytał.

— Klan Cienia — odparł ponuro Tygrysi Pazur. — Idziemy wzdłuż granicy ich terytorium. Zachowuj się rozsądnie, Ognista Łapo. Świeższe zapachy oznaczają, że w pobliżu jest ich patrol.

Ognista Łapa skinął głową, gdy wtem usłyszał nowy dźwięk. Zesztywniał, ale inne koty utrzymały tempo, idąc prosto w kierunku złowieszczego dudnienia.

— Co to jest? — zapytał, doganiając ich kłusem.

— Zobaczysz za chwilę — odpowiedział Lwie Serce.

Ognista Łapa spojrzał na drzewa przed nimi. Wydawały się rzednąć, wpuszczając szerokie pasma słonecznego światła.

— Jesteśmy na skraju lasu? — zapytał. Potem zatrzymał się i wziął głęboki wdech. Woń zielonego lasu przytłumiły inne, dziwne, złowrogie zapachy.

Tym razem to nie był zapach kotów, lecz woń, która przypomniała mu jego stary dom Dwunożnych. Dudnienie przybierało na sile, bezustanny ryk sprawiał, że drżała ziemia, wywoływał ból w uszach.

— To Droga Grzmotu — miauknął Tygrysi Pazur.

Ognista Łapa podążył za Lwim Sercem, który doprowadził ich na skraj lasu. Usiadł i wszystkie cztery koty wyjrzały zza drzew.

Ognista Łapa ujrzał szarą drogę przecinającą las jak rzeka. Twarda przestrzeń z szarego kamienia ciągnęła się tak daleko, że drzewa po drugiej stronie ledwo było widać. Ognista Łapa wzdrygnął się, poczuwszy gorzki zapach dobiegający od drogi.

W następnej chwili uskoczył do tyłu, jeżąc futro, gdy tuż obok przemknął ryczący potwór. Gałęzie drzew po obu stronach wygięły się gwałtownie w sunącym za potworem podmuchu. Ognista Łapa spojrzał na towarzyszy szeroko otwartymi oczami, niezdolny do wydania głosu. Wcześniej widział podobne drogi koło swojego starego domu Dwunożnych, ale żadna nie była tak szeroka, nie jeździły też po nich potwory tak szybkie i tak gwałtowne.

— Za pierwszym razem też się wystraszyłem — zauważył Szara Łapa. — Ale przynajmniej dzięki temu wojownicy Klanu Cienia nie zapuszczają się na nasz teren.

Droga Grzmotu ciągnie się wzdłuż naszej granicy na długość wielu kocich kroków. I nie martw się, te potwory nigdy nie zbaczają z drogi. Jesteś bezpieczny pod warunkiem, że nie podejdziesz zbyt blisko.

— Najwyższy czas wracać do obozu — miauknął Lwie Serce. — Obszedłeś już cały nasz teren. Ominiemy tylko Wężowe Skały, chociaż nadłożymy drogi. Niedoświadczony uczeń byłby łatwym łupem dla żmij, a domyślam się, że jesteś zmęczony, Ognista Łapo.

Ognista Łapa poczuł ulgę na myśl o powrocie do obozu. W głowie kręciło mu się od wszystkich nowych zapachów i wrażeń. Lwie Serce miał rację: był zmęczony i głodny. Gdy koty odwróciły się od Drogi Grzmotu i skierowały z powrotem do lasu, poczłapał za Szarą Łapą.

Gdy Ognista Łapa wchodził przez kolcolist do obozu Klanu Pioruna, w wieczornym powietrzu unosił się zapach rosy. Czekała na nich świeża zdobycz. Ognista Łapa i Szara Łapa wzięli swoją część ze sterty ułożonej w zacienionym miejscu polany i przenieśli ją na pniak przy swoich legowiskach.

Zakurzona Łapa i Piaskowa Łapa już tam siedziały, chrupiąc łapczywie.

— Cześć, kiciusiu! — miauknął Zakurzona Łapa, patrząc na Ognistą Łapę zmrużonymi pogardliwie oczami. — Rozkoszuj się jedzeniem, które dla ciebie złapaliśmy.

— Kto wie, pewnego dnia może nawet nauczysz się polować! — uśmiechnęła się szyderczo Piaskowa Łapa.

— Wciąż każą wam polować? — zapytał niewinnie Szara Łapa. — Nie przejmujcie się. My patrolowaliśmy granice terytorium. Cieszcie się, wszędzie jest bezpieczne.

— Z pewnością inne klany uciekły z przerażeniem od samego waszego zapachu! — zawył Zakurzona Łapa.

— Nie ośmielili się nawet pokazać— zaripostował Szara Łapa, niezdolny dłużej ukrywać złość.

— Dobra, zapytamy ich dziś wieczorem, gdy zobaczymy się na zgromadzeniu klanów — miauknęła Piaskowa Łapa.

— Idziecie? — zapytał Ognista Łapa. Mimo niechęci okazywanej mu przez uczniów był pod wrażeniem tej wiadomości.

— Oczywiście — odpowiedział wyniośle Zakurzona Łapa. — Wiesz, to wielki zaszczyt. Ale nie martw się; opowiemy ci wszystko jutro rano.

Szara Łapa zignorował chełpliwe przechwałki Zakurzonej Łapy i zaczął chrupać swój świeżo upolowany posiłek. Ognista Łapa również był głodny i przykucnął do jedzenia. Nie mógł pozbyć się kłującego uczucia zazdrości, że dwójka uczniów pójdzie wieczorem na spotkanie z innymi klanami.

Podniósł wzrok, gdy rozległo się donośne wezwanie Błękitnej Gwiazdy. Popatrzył na zbierających się wojowników i starszych klanu. Nadszedł czas wyjścia przedstawicieli klanu na comiesięczne zgromadzenie. Zakurzona Łapa i Piaskowa Łapa zerwali się i kłusem dołączyli do reszty kotów.

— Do zobaczenia! — rzuciła przez ramię Piaskowa Łapa. — Życzę miłej, spokojnej nocy!

Zebrane koty skierowały się rzędem do wyjścia z obozu. Na czele kroczyła Błękitna Gwiazda. W świetle księżyca jej futro lśniło srebrzyście; prowadząc swój klan na krótki rozejm pomiędzy odwiecznymi wrogami, wydawała się spokojna i pewna siebie.

— Byłeś kiedyś na zgromadzeniu? — zapytał w zadumie Ognista Łapa.

— Jeszcze nie — odpowiedział Szara Łapa, głośno chrupiąc kości myszy. — Ale niedługo to nastąpi, po prostu musisz czekać. Wszyscy uczniowie w końcu tam docierają.

Resztę posiłku spożyli w milczeniu. Gdy skończyli, Szara Łapa podszedł do Ognistej Łapy i zaczął pielęgnować jego głowę. Umyli się wzajemnie, dzieląc języki na sposób, jaki Ognista Łapa widział u innych kotów zaraz po przybyciu. Potem, zmęczeni długą wędrówką, poszli do swojego legowiska. Umościli się w nim i szybko zapadli w sen.

Następnego ranka Szara Łapa i Ognista Łapa wcześniej przybyli do piaszczystej rozpadliny. Wymknęli się chyłkiem, zanim obudziły się Piaskowa Łapa i Zakurzona Łapa. Ognista Łapa chętnie posłuchałby o zgromadzeniu, ale Szara Łapa pociągnął go za sobą.

— Jak znam tych dwoje, później usłyszysz wszystko, co trzeba — miauknął.

Zapowiadał się kolejny ciepły dzień. Tym razem dołączył do nich Krucza Łapa. Dzięki Nakrapianemu Liściowi jego rana goiła się dobrze.

Szara Łapa bawił się, zgarniając liście w powietrzu i skacząc po nich. Ognista Łapa patrzył na niego z ogonem drgającym z rozbawienia. Krucza Łapa przysiadł cicho na boku wgłębienia, wyglądał na spiętego i nieszczęśliwego.

— Głowa do góry, Krucza Łapo! — zawołał Szara Łapa. — Wiem, że nie lubisz szkolenia, ale zwykle nie jesteś aż tak nieszczęśliwy!

Zapachy Lwiego Serca i Tygrysiego Pazura zwiastowały już ich nadejście, więc Krucza Łapa odparł pospiesznie:

— Martwię się po prostu, że pogorszy się stan mojej rany.

W tej chwili Tygrysi Pazur wyszedł z krzaków, stąpając tuż za Lwim Sercem.

— Wojownicy powinni umieć znosić ból — rzucił Tygrysi Pazur. Spojrzał Kruczej Łapie prosto w oczy. — Musisz nauczyć się trzymać język za zębami.

Krucza Łapa wzdrygnął się i spuścił wzrok na ziemię.

— Tygrysi Pazur jest dziś w zrzędliwym nastroju — szepnął Szara Łapa do ucha przyjaciela.

Lwie Serce srogo spojrzał na swoich uczniów i ogłosił:

— Dziś będziemy ćwiczyć tropienie. Zacznijmy od tego, że zupełnie inaczej podkradamy się do królika, a inaczej do myszy. Czy któryś z was może powiedzieć mi, dlaczego?

Ognista Łapa nie miał zielonego pojęcia, a Krucza Łapa zdawał się brać uwagę Tygrysiego Pazura do serca i trzymał język za zębami.

— No, dalej! — prychnął niecierpliwie Tygrysi Pazur.

Odpowiedział Szara Łapa:

— Ponieważ królik poczuje nasz zapach wcześniej, niż nas zobaczy, ale mysz poczuje kroki naszych łap na ziemi, zanim wyczuje nasz zapach.

— Tak jest, Szara Łapo! Jak więc należy postępować w czasie polowania na myszy?

— Lekko kroczyć? — zasugerował Ognista Łapa.

Lwie Serce popatrzył na niego z aprobatą.

— Całkiem dobrze, Ognista Łapo. Musisz całą masę swojego ciała przenieść na uda, aby łapy nie wywoływały żadnych drgań podłoża. Spróbujmy!

Ognista Łapa zobaczył, jak Szara Łapa i Krucza Łapa natychmiast przykucnęli w pozycji tropicieli.

— Dobra robota, Szara Łapo! — miauknął Lwie Serce, gdy dwóch uczniów zaczęło ostrożnie posuwać się do przodu.

— Zadek nisko, Krucza Łapo, bo wyglądasz jak kaczka! — zawarczał Tygrysi Pazur. — Teraz ty spróbuj, Ognista Łapo.

Ognista Łapa przykucnął i zaczął skradać się po leśnym poszyciu. Poczuł, że instynktownie przybrał właściwą pozycję, i gdy posuwał się do przodu, najciszej i najlżej, jak tylko potrafił, zapałał dumą, że jego mięśnie zareagowały tak płynnie.

— Wyraźnie widać, że przywykłeś do wygody — burknął Tygrysi Pazur. — Tropisz jak człapiący kot domowy! Myślisz, że ofiara przyjdzie, położy ci się na talerzu i będzie czekać, aż ją zjesz?

Gdy tylko Tygrysi Pazur zaczął mówić, Ognista Łapa usiadł szybko, trochę zaskoczony jego mocnymi słowami. Słuchał uważnie wojownika, zdecydowany wszystko wykonywać jak najlepiej.

— Tempo i umiejętność poruszania się przyjdą później, ale już teraz doskonale utrzymuje równowagę — zauważył łagodnie Lwie Serce.

— I zapewne jest lepszy niż Krucza Łapa, jak przypuszczam — zrzędził Tygrysi Pazur. Rzucił pogardliwe spojrzenie na czarnego kociaka. — Nawet po dwóch księżycach szkolenia wciąż przenosisz całą swoją masę na lewą stronę.

Krucza Łapa zrobił jeszcze smutniejszą minę i Ognista Łapa nie mógł powstrzymać się, by nie palnąć:

— Po prostu martwi się swoją raną!

Tygrysi Pazur odwrócił głowę i spiorunował go wzrokiem.

— Urazy są wpisane w życie. Powinien umieć sobie z nimi radzić. Nawet ty, Ognista Łapo, nauczyłeś się czegoś dziś rano. Jeśli Krucza Łapa pojmowałby rzeczy tak szybko jak ty, byłby dla mnie chlubą, zamiast wpędzać w zażenowanie. Wyobraź sobie, że zawstydza cię domowy kot! — parsknął gniewnie w stronę swojego ucznia.

Ognista Łapa poczuł, że futro kłuje go niewygodnie. Nie

mógł spojrzeć Kruczej Łapie w oczy, spuścił więc wzrok na swoje łapy.

— Uf, jestem bardziej pokrzywiony niż jednonogi borsuk — miauknął Szara Łapa, przerywając swoje ostrożne podchody, i podniósłszy się, zaczął zataczać się komicznie po polanie. — Myślę, że będę musiał zadowolić się polowaniem na głupie myszy. Nie będą miały szans. Po prostu będę do nich podchodził, a potem siedział na nich, dopóki mi się nie poddadzą.

— Skoncentruj się, młodziaku. To nie czas na żarty! — miauknął surowo Lwie Serce. — Być może skupisz się bardziej, jeśli popróbujesz prawdziwego tropienia.

Wszyscy trzej uczniowie spojrzeli na niego radośnie.

— Chcę, by każdy z was spróbował złapać prawdziwą ofiarę — zamiauczał Lwie Serce. — Krucza Łapo, poszukasz za Sowim Drzewem. Szara Łapa, może uda ci się wytropić coś tam, w tej dużej kępie jeżyn. A ty, Ognista Łapo, pójdź tamtą króliczą drogą; znajdziesz wyschnięte dno zimowego strumienia. Może coś tam znajdziesz.

Trzej uczniowie oddalili się lekko, nawet Krucza Łapa znalazł w sobie jakąś wyjątkową energię do wykonania tego zadania.

Czując szum krwi w uszach, Ognista Łapa skradał się wolno pod górę. Łożysko strumienia przecinało zalesiony teren położony na wprost. Ognista Łapa odgadł, że w porze opadania liści strumień zbiera wodę deszczową z lasu i doprowadza ją do wielkiej rzeki, stanowiącej granicę terenu Klanu Rzeki. Teraz łożysko było wyschnięte.

Ognista Łapa zszedł w dół brzegiem strumienia i przykucnął na jego piaszczystym dnie. Wszystkie zmysły miał napięte i wyczulone. Ostrożnie rozejrzał się po pustym korycie w poszukiwaniu oznak życia. Wypatrywał najlżejszego ruchu. Otworzył pysk, by móc wyczuć najsłabszy zapach, uszy wystawił do przodu.

I wtedy poczuł zapach myszy. Odróżnił jej woń natychmiast, gdy przypomniał sobie smak, poznany poprzedniej nocy. Wezbrała w nim gwałtowna energia, ale stał nieruchomy, rozpaczliwie próbując jak najdokładniej określić miejsce, w którym znajduje się przyszła ofiara.

Wyciągnął uszy przed siebie i nasłuchiwał, dopóki nie usłyszał szybkiego pulsowania maleńkiego serca myszy. Wtedy jego uwagę przyciągnął brązowy błysk. Coś przedzierało się przez wysoką trawę pokrywającą brzegi strumienia. Ognista Łapa przesuwał się bliżej, pamiętając, by ciężar ciała utrzymywać na udach, dopóki nie zbliżył się na odległość skoku. Wtedy odepchnął się mocno tylnymi łapami i skoczył, wzbijając fontannę piasku.

Mysz zaczęła uciekać, ale Ognista Łapa był szybszy. Chwycił ją w powietrzu jedną łapą, cisnął w piaszczyste koryto strumienia i rzucił się na nią. Zabił szybko jednym ostrym kłapnięciem.

Ostrożnie chwycił ciepłe ciało w zęby i z zadartym ogonem powrócił do zagłębienia, w którym czekali Tygrysi Pazur i Lwie Serce. Upolował swoją pierwszą zdobycz. Stał się teraz prawdziwym uczniem Klanu Pioruna.

Rozdział 6

Promienie porannego słońca padały na poszycie lasu, gdy Ognista Łapa ruszył na polowanie. Dwa księżyce minęły, odkąd zaczął swoje szkolenie. Teraz czuł się tu jak w domu. Zmysły mu się wyostrzyły, nauczył się leśnego życia.

Zatrzymał się, by obwąchać ziemię i ryjące w niej zimne, ślepe istoty. Pochwycił ślad Dwunożnych, przechodzących tędy niedawno. Las rozkwitł już w pełni, gałęzie porosły gęsto zielonymi liśćmi, a małe stworzonka buszowały pod grubą ściółką.

Smukła, silna sylwetka Ognistej Łapy przesuwała się bezszelestnie wśród drzew. Ruszył przed siebie z wyostrzonymi zmysłami, całkowicie skoncentrowany na szybkim zdobyciu łupu. Dziś otrzymał pierwsze samodzielne zadanie i postanowił je wykonać jak najlepiej, nawet jeśli polegało ono tylko na powrocie do klanu ze świeżo upolowaną zwierzyną.

Zmierzał do tego strumienia, który po raz pierwszy przebył, wędrując na łowiska Klanu Pioruna. Spływająca z góry woda bulgotała i rozpryskiwała się na gładkich, okrągłych głazach. Zatrzymał się na krótko, by pochłeptać zimnej, czystej wody, uniósł głowę i ponownie poniuchał, szukając zapachu ofiary.

W powietrzu wisiał ciężko smród lisa. Nie był świeży, lis musiał być u wodopoju znacznie wcześniej. Ognista Łapa rozpoznał woń, którą wąchał podczas pierwszej wizyty w lesie. Od tego czasu Tygrysie Serce nauczył go, że to zapach lisa, ale oprócz przelotnego mignięcia lisiej kity podczas pierwszej wycieczki Ognista Łapa do tej pory wciąż tak naprawdę nie widział tego zwierzęcia.

Skupił się na tym, by oderwać się od smrodu lisa, a wyłapać zapach ofiary. Jest! Dosłyszał bicie serca drobnego zwierzęcia. To nornik wodny zajęty w swoim gnieździe. Wąsy Ognistej Łapy zadrgały.

Chwilę później ujrzał go. Brązowy grubas biegał tam i z powrotem wzdłuż łachy, zbierając trawiaste łodygi. Ognista Łapa poczuł, że ślina kapie mu z pyska. Od wielu godzin nie jadł, ale nie ośmieli się zapolować dla siebie, zanim nie zdobędzie pożywienia dla klanu. Pamiętał, co wciąż powtarzali mu Lwie Serce i Tygrysi Pazur: przede wszystkim trzeba nakarmić klan.

Przysiadając nisko nad ziemią, Ognista Łapa zaczął podchodzić stworzonko. Pomarańczowym futrem brzucha tarł po wilgotnej trawie. Skradał się coraz bliżej, ani na chwilę nie spuszczając wzroku z ofiary. Już prawie-prawie. Jeszcze chwila i będzie w zasięgu skoku...

Nagle w paprociach za jego plecami rozległ się głośny szelest. Uszy nornika wodnego drgnęły i zwierzątko zniknęło w jamie wygrzebanej w piachu.

Ognista Łapa poczuł, jak jeży mu się sierść na karku. Ten, kto odebrał mu szansę upolowania ofiary, drogo za to zapłaci.

Wciągnął nosem powietrze. Wiedział, że ma do czynienia z kotem, ale z przerażeniem zdał sobie sprawę, że nie potrafi rozpoznać, z którego klanu pochodzi obcy, gdyż smród lisa wciąż mylił jego zmysł powonienia.

Z rosnącym w gardle warknięciem zaczął zawracać szerokim łukiem. Nastawił uszy i szeroko otworzył oczy w poszukiwaniu najmniejszego poruszenia. Ponownie usłyszał szelest zarośli, tym razem głośniejszy, dochodzący z boku. Ognista Łapa zbliżał się powoli do zarośli. Dostrzegał już ruch roślin, lecz grube liście wciąż kryły wroga przed jego wzrokiem. Z głośnym trzaskiem złamała się jakaś gałązka. „Tylko duże stworzenie tak hałasuje" — pomyślał, gotów na zażartą walkę.

Skoczył na pień jesionu i szybko, bezszelestnie wspiął się do pierwszej zwisającej gałęzi. Niewidzialny przeciwnik w dole podchodził coraz bliżej. Ognista Łapa wstrzymywał oddech w oczekiwaniu na dogodny moment, gdy paprocie rozchyliły się i spomiędzy liści wychynął duży szarawy kształt.

— Gr-aar! — Ognista Łapa wydał gardłowy okrzyk bojowy, wysunął pazury, rzucił się na wroga i wylądował prosto na puszystych, umięśnionych barkach. Wbił się mocno w sierść, chwytając ją ostrymi jak igły pazurami, gotowy zadać mocne ugryzienie ostrzegawcze.

— Aaa! Co to? — Stworzenie pod spodem wystrzeliło prosto w górę, pociągając go za sobą.

— Uch, Szara Łapo? — zaskoczony Ognista Łapa dopiero teraz rozpoznał głos i wyczuł znajomy zapach przyjaciela, ale wciąż unoszony bojowym zapałem nie rozluźnił chwytu.

— Zasadzka! Miaau! — wrzeszczał Szara Łapa, nie zdając sobie sprawy, że kotem uczepionym jego pleców jest Ognista Łapa. Miotał się w kółko, próbując zrzucić z siebie napastnika.

— Ufff! — Ognista Łapa toczył się razem z nim, gnieciony i przytłaczany ciężkim ciałem. — To ja, Ognista Łapa! — wrzeszczał, usiłując się uwolnić i schować pazury. Odtoczył się, skoczył na łapy i wstrząsnął całym ciałem, do samego końca ogona. — Szara Łapo, to ja — powtórzył. — Myślałem, że jesteś wojownikiem nieprzyjaciela!

Szara Łapa wstał, skrzywił się i otrząsnął.

— I tak się poczułem! — narzekał, przekręcając głowę do tyłu, by wylizać obolałe barki. — Poszarpałeś mnie na strzępy!

— Przepraszam — wymamrotał Ognista Łapa. — Ale co miałem pomyśleć, gdy starałeś się podkraść do mnie niepostrzeżenie w ten sposób?

— Starałem się! — Oczy Szarej Łapy zaokrągliły się z oburzenia. — To było moje najbardziej ostrożne podkradanie.

— Ostrożne! Wciąż tropisz jak pokrzywiony borsuk! — dokuczał mu Ognista Łapa. Położył po sobie swawolnie uszy.

Szara Łapa wydał syk triumfu.

— Ja ci pokażę pokrzywionego!

Oba koty odskoczyły i zaczęły krążyć wokół siebie w poszukiwaniu okazji do ataku. Szara Łapa machnął masywną łapą, a Ognistej Łapie zaświeciły przed oczami tysiące gwiazd.

— Ufff! — Potrząsnął głową, by się ich pozbyć, a następnie rozpoczął kontratak.

Zdołał zadać Szarej Łapie kilka ciosów, zanim ten obezwładnił go i przytrzymał. Ognista Łapa opadł bezwładnie.

— Zbyt łatwo się poddajesz! — miauknął Szara Łapa, rozluźniając chwyt. Ognista Łapa natychmiast wykorzystał okazję, zerwał się na równe nogi i potężnym uderzeniem posłał przeciwnika w zarośla.

Potem skoczył za nim i przycisnął do ziemi.

— Zaskoczenie jest najlepszą bronią wojownika — wrzasnął, cytując jeden z ulubionych zwrotów Lwiego Serca. Zeskoczył zwinnie z Szarej Łapy i zaczął tarzać się w ściółce, ciesząc się łatwym zwycięstwem i ciepłem ziemi na grzbiecie.

Szara Łapa nie wydawał się zakłopotany drugą porażką tego poranka. Dzień był zbyt piękny na złe humory.

— Jak twoje zadanie? — zapytał.

Ognista Łapa usiadł.

— Szło mi doskonale, dopóki się nie zjawiłeś. Miałem właśnie schwytać nornika, gdy twoje ciężkie kroki go spłoszyły.

— O, przepraszam — miauknął Szara Łapa.

Ognista Łapa spojrzał na swojego zbitego z tropu przyjaciela.

— W porządku. Nie wiedziałeś — mruknął. — Tak czy inaczej — ciągnął — nie powinieneś przypadkiem podążać na spotkanie patrolu na granicy Klanu Wiatru? Myślałem, że masz im przekazać wiadomość od Błękitnej Gwiazdy.

— Tak, ale mam mnóstwo czasu. Zamierzałem najpierw trochę zapolować. Padam z głodu!

— Ja również. Ale zanim będę mógł zapolować dla siebie, muszę upolować coś dla klanu.

— Założę się, że Zakurzona Łapa i Piaskowa Łapa nie raz przekąsiły ryjówkę albo dwie, nawet na obowiązkowym polowaniu — parsknął Szara Łapa.

— Nie byłbym zdziwiony, gdyby tak robili, ale to moje pierwsze własne zadanie...

— I chcesz je wykonać dobrze — zauważył Szara Łapa.

— A przy okazji, co to za wiadomość od Błękitnej Gwiazdy? — zapytał Ognista Łapa, zmieniając temat.

— Chce, by patrol poczekał przy Wielkim Jaworze do czasu, gdy ona sama dołączy do nich w środku dnia. Zdaje się, że snują się tam jakieś koty z Klanu Cienia. Błękitna Gwiazda chce to sprawdzić.

— Zatem najlepiej zrobisz, ruszając natychmiast — przypomniał mu Ognista Łapa.

— Łowiska Klanu Wiatru też są niedaleko stąd. Mam mnóstwo czasu — odpowiedział Szara Łapa z przekonaniem. — W końcu coś ci się ode mnie należy za spłoszenie tego nornika.

— To nieważne — miauknął Ognista Łapa. — Znajdę innego. W tak ciepły dzień powinno ich być całkiem sporo.

— Prawda. Ale wciąż musisz je złapać.

Szara Łapa skubnął przedni pazur, zapobiegliwie zdzierając kawałek zewnętrznej osłonki.

— Wiesz, może ci to zająć czas do popołudnia, może nawet do zachodu słońca.

Ognista Łapa bez entuzjazmu przytaknął głową; kiszki grały mu marsza. Prawdopodobnie będzie musiał trzy albo cztery razy wracać do obozu, zanim zbierze wystarczająco dużo zdobyczy. Srebrna Skóra pojawi się na niebie, zanim znajdzie okazję, by coś przekąsić.

Szara Łapa przygładził wąsy.

— No chodź, pomogę ci zacząć. Przynajmniej tyle jestem ci winny. Powinniśmy złapać kilka norników, zanim będę musiał ruszyć dalej.

Zadowolony z towarzystwa i pomocy Ognista Łapa poprowadził przyjaciela w górę strumienia. Lisi smród unosił się powietrzu i nagle przybrał na sile.

Ognista Łapa przystanął.

— Wyczuwasz to? — zapytał.

Szara Łapa zatrzymał się i również wciągnął powietrze.

— Lis. Tak, czułem ten zapach już wcześniej.

— Ale teraz jest świeższy, nie sądzisz? — spytał Ognista Łapa.

Szara Łapa zawęszył raz jeszcze, otwierając nieznacznie pysk.

— Masz rację — zamruczał, zniżając głos. Obrócił głowę, by poprzez strumień przepatrzeć krzaki rosnące dalej w lesie.

— Spójrz! — szepnął.

Ognista Łapa popatrzył. Zobaczył coś rudego, z puszystym ogonem, przemykającego między krzewami. W końcu stworzenie wyszło na polankę i wtedy Ognista Łapa ujrzał niewielkiego lisa, lśniącego jaskrawo w promieniach słońca, z puszystą kitą i długim, wąskim pyskiem.

— Więc to jest lis? — szepnął Ognista Łapa. — Paskudnie wygląda!

— Masz absolutną rację! — przytaknął Szara Łapa.

— Szedłem za jednym z nich, kiedy... spotkaliśmy się pierwszy raz — wyszeptał Ognista Łapa.

— Bardziej prawdopodobne, że to on szedł za tobą, idioto! — wysyczał Szara Łapa. — Nigdy nie ufaj lisowi. Wygląda jak pies, zachowuje się jak kot. Musimy ostrzec królowe, że jeden błąka się po naszym terenie. Lisy są tak samo złe jak borsuki, gdy chodzi o zabijanie młodych kociąt. Cieszę się, że nie dogoniłeś tego, za którym szedłeś ostatnim razem. Z takiej drobiny jak ty zrobiłby mysi pasztet.

Ognista Łapa wyglądał na trochę zdenerwowanego, więc Szara Łapa dodał:

— Ostatnimi czasy powiększyłeś jednak swoje szanse. Tak czy inaczej, Błękitna Gwiazda prawdopodobnie wyśle patrol wojowników, by go odstraszyć. Zmartwienie o to zostawmy królowym.

Lis ich nie zauważył, więc obaj uczniowie kontynuowali wędrówkę wzdłuż strumienia.

— A jak wygląda borsuk? — zapytał Ognista Łapa, gdy skradali się, uważnie węsząc wokół.

— Czarno-biały, krótkie nogi. Rozpoznasz go, gdy go zobaczysz. Borsuki mają okropne usposobienie, tępią zwierzęta. Rzadziej od lisów atakują żłobek, ale za to okropnie gryzą. Myślisz, że w jaki sposób stary Obcięty Ogon zarobił na swoje imię? Nie może wchodzić na drzewa, odkąd borsuk odgryzł mu ogon!

— Czemu nie?

— Boi się upadku. Kot potrzebuje ogona, jeśli chce spaść na cztery łapy. Ogon pomaga mu przekręcić się w locie.

Ognista Łapa ze zrozumieniem skinął głową.

Zgodnie z przewidywaniami Ognistej Łapy to był dobry dzień na polowanie. Po niedługim czasie Szara Łapa rzucił się na niewielką mysz, a Ognista Łapa złapał drozda. Szybko odebrał mu życie. Dzisiaj nie było czasu na ćwiczenia w metodach zabijania; zbyt wiele głodnych pysków czekało w obozie na jego powrót. Ognista Łapa zasypał ziemią ofiarę, aby ukryć ją przed drapieżnikami do czasu, gdy po nią wróci.

Nagle z gęstwiny wyszła wiewiórka.

Ognista Łapa rzucił się do działania.

— Tamtędy! — krzyknął, odbijając się na wyciągniętych łapach od sprężystej leśnej ściółki, z Szarą Łapą depczącym mu po piętach.

Zatrzymali się z poślizgiem, ponieważ wiewiórka uciekła w górę po pniu brzozy.

— Straciliśmy ją! — warknął z rozczarowaniem Szara Łapa.

Oba koty sapiąc, zatrzymały się dla złapania oddechu. Zaskoczył ich ostry smród, który uderzył w ich nozdrza.

— Droga Grzmotu — miauknął Ognista Łapa. — Nie miałem pojęcia, że zaszliśmy tak daleko.

Przesunęli się do przodu, by przyjrzeć się z lasu wielkiej, ciemnej drodze. Pierwszy raz byli tu sami. Wzdłuż szlaku, po twardej nawierzchni, przesuwały się, warcząc, hałaśliwe istoty, patrzące prosto przed siebie martwymi oczami.

— Fuj! — prychnął Szara Łapa. — Te potwory naprawdę śmierdzą!

Ognista Łapa poruszył uszami na potwierdzenie. Duszące zapachy boleśnie kłuły go w gardło.

— Przeszedłeś kiedyś przez Drogę Grzmotu? — miauknął.

Szara Łapa pokręcił przecząco głową.

Ognista Łapa postąpił krok naprzód, wychodząc zza osłony krzewów. Między drzewami a Drogą Grzmotu znajdował się pas gęstej trawy. Powoli dotarł do niej i szybko się cofnął, ponieważ obok przemknął śmierdzący potwór.

— Hej? Dokąd idziesz? — zamiauczał Szara Łapa.

Ognista Łapa nie odpowiedział. Poczekał, aż w zasięgu wzroku nie będzie żadnego potwora. Wtedy jeszcze raz posunął się przez trawę do przodu, prosto do krawędzi drogi. Ostrożnie wyciągnął łapę, by jej dotknąć. Była ciepła, prawie lepka, rozgrzana przez słońce. Potem spojrzał dalej, poprzez Drogę Grzmotu. Czy w lesie po drugiej stronie nie błyszczało dwoje oczu? Wciągnął nosem powietrze, ale nie wyczuł niczego z wyjątkiem smrodu wielkiej szarej drogi. Oczy naprzeciwko wciąż świeciły wśród cieni. Następnie powoli zamrugały.

Ognista Łapa był teraz pewien. To był wpatrujący się w niego wojownik Klanu Cienia.

— Ognista Łapo! — na krzyk Szarej Łapy podskoczył, a tuż obok jego nosa przejechał z rykiem olbrzymi potwór, wyższy niż drzewa. Podmuch wywołany przez niego o mało go nie wywrócił. Ognista Łapa obrócił się i co sił pobiegł z powrotem do bezpiecznego lasu.

— Ty głupcze o mysim móżdżku! — zrugał go Szara Łapa, którego wąsy drżały ze strachu i gniewu. — Co ty wyprawiasz?

— Zastanawiałem się tylko, jak czuć Drogę Grzmotu — wymamrotał Ognista Łapa. Jego wąsy też drżały.

— Szybciej! — wysyczał nerwowo Szara Łapa. — Wynośmy się stąd!

Szara Łapa skoczył z powrotem do lasu, Ognista Łapa podążył za nim. Gdy tylko odbiegli od Drogi Grzmotu na bezpieczną odległość, Szara Łapa zatrzymał się dla złapania oddechu.

Ognista Łapa usiadł i zaczął lizać swoje zmierzwione futro.

— Myślę, że widziałem wojownika Klanu Cienia — miauknął pomiędzy liźnięciami. — W lesie na drugim brzegu Drogi Grzmotu.

— Wojownik Klanu Cienia! — powtórzył Szara Łapa, otwierając szeroko oczy. — Naprawdę?

— Jestem zupełnie pewien.

— A więc dobrze, że ten potwór przejeżdżał obok, gdy to się działo — stwierdził Szara Łapa. — Gdzie jest jeden wojownik Klanu Cienia, tam przebywa ich więcej, a my jeszcze nie możemy się z nimi równać. Lepiej stąd chodźmy.

Popatrzył w górę na słońce, które stało prawie dokładnie nad ich głowami.

— Pora stąd ruszać, jeśli chcę spotkać ten patrol na czas — miauknął. — Na razie!

Skoczył daleko w zarośla, wołając jeszcze na odchodnym:

— Być może gdy przekażę tę wiadomość, Lwie Serce pozwoli mi wrócić i pomóc ci w polowaniu.

Ognista Łapa patrzył za nim, kiedy się oddalał. Zazdrościł Szarej Łapie i żałował, że nie może dołączyć do patrolu wojowników. Ale przynajmniej po powrocie do obozu będzie miał co opowiadać Zakurzonej Łapie i Piaskowej Łapie. Dziś po pierwszy raz widział wojownika Klanu Cienia.

Rozdział 7

Ognista Łapa powrócił tą samą trasą, a potem skierował się ponownie do strumienia. Nie mógł zapomnieć o oczach płonących w mroku lasu na terytorium Klanu Cienia.

Nagle złapał na wietrze jakiś niewyraźny zapach.

Obcy! Może to ten wojownik Klanu Cienia.

W jednej chwili poczuł, jak w gardle wzbiera mu głuchy pomruk. Powiew wiatru przyniósł ze sobą wiele informacji. Obcy był kocicą, niemłodą i z pewnością nie z Klanu Pioruna. Ognista Łapa nie wyczuwał od niej wyraźnego zapachu żadnego z klanów, ale wiedział, że jest zmęczona, głodna, chora i w ponurym nastroju.

Przyczaił się nisko nad ziemią i poszedł śladem zapachu. Nagle zatrzymał się zakłopotany. Zapach nieznajomego kota osłabł. Zawęszył ponownie.

W tej samej chwili z krzaków za jego plecami wypadła jak błyskawica warcząca futrzana kula.

Ognista Łapa wrzasnął przestraszony, gdy kocica z rozpędu przewróciła go na bok. Dwie ciężkie łapy zacisnęły się na jego barkach, a żelazne szczęki chwyciły go za kark.

— Mrrrau! — wrzasnął, błyskawicznie rozpatrując sytuację. Jeśli napastniczka zatopi w nim kły, będzie po wszystkim.

Zmusił się, by opaść bezwładnie, rozluźnił mięśnie w geście poddania i wydobył z siebie jęk udawanego strachu.

Kocica otworzyła pysk i krzyknęła zwycięsko.

— Ach, kiepski uczeń. Łatwa ofiara dla Żółtego Kła — wysyczała.

Po takiej zniewadze Ognista Łapa poczuł nagły przypływ furii. „Tylko poczekaj!" Pokaże tej charczącej kuli futra, jaki z niego wojownik! „Ale jeszcze nie teraz", powiedział sobie. „Poczekaj, aż jeszcze raz poczujesz jej zęby".

Żółty Kieł ugryzła nieco mocniej. Ognista Łapa zebrał wszystkie siły młodości i jak sprężyna wyskoczył w górę. Odrzucona do tyłu kocica warknęła z zaskoczeniem i poturlała się do tyłu, na krzak kolcolistu.

Ognista Łapa otrząsnął się.

— Nie taka łatwa ofiara, hę?

Żółty Kieł uwolniła się od czepiających się sierści gałęzi i zasyczała wyzywająco:

— Nie najgorzej, młodzieńcze. Ale to nie wystarczy! — odwarknęła.

Ognista Łapa zamrugał, gdyż po raz pierwszy mógł wyraźnie obejrzeć przeciwniczkę. Kocica miała szeroki, prawie płaski pysk i okrągłe bursztynowe oczy. Jej ciemnoszare futro było długie i posklejane w śmierdzące kołtuny, uszy ponadrywane i wystrzępione, a pysk naznaczony bliznami po licznych walkach.

Ognista Łapa przyjął wyzywającą pozę, wypiął pierś i wzrokiem rzucił wyzwanie napastniczce.

— Jesteś na łowisku Klanu Pioruna. Idź stąd!

— Kto mnie zmusi? — Żółty Kieł wywinęła pogardliwie wargę, odsłaniając przebarwione i połamane zęby. — Zapoluję. Później odejdę. Albo może zostanę jeszcze trochę...

— Dość gadania! — splunął Ognista Łapa, czując, jak budzi się w nim duch wojowniczych przodków. Nie pozostało w nim już ani śladu domowego kota, w żyłach zawrzała krew wojownika. Miał jeden cel: walczyć, bronić swojego terytorium i swojego klanu.

Żółty Kieł chyba wyczuła jego przemianę, gdyż w jej jaskrawopomarańczowych oczach błysnęła iskierka szacunku. Pochyliła głowę i spuszczając z niego wzrok, zaczęła się cofać.

— Nie ma potrzeby działać zbyt pochopnie — powiedziała łagodnie.

Ognista Łapa nie dał się podejść. Rozcapierzył pazury, nastroszył futro i skoczył do przodu z donośnym bojowym okrzykiem:

— Grrraaar!

Przeciwniczka odpowiedziała sykiem wściekłości i też rzuciła się do walki. Warcząc i prychając, dwa koty, młody i stary, sczepiły się w jedno, tarzając po ziemi, a w kłębowisku migały tylko zęby i pazury. Z uszami płasko przyciśniętymi do głowy Ognista Łapa szukał miejsca, za które mógłby schwycić rywalkę, lecz jego pazury trafiały na skołtunione futro i nie mogły przedrzeć się do skóry.

Wtedy Żółty Kieł stanęła na tylnych nogach. Z brudnym zjeżonym ogonem wydawała się jeszcze większa.

Ognista Łapa wyczuł olbrzymie szczęki Żółtego Kła tuż przy swojej głowie i w ostatniej chwili rzucił się do tyłu. Trzask! Obnażone zęby kłapnęły obok jego ucha.

Ognista Łapa instynktownie zamachnął się i uderzył z całą siłą. Trafił Żółty Kieł w bok głowy, a siła uderzenia aż wstrząsnęła jego przednią kończyną.

— Ufff! — Oszołomiona kocica opadła na cztery łapy i potrząsnęła głową, aby oprzytomnieć.

Zanim odzyskała świadomość, Ognista Łapa błyskawicznie wykorzystał nadarzającą się okazję. Przywarł do ziemi, potem skoczył i z całej siły zacisnął szczęki na tylnej łapie Żółtego Kła.

— Grrryyy! — Smak potarganego futra był okropny, ale on wgryzał się w nie mocno.

— Rrrr-aaau! — wrzasnęła z bólu Żółty Kieł i okręciła się szybko, by pochwycić ogon napastnika.

Kłapnęła zębami. Ognista Łapa poczuł przeszywający ból biegnący wzdłuż kręgosłupa, jednak to tylko wzmogło jego gniew. Wyszarpnął ogon i walił nim wściekle we wszystkie strony.

Żółty Kieł przykucnęła, przygotowując się do nowego ataku. Chrapliwy, cuchnący oddech wydobywał się z jej płuc. Czytelna z bliska desperacja i słabość kocicy, jej widoczny głód, wywoływały uczucie przykrości.

Coś w nim drgnęło, uczucie niegodne wojownika, które powinien stłumić — litość. Starał się je ukryć, gdyż obowiązywała go przede wszystkim lojalność wobec klanu — ale nie mógł się od niego uwolnić.

„Mówisz z głębi serca, młodzieńcze", rozbrzmiało mu w głowie echo słów Lwiego Serca. „Pewnego dnia pomoże ci to stać się silniejszym wojownikiem".

Wtedy przypomniało mu się ostrzeżenie Tygrysiego Pazura: „Albo sprawi, że w chwili ataku okaże się słaby jak kot domowy".

Żółty Kieł rzuciła się do przodu, a Ognista Łapa natychmiast zapomniał o swoich rozważaniach. Większa od niego kocica próbowała sięgnąć łapami w górę i zmiażdżyć go w zabójczym uchwycie, ale tym razem przeszkadzała jej ranna tylna łapa.

— Grrr-uf! — Ognista Łapa wygiął się w łuk, jednak przeciwniczce udało się wbić pazury i mocno go chwycić. Ciężar większego kota przygniótł młodszego do ziemi.

Ognista Łapa poczuł na języku smak ziemi i wypluł piasek.

— Uch!

Przekręcił się zwinnie, by uniknąć kopnięcia tylną nogą i ostrych jak cierń pazurów, które Żółty Kieł próbowała wbić w jego miękkie podbrzusze. Toczyli się po ziemi, gryząc i kłapiąc zębami.

Po krótkiej chwili rozłączyli się. Ognista Łapa z trudem łapał oddech, czuł jednak, że i Żółty Kieł jest osłabiona. Kocica została paskudnie zraniona i jej tylne łapy ledwo już sobie radziły z dźwiganiem wychudzonego ciała.

— Masz już dosyć? — warknął Ognista Łapa.

Gdyby napastniczka chciała się oddalić, pozwoliłby jej odejść z jednym ostrzegawczym ugryzieniem, by go popamiętała.

— Nigdy! — wysyczała niezłomnie Żółty Kieł. Nie zdołała jednak utrzymać się na zranionej nodze i osunęła na ziemię. Próbowała wstać, lecz jej się nie udało. Patrząc w górę zmętniałymi oczami, wysyczała do Ognistej Łapy:

— Gdybym nie była tak głodna i zmęczona, zrobiłabym z ciebie mysi proszek — wykrzywiła pysk w bólu i zrobiła wyzywającą minę. — Wykończ mnie. Nie będę cię powstrzymywać.

Ognista Łapa zawahał się. Nigdy wcześniej nie zabił innego kota. Może zrobiłby to w gorączce bitwy, ale zabójstwo z zimną krwią? To było coś zupełnie innego.

— Na co czekasz? — szydziła Żółty Kieł. — Wahasz się jak domowy piecuch!

Te słowa zapiekły Ognistą Łapę. Czyżby można było wyczuć na nim zapach Dwunożnych nawet teraz, po tak długim czasie?

— Jestem wojownikiem, na próbie w Klanie Pioruna! — warknął.

Żółty Kieł zmrużyła oczy. Spostrzegła, jak Ognista Łapa obruszył się na jej słowa, i wiedziała, że trafiła w czuły punkt.

— Ha! — parsknęła. — Czyżby Klan Pioruna był w takiej desperacji, że musi już przyjmować kotki domowe?

— Klan Pioruna nie jest w desperacji! — wysyczał Ognista Łapa.

— Więc dowiedź tego! Zachowaj się jak wojownik i dobij mnie. Wyświadczysz mi przysługę.

Ognista Łapa przyjrzał się jej. Nie chciał dać się sprowokować do zabicia tej nieszczęsnej istoty. Jego mięśnie zaczęły się rozluźniać, obudziła się w nim ciekawość. W jaki sposób kot należący do któregoś z klanów mógł doprowadzić się do takiego stanu? Klan Pioruna dbał o swoich starszych bardziej niż o maluchy!

— Zdaje się, że bardzo chcesz umrzeć — miauknął.

— I co z tego? To moja sprawa, mysia paszo — warknęła Żółty Kieł. — Jakiś problem, kociaku? Próbujesz zagadać mnie na śmierć?

Jej słowa brzmiały wyzywająco, ale Ognista Łapa potrafił wyczuć dochodzący od niej zapach głodu i choroby. Jeśli kocica niedługo się nie pożywi, umrze i tak. A skoro już prawie nie jest w stanie wyżywić się sama, może powinien zabić ją od razu. Dwa koty patrzyły na siebie z równą niepewnością.

— Poczekaj tu! — polecił w końcu.

Z Żółtego Kła jakby uszło powietrze. Sierść na jej grzbiecie wygładziła się, a ogon stracił sztywność krzaka kolcolistu.

— Żartujesz sobie, kotku? Nigdzie się nie wybieram — burknęła i kulejąc, ruszyła z trudem w kierunku kępy miękkiego wrzosu. Tam się usadowiła i zaczęła lizać ranę na nodze.

Ognista Łapa rzucił szybkie spojrzenie, syknął cicho z irytacją, a potem poszedł w stronę drzew.

Gdy skradał się cicho przez paprocie, wchłaniając wonie nasłonecznionego lasu, wyczuł wśród nich cierpki smród dawno zdechłego szczura. Słyszał drapanie owadów pod korą, szelest jakichś futerkowców tupiących po warstwie liści. Jego pierwszą myślą było pójść i odkopać zabitego wcześniej drozda, ale zajęłoby to zbyt dużo czasu.

Może powinien iść i zgarnąć padlinę szczura. To byłoby łatwe, ale umierający z głodu kot potrzebuje świeżego mięsa. Tylko w bardzo trudnych czasach wojownik zjadłby padlinę, którą żywią się wrony.

W tym momencie przystanął, gdyż wywęszył przed sobą młodego królika. Zobaczył go po dalszych paru krokach. Przypadł do ziemi i zaczął się do niego podkradać. Był już zaledwie na odległość myszy, kiedy królik go zauważył. Za późno. Widok drżącego ogona rzucającego się do ucieczki zwierzęcia sprawił, że krew zawrzała w żyłach myśliwego. Szalona pogoń, błysk pazurów i już go miał.

Przytrzymał wierzgające ciało i dobił zwierzę.

Żółty Kieł obrzuciła Ognistą Łapę zmęczonym spojrzeniem. Gdy rzucił królika na ziemię koło niej, opadła jej szczęka.

— Cóż, witam ponownie, kotku! Myślałam, że poszedłeś po swoich walecznych przyjaciół.

— Doprawdy? Wciąż mogę to zrobić. I przestań nazywać mnie kotkiem — zamruczał Ognista Łapa, popychając królika bliżej jej nosa, sam speszony swoją uprzejmością.— Słuchaj, jeśli tego nie chcesz...

— Och, nie — miauknęła pośpiesznie Żółty Kieł. — Bardzo chcę.

Ognista Łapa przyglądał się, jak kocica rozrywa ofiarę i zaczyna ją połykać. Poczuł narastający głód, a z pyska pociekła mu ślina. Wiedział, że nie powinien nawet myśleć o jedzeniu. Najpierw musi dostarczyć zdobycz klanowi, ale świeżo zabite zwierzę pachniało przepysznie.

— Mmmm — kilka minut później Żółty Kieł wydała potężne westchnienie i opadła na bok. — Pierwsze świeże mięso od kilku dni.

Oblizała pysk do czysta i usadowiwszy się wygodniej, rozpoczęła mycie.

„Jakby jedno mycie robiło jakąś różnicę!", pomyślał Ognista Łapa, marszcząc nos. Była wyjątkowo śmierdzącym kotem.

Przyjrzał się poszarpanym resztkom królika. Nie było tego dużo jak na dorastającego kota, ale bójka z Żółtym Kłem zaostrzyła mu apetyt, więc poddał się i szybko pochłonął resztki. Pyszności. Oblizał wargi, smakując ostatni kęs i czując mrowienie przebiegające od głowy do łap.

Żółty Kieł patrzyła na niego z bliska, pokazując swoje przebarwione zęby.

— Lepsze od tego gnoju Dwunożnych, którym żywią się niektórzy z naszych braci, nieprawdaż? — miauknęła przebiegle. Wiedząc, że znalazła jego czuły punkt, próbowała go urazić.

Ognista Łapa zignorował ją i zaczął się myć.

— To trucizna — Żółty Kieł posunęła się dalej. — Szczurze bobki! Tylko bezkręgowy worek futra przyjąłby taki wstrętny skrzek.

Przerwała i naprężyła się.

— Sza... nadchodzą wojownicy.

Ognista Łapa również już wiedział o zbliżających się kotach. Słyszał miękkie łapy depczące po opadłych liściach, słyszał szelest sierści ocierającej się o gałęzie, czuł woń opływającego go wiatru. Znajome zapachy. To byli wojownicy Klanu Pioruna, na swoim własnym terenie wystarczająco pewni siebie, by nie dbać o zachowanie ciszy.

Ognista Łapa oblizał wargi z miną winowajcy, mając nadzieję zmyć wszelkie ślady posiłku sprzed chwili. Potem spojrzał na Żółty Kieł i stos świeżych króliczych kości leżący obok niej.

„Najpierw należy nakarmić klan!", zabrzmiał mu uszach głos Lwiego Serca. Ale przecież nauczyciel zrozumie, dlaczego Ognista Łapa nakarmił tę nieszczęsną istotę. Nagle zakręciło mu się w głowie ze strachu przed tym, co go czeka. Wykonując swoje pierwsze zadanie, złamał kodeks wojownika!

Rozdział 8

Żółty Kieł warknęła wyzywająco w kierunku zbliżających się kotów, ale Ognista Łapa wyczuwał jej panikę. Spróbowała się podnieść.

— Na razie. Dzięki za posiłek — starała się odejść, kuśtykając na trzech nogach, ale skrzywiła się z bólu. — Oj! Noga mi zesztywniała w czasie odpoczynku.

Teraz było już za późno na ucieczkę. Nieme cienie wysunęły się spośród drzew i w mgnieniu oka Ognista Łapa i Żółty Kieł zostali otoczeni przez patrol Klanu Pioruna. Ognista Łapa rozpoznał koty: Tygrysi Pazur, Ciemna Pręga, Wierzbowa Skóra i Błękitna Gwiazda — wszystkie szczupłe, o mocnych mięśniach. Ognista Łapa wyczuł strach Żółtego Kła na ich widok.

Szara Łapa podążał tuż za patrolem. Wyszedł lekko z krzaków i stanął obok wojowników.

Ognista Łapa wymiauczał pospieszne pozdrowienie, jednak odpowiedział mu tylko Szara Łapa.

— Cześć, Ognista Łapo! — wykrzyknął.

— Cisza! — warknął Tygrysi Pazur.

Ognista Łapa rzucił okiem na Żółty Kieł i jęknął w duchu; wciąż czuł od niej zapach strachu, zamiast jednak skulić się ulegle, niechlujna kreatura mierzyła wojowników wyzywającym, bezczelnym spojrzeniem.

— Ognista Łapo? — pytanie Błękitnej Gwiazdy było chłodne i spokojne. — Co my tu mamy? Nieprzyjacielski wojownik — i to świeżo po posiłku, sądząc po waszym zapachu.

Wbiła w niego płonące oczy, a Ognista Łapa schylił głowę.

— Była słaba i głodna... — zaczął.

— A ty? Twój głód był tak wielki, że musiałeś sam zjeść, zanim przyniosłeś łup dla twojego klanu?

Błękitna Gwiazda mówiła dalej:

— Przypuszczam, że miałeś bardzo poważny powód, by złamać kodeks wojownika?

Ognistej Łapy nie zmylił miękki ton przywódczyni. Błękitna Gwiazda była wściekła — i zupełnie słusznie. Przykucnął niżej na ziemi.

Zanim zdążył odpowiedzieć, rozległ się głośny syk Tygrysiego Pazura:

— Domowy kot zawsze pozostanie domowym kotem!

Błękitna Gwiazda zignorowała go. Przyjrzała się za to uważnie Żółtemu Kłowi. Wyglądała na niezwykle zaskoczoną.

— Tak, tak, Ognista Łapo. Najwyraźniej pojmałeś kota z Klanu Cienia. I to jednego z tych, które dobrze znam. Jesteś ich uzdrowicielką, nieprawdaż? — miauknęła. — Co robisz w głębi terytorium Klanu Pioruna?

— Kiedyś byłam uzdrowicielką Klanu Cienia. Teraz postanowiłam wędrować sama — wysyczała Żółty Kieł.

Ognista Łapa słuchał zdziwiony. Czy dobrze usłyszał? Żółty Kieł jest wojownikiem Klanu Cienia? Jej odpychający wizerunek miał najwyraźniej maskować zapach terytorium, z którego pochodziła. Gdyby o tym wiedział, z przyjemnością dołożyłby jej mocniej.

— Żółty Kle! — miauknął kpiąco Tygrysi Pazur. — Wygląda na to, że popadłaś w niezłe tarapaty, skoro dałaś się pobić uczniowi!

Teraz odezwał się Ciemna Pręga:

— Ta stara kocica jest dla nas bezużyteczna. Zabijmy ją od razu. A co do tego domowego kota, oddając jedzenie nieprzyjacielowi, złamał kodeks wojownika. Powinien zostać ukarany.

— Schowaj pazury, Ciemna Pręgo — zamruczała spokojnie Błękitna Gwiazda. — Wśród klanów znane jest męstwo i mądrość Żółtego Kła. Posłuchamy, co ma nam do powiedzenia. Zanieśmy ją do obozu i tam zdecydujemy, co z nią zrobić — i z Ognistą Łapą również. Możesz chodzić? — zapytała kocicę. — Czy potrzebujesz pomocy?

— Wciąż mam trzy nogi — odburknęła ta i kulejąc, ruszyła naprzód.

Ognista Łapa zauważył, że oczy Żółtego Kła szklą się z bólu, ale ona sama wydawała się zdecydowana nie okazywać jakiejkolwiek słabości. Zauważył też wyraz szacunku, który mignął w oczach Błękitnej Gwiazdy, zanim przywódczyni Klanu Pioruna odwróciła się, by powoli poprowadzić wszystkich przez las. Inni wojownicy zajęli pozycje po obu stronach Żółtego Kła i patrol ruszył, ostrożnie dostosowując tempo do możliwości kulejącego więźnia.

Ognista Łapa i Szara Łapa szli razem z tyłu.

— Słyszałeś o Żółtym Kle? — syknął Ognista Łapa do Szarej Łapy.

— Trochę. Najwyraźniej była wojownikiem, zanim została uzdrowicielką, co jest niezwykłe. Nie wyobrażam sobie jej jako samotnika, przecież całe życie spędziła w Klanie Cienia.

— Samotnika? Co to znaczy?

Szara Łapa rzucił na niego okiem.

— Samotnicy to koty, które nie przynależą do żadnego klanu albo pozostają pod opieką Dwunożnych. Tygrysi Pazur twierdzi, że są wiarołomne i samolubne. Często żyją koło mieszkań Dwunożnych, ale nie należą do nikogo i same zdobywają sobie pożywienie.

— Mogę skończyć jako samotnik, gdy Błękitna Gwiazda zdecyduje, co zrobić ze mną — miauknął Ognista Łapa.

— Błękitna Gwiazda jest bardzo sprawiedliwa — uspokoił go Szara Łapa. — Nie wyrzuci cię z klanu. Z pewnością jest bardzo zadowolona z posiadania jako więźnia takiego ważnego kota z Klanu Cienia. Jestem pewien, że nie zamierza robić hałasu z tego powodu, że nakarmiłeś ten biedny stary parchaty worek.

— Ale wciąż słychać narzekania, że mamy coraz mniej zwierzyny! Och, dlaczego zjadłem tego królika? — Ognista Łapa poczuł, jak wstyd niemal pali mu futro.

— No, tak — Szara Łapa trącił przyjaciela. — Ty mysi móżdżku. Naprawdę złamałeś kodeks wojownika, ale żaden kot nie jest doskonały!

Ognista Łapa nie odpowiedział; szedł dalej z ciężkim sercem. Nie tak miał nadzieję zakończyć swoje pierwsze samodzielne zadanie.

Gdy patrol minął wartowników pilnujących wejścia do obozu, nadbiegła reszta Klanu Pioruna, by przywitać wracających do domu wojowników.

Królowe, młodzi i starsi tłoczyli się ze wszystkich stron. Patrzyli dziwnie na Żółty Kieł, gdy wprowadzano ją do obozu. Ktoś ze starszych rozpoznał starą kocicę. Szybko rozeszła się wiadomość, że to uzdrowicielka Klanu Cienia, na co rozległy się szydercze szepty.

Żółty Kieł wydawała się głucha na te odzywki. Ognista Łapa nie mógł nie podziwiać sposobu, w jaki kuśtykała godnie wśród wrogich spojrzeń i zniewag. Wiedział, że odczuwa duży ból i pomimo zjedzenia królika, którego dla niej złapał, nadal jest głodna.

Gdy patrol podszedł do Wysokiego Głazu, Błękitna Gwiazda wskazała głową w kierunku położonego przed nim miejsca na zakurzonej ziemi. Na to ciche polecenie przywódczyni Żółty Kieł postąpiła za nią i z wdzięcznością opuściła wzrok. Wciąż ignorując wrogie spojrzenia wokół siebie, zaczęła lizać ranną nogę.

Ognista Łapa zauważył, że ze swojego kąta wyszła Nakrapiany Liść. Musiała zwietrzyć obecność rannego kota w obozie. Obserwował, jak tłum rozstępuje się, by przepuścić młodą szylkretową kotkę.

Żółty Kieł spiorunowała wzrokiem Nakrapiany Liść i wysyczała:

— Potrafię zająć się swoimi ranami. Nie potrzebuję twojej pomocy.

Nakrapiany Liść nic nie odrzekła, skinęła tylko z szacunkiem głową i cofnęła się.

Niektóre koty były na polowaniu i dla powracających wojowników przyniesiono do jedzenia świeżą zwierzynę. Każdy z nich wybrał coś dla siebie i zabrał w kępę pokrzyw, by się pożywić. Teraz stłoczyły się pozostałe koty, by wziąć swoją porcję.

Zgłodniały Ognista Łapa krążył wokół polany i patrzył, jak pozostałe koty przykucnęły w swoich zwykłych grupach, oddając się żuciu i połykaniu. Był głodny, ale nie ośmielił się nic wziąć ze sterty zdobyczy. Przecież złamał kodeks wojownika. Domyślał się, iż po takim występku stracił prawo udziału w świeżym pożywieniu.

Zatrzymał się obok Wysokiego Głazu, gdzie Błękitna Gwiazda rozmawiała z Tygrysim Pazurem. Ognista Łapa popatrywał niepewnie na swoją przywódczynię w oczekiwaniu na sygnał, że może się posilić. Ale szara kocica i jej starszy wojownik nie zwracali uwagi na otoczenie.

Ognista Łapa zastanawiał się, czy nie rozmawiają o nim. Zdesperowany, by poznać swój los, nastawił uszy, usiłując dosłyszeć, co mówią.

Tygrysi Pazur przemówił zniecierpliwionym głosem:

— To po prostu niebezpieczne przyprowadzać nieprzyjacielskiego wojownika do serca terytorium Klanu Pioruna! Teraz, gdy ona wie, gdzie jest nasz obóz, nawet najmłodszy kot Klanu Cienia o tym usłyszy. Będziemy musieli się przenieść.

— Uspokój się, Tygrysi Pazurze — mruknęła Błękitna Gwiazda. — Dlaczego mielibyśmy się przenosić? Żółty Kieł twierdzi, że wędruje teraz w pojedynkę. Nie ma żadnego powodu, dla którego Klan Cienia miałby dowiedzieć się o naszym obozie.

— Naprawdę tak sądzisz? O czym, do licha, myślał ten domowy kiciuś? — spierał się Tygrysi Pazur.

— Ależ zastanów się chwilę, Tygrysi Pazurze — zamiauczała Błękitna Gwiazda. — Dlaczego uzdrowicielka Klanu Cienia postanowiła od niego odejść? Obawiasz się, że Żółty Kieł zdradzi tajemnice naszego klanu Klanowi Cienia, ale czy pomyślałeś, ile sekretów Klanu Cienia może ujawnić nam?

Ognista Łapa zobaczył, jak futro Tygrysiego Pazura zaczyna opadać, bo słowa Błękitnej Gwiazdy miały sens. Wojownik kiwnął krótko głową, a następnie oddalił się, by wziąć swoją porcję świeżego pożywienia.

Błękitna Gwiazda pozostała na miejscu. Spojrzała na polanę, gdzie koty walczyły ze sobą i tarzały się swawolnie w kurzu. Potem podniosła się i skierowała w stronę Ognistej Łapy. Serce mu zabiło. Co powie?

Ale Błękitna Gwiazda przeszła mimo niego, nawet nie rzuciwszy nań okiem; wzrok miała zachmurzony, wyglądała na pogrążoną w głębokim zamyśleniu.

— Oszronione Futro! — zawołała, gdy zbliżyła się do żłobka.

Czysto biała kotka o ciemnoniebieskich oczach wyślizgnęła się z jeżyn. Odgłosy pisków dochodzące ze środka nasiliły się.

— Cisza, maluchy! — mruknęła uspokajająco biała kotka. — Zaraz wracam.

Potem odwróciła się do swojej przywódczyni.

— Tak, Błękitna Gwiazdo? O co chodzi?

— Jeden z naszych uczniów widział w okolicy lisa. Ostrzeż inne królowe, by dokładnie pilnowały żłobka. I dopilnuj, by wszystkie kociaki młodsze niż sześć księżyców nie wychylały nosa z obozu, dopóki nasi wojownicy go nie przepędzą.

Oszronione Futro kiwnęła głową.

— Przekażę ostrzeżenie, Błękitna Gwiazdo. Dziękuję.

Po czym odwróciła się i przecisnęła się z powrotem do żłobka, aby uciszyć krzyczące maluchy.

Wreszcie Błękitna Gwiazda podeszła do sterty świeżych łupów i wzięła swoją porcję. Pozostawiono dla niej tłustego grzywacza. Ognista Łapa przyglądał się tęsknie, jak niesie posiłek, by zjeść ze starszymi wojownikami.

W końcu głód pchnął go do działania. Szara Łapa siedział z Kruczą Łapą obok pniaka, pożerając niewielką ziębę. Zobaczył, że Ognista Łapa podchodzi do sterty, i skinął pokrzepiająco głową. Ognista Łapa zgiął kark, gotowy wziąć w zęby małą leśną mysz.

— To nie dla ciebie! — warknął Tygrysi Pazur, pojawiając się za nim i wytrącając mu łapą mysz. — Nie przyniosłeś żadnego łupu. Starsi zjedzą twoją część. Zanieś im to.

Ognista Łapa spojrzał na Błękitną Gwiazdę.

Skinęła krótko głową.

— Zrób, jak mówi.

Ognista Łapa posłusznie podniósł mysz i poniósł ją do Małego Ucha. Pyszny zapach unosił się tuż przed jego nosem. A on marzył tylko o tym, by skruszyć mysz swoimi silnymi zębami. Niemal czuł, jak jej życiodajna energia rozchodzi się po jego młodym ciele.

Wciąż panując nad sobą, położył pożywienie przed szarym kocurem, a następnie cofnął się uprzejmie. Nie oczekiwał podziękowań i niczego takiego mu nie zaoferowano.

Cieszył się teraz, że jednak zjadł resztki królika, którego złapał dla Żółtego Kła. Nie będzie nic jadł do czasu, dopóki ponownie nie wyjdzie jutro na polowanie.

Ognista Łapa powoli poczłapał do Szarej Łapy. Przyjaciel zapchał się już swoją porcją i leżał z Kruczą Łapą nieopodal legowiska uczniów. Wyciągnął się na boku, rytmicznie myjąc przednią nogę. Zauważył jego nadejście i przerwał lizanie.

— Błękitna Gwiazda wspomniała już o karze dla ciebie?

— Jeszcze nie — odpowiedział ponuro Ognista Łapa.

Szara Łapa zmrużył ze współczuciem oczy i nic nie powiedział.

Na polanie rozległo się wezwanie Błękitnej Gwiazdy.

— Niech wszystkie koty na tyle dorosłe, by samotnie polować, zbiorą się na spotkanie naszego klanu.

Większość wojowników skończyła już jeść i wzorem Szarej Łapy zajmowała się toaletą. Podnieśli się żwawo i podeszli do Wysokiego Głazu, przy którym czekała z przemową Błękitna Gwiazda.

— Chodźmy! — miauknął Szara Łapa. Skoczył na równe nogi i popędził do głazu, a Krucza Łapa i Ognista Łapa ruszyli w jego ślady, by znaleźć dobrą pozycję na przedzie.

— Jestem pewna, że wszyscy słyszeli o więźniu, którego dziś przyprowadziliśmy — zaczęła Błękitna Gwiazda. — Ale jest coś innego, o czym muszę wam powiedzieć — rzuciła okiem w dół na zmęczoną kocicę, która leżała nieruchomo obok Wysokiego Głazu.

— Słyszysz mnie stamtąd? — zapytała.

— Może i jestem stara, ale jeszcze nie głucha! — warknęła w odpowiedzi Żółty Kieł.

Błękitna Gwiazda zignorowała wrogi ton więźnia i kontynuowała.

— Obawiam się, że mam do zakomunikowania bardzo poważne wiadomości. Poszliśmy dziś z patrolem na teren Klanu Wiatru. Powietrze przesycał zapach Klanu Cienia. Prawie każde drzewo zostało oznaczone przez jego wojowników. I nie napotkaliśmy żadnego kota Klanu Wiatru, chociaż zapuściliśmy się głęboko, aż do środka ich terytorium.

Odpowiedzią na jej słowa była cisza. Ognista Łapa zauważył zmieszanie na obliczach kotów klanu.

— Masz na myśli, że Klan Cienia przegonił ich? — zapytał niepewnie Małe Ucho.

— Nie mamy pewności — miauknęła Błękitna Gwiazda. — Na pewno zapach Klanu Cienia unosił się wszędzie. Znaleźliśmy również krew i sierść. Musiała odbyć się bitwa, jednak nie znaleźliśmy ciał wojowników żadnego klanu.

Odezwały się pojedyncze głosy, które wkrótce zlały się w jeden wrzask. Ognista Łapa czuł, jak koty wokół niego sztywnieją od wstrząsu i furii. Jeszcze nigdy jeden klan nie przepędził innego z jego łowisk.

— Jakim sposobem Klan Wiatru mógł zostać przepędzony? — zaskrzeczała ochryple Jedno Oko. — Klan Cienia jest gwałtowny, ale Klan Wiatru liczny. Żyli na wyżynach od pokoleń. Dlaczego ich teraz wyganiać? — pokręciła z niepokojem głową, jej wąsy drżały.

— Nie znam odpowiedzi na żadne z twoich pytań — miauknęła Błękitna Gwiazda. — Wiadomo, że po śmierci Postrzępionej Gwiazdy Klan Cienia mianował ostatnio jego następcę. Ich nowy przywódca, Złamana Gwiazda, gdy poznaliśmy go na ostatnim zgromadzeniu, nie dał żadnego powodu do niepokoju.

— Być może Żółty Kieł zna odpowiedź? — warknął Ciemna Pręga. — Przecież ona jest z Klanu Cienia!

— Nie jestem zdrajczynią! Nic mnie nie zmusi do ujawnienia tajemnic Klanu Cienia takiemu brutalowi jak ty! — rzuciła Żółty Kieł, piorunując go agresywnym spojrzeniem.

Wojownik Klanu Pioruna wysunął się do przodu, położył płasko uszy, oczy zwęził w szparki, gotowy do walki.

— Stój! — krzyknęła Błękitna Gwiazda.

Ciemna Pręga natychmiast zatrzymał się w pół drogi, chociaż Żółty Kieł prowokowała go płonącymi oczami i dzikim sykiem.

— Dość tego! — warknęła Błękitna Gwiazda. — Sytuacja jest zbyt poważna, by walczyć między sobą. Klan Pioruna musi się przygotować. Od tego wschodu księżyca do odwołania wojownicy będą poruszać się w większych grupach. Inni członkowie klanu pozostaną blisko obozu. Patrole będą częściej sprawdzać granice, a wszystkie małe kociaki muszą pozostawać w żłobku.

Zgromadzone przed głazem koty skinęły głowami.

Błękitna Gwiazda kontynuowała:

— Naszą największą bolączką jest brak wojowników. Zaradzimy temu przez przyspieszenie szkolenia naszych uczniów. Muszą być jak najszybciej gotowi do walki w obronie klanu.

Ognista Łapa zauważył, że Zakurzona Łapa wymienia z Piaskową Łapą podekscytowane spojrzenie. Szara Łapa wpatrywał się w Błękitną Gwiazdę, w jego rozszerzonych źrenicach widniało radosne podniecenie. Krucza Łapa przebierał nogami z niepokojem. Oczy czarnego ucznia przepełnione były dla odmiany obawą.

Błękitna Gwiazda mówiła dalej:

— Jeden młody kot zostanie oddzielony od nauczycieli Szarej Łapy i Kruczej Łapy. Szkoląc go sama, przyspieszę szkolenie wszystkich trzech uczniów.

Przerwała i opuściła wzrok na swój klan.

— Jako mojego własnego ucznia wezmę Ognistą Łapę.

Ognista Łapa otworzył szeroko oczy ze zdumienia. Błękitna Gwiazda miała być jego nauczycielką?

Za jego plecami Szara Łapa, nie zdoławszy ukryć zaskoczenia, wysapał:

— Co za honor! Minęło wiele księżyców, odkąd Błękitna Gwiazda miała ucznia. Zazwyczaj trenuje tylko dzieci zastępców!

Potem nad tłumem zabrzmiał znajomy głos. To był Tygrysi Pazur.

— Więc Ognista Łapa ma zostać nagrodzony, a nie ukarany za karmienie nieprzyjacielskiego wojownika, gdy powinien zajmować się zdobywaniem pożywienia dla swojego własnego klanu?

— Ognista Łapa od tej chwili jest moim uczniem. Zajmę się nim — odpowiedziała Błękitna Gwiazda. Przez chwilę ostro spoglądała w oczy Tygrysiego Pazura, potem uniosła głowę, by jeszcze raz przemówić do całego klanu. — Żółty Kieł będzie mogła pozostać tu do czasu, gdy odzyska siły. Jesteśmy wojownikami, nie dzikusami. Ma być traktowana z szacunkiem i uprzejmością.

— Ale klan nie może pomagać Żółtemu Kłowi — zaprotestował Ciemna Pręga. — I tak mamy już zbyt wiele gąb do nakarmienia.

— Racja! — szepnął Szara Łapa do ucha przyjaciela. — I niektóre z nich są większe od innych!

— Nie potrzebuję niczyjej troski! — warknęła Żółty Kieł. — I posiekam każdego, kto spróbuje mi ją okazać!

— Milutka, co? — mruknął Szara Łapa.

Ognista Łapa poruszył czubkiem ogona w milczącej zgodzie. Od strony innych wojowników dobiegały przyciszone miauknięcia, gdy niechętnie oddawali hołd duchowi walki nieprzyjacielskiej wojowniczki.

Błękitna Gwiazda zignorowała szepty.

— Niejako za jednym uderzeniem ubijemy dwie ofiary. Ognista Łapo, za złamanie kodeksu wojownika twoją karą będzie opieka nad Żółtym Kłem. Będziesz dla niej polować, opatrywać jej rany, przynosić nową podściółkę i usuwać jej nieczystości.

— Tak, Błękitna Gwiazdo — miauknął Ognista Łapa, skłaniając ulegle głowę. „Usuwać jej nieczystości!”, pomyślał. „Fuj!”

Od strony Zakurzonej Łapy i Piaskowej Łapy dobiegł szyderczy wrzask.

— Dobry pomysł! — syczał Zakurzona Łapa. — Ognista Łapa będzie najlepszy do łapania pcheł!

— I polowanie! — dodała Piaskowa Łapa. — Ten worek kości będzie potrzebować podkarmiania!

— Dosyć! — przerwała im Błękitna Gwiazda. — Mam

nadzieję, że Ognista Łapa nie będzie widział żadnej ujmy w dbałości o Żółty Kieł. Jest ona uzdrowicielką i jest starsza od niego. Z tych powodów sam powinien ją szanować!

Rzuciła spojrzenie na Piaskową Łapę i Zakurzoną Łapę.

— I nie ma nic upokarzającego w zajmowaniu się innym kotem, gdy ten nie jest w stanie sam zatroszczyć się o siebie. Spotkanie jest zakończone. Teraz chciałabym w pojedynkę porozmawiać z moimi starszymi. — Z tymi słowami zeskoczyła z Wysokiego Głazu i pomaszerowała w kierunku swojego legowiska.

Lwie Serce podążył za nią. Inne koty klanu zaczęły się rozchodzić. Jeden albo dwa pogratulowały Ognistej Łapie wyboru przez Błękitną Gwiazdę na jej ucznia; inne kpiąco życzyły mu szczęścia w opiece nad Żółtym Kłem. Ognista Łapa czuł się tak ogłuszony rewelacjami usłyszanymi od Błękitnej Gwiazdy, że po prostu obojętnie kiwał głową.

Długi Ogon podszedł do niego po cichu. Klinowe nacięcia na czubku jego ucha, dzieło Ognistej Łapy, były wciąż widoczne. Młody wojownik nastroszył wąsy i warknął złowrogo:

— Cóż, mam nadzieję, że następnym razem zastanowisz się dwa razy, zanim przyprowadzisz do obozu zabłąkane zwierzę — uśmiechnął się szyderczo. — Mówiłem, obcy zawsze przynoszą kłopoty.

Rozdział 9

— Na twoim miejscu poszedłbym do Żółtego Kła — wyszeptał Szara Łapa, gdy oddalił się Długi Ogon. — Chyba czegoś od ciebie chce.

Ognista Łapa rzucił okiem na starą kocicę. Wciąż leżała pod Wysokim Głazem. Szara Łapa miał rację: piorunowała go wzrokiem.

— A niech tam, idę — miauknął Ognista Łapa. — Życz mi szczęścia!

— Będziesz potrzebował wsparcia całego Klanu Gwiazdy — odpowiedział Szara Łapa. — Jakby co, wzywaj pomocy. Jeśli rzuci się na ciebie, podkradnę się od tyłu i huknę ją w łeb sztywnym królikiem.

Ognista Łapa mruknął rozbawiony i pokłusował w kierunku Żółtego Kła. Gdy zbliżył się do zranionej wojowniczki, jego wesoły nastrój szybko wyparował.

Stara kocica była najwyraźniej w okropnym nastroju. Wysyczała ostrzeżenie i pokazała zęby.

— Stój, kotku!

Ognista Łapa westchnął. Wyglądało na to, że trzeba szykować się do potyczki. Wciąż był głodny i zaczynał odczuwać zmęczenie, marzył o tym, by zwinąć się w swoim kącie na popołudniową drzemkę. Ostatnią rzeczą, której chciał, była sprzeczka z tą żałosną kępą futra.

— Możesz nazywać mnie, jak chcesz — miauknął ze znużeniem. — Wypełniam po prostu polecenia Błękitnej Gwiazdy.

— Jednak jesteś kotem domowym, prawda? — Żółty Kieł oddychała chrapliwie.

„Ona też jest zmęczona", pomyślał Ognista Łapa. W jej głosie było mniej wigoru, mimo że złośliwości były ostre jak zwykle.

— Gdy byłem mały, mieszkałem u Dwunożnych — odpowiedział spokojnie Ognista Łapa.

— Twoja matka była domową kotką? Ojciec domowym kotem?

— Tak, byli domowymi kotami. — Ognista Łapa wbił wzrok w ziemię. Czuł palącą niechęć. Wystarczy, że członkowie jego własnego klanu wciąż mają go za obcego. Przecież nie musi się tłumaczyć temu złośliwemu więźniowi.

Żółty Kieł zdawała się brać jego milczenie za zaproszenie, by mówić dalej.

— Krew domowego kota różni się od krwi wojownika. Dlaczego nie wrócisz teraz do swoich Dwunożnych, zamiast się mną opiekować? To, że opiekuje się mną kot tak nisko urodzony jak ty, jest dla mnie upokarzające!

Cierpliwość Ognistej Łapy wyczerpała się.

— Nawet gdybym był urodzonym wojownikiem, też czułabyś się upokorzona — warknął. — Gdyby opiekował się tobą ważny kot z twojego własnego klanu, wstydziłabyś się tak samo jak teraz, kiedy ma się o ciebie troszczyć wychowanek Dwunożnych, który pokonał cię w walce. — W zdenerwowaniu bił ogonem w ziemię. — Upokarzające jest dla ciebie to, że zależysz od kogoś innego!

Żółty Kieł wpatrywała się w niego wielkimi pomarańczowymi oczami.

A on ciągnął gwałtownie dalej:

— Będziesz musiała przywyknąć do opieki, bo będzie trwać aż do czasu, gdy poczujesz się na tyle dobrze, by sama się sobą zająć, ty złośliwy stary worku kości!

Przerwał, bo Żółty Kieł zaczęła wydawać z siebie niski, ostry, świszczący dźwięk.

Zaniepokojony Ognista Łapa postąpił krok w jej kierunku. Kocica cała się trzęsła, a jej oczy zwęziły się do maleńkich szparek. „Czyżby dostała jakiegoś ataku?"

— Słuchaj, nie chciałem... — zaczął, zanim nagle zdał sobie sprawę, że ona się śmieje.

— Mrrr, ufff, uff... — popiskiwała chrapliwie z głębi płuc.

Ognista Łapa nie wiedział, co robić.

— Masz ikrę, kociaku! — zachrypiała Żółty Kieł, uspokajając się w końcu. — Jestem zmęczona i bolą mnie nogi. Potrzebuję snu i czegoś do przyłożenia na ranę. Poszukaj tej twojej ładnej małej uzdrowicielki i poproś ją o jakieś zioła. Myślę, że przydałby się gorący okład z nawłoci.

I, skoro już przy tym jesteśmy, chętnie pożułabym trochę nasion maku. Ten ból mnie dobija!

Oszołomiony zmianą jej nastroju, Ognista Łapa odwrócił się szybko i pobiegł sprintem w stronę legowiska Nakrapianego Liścia.

Nigdy wcześniej nie był w tej części obozu. Z postawionymi czujnie uszami przeszedł chłodnym zielonym tunelem paproci, który doprowadził go do małej trawiastej polanki. Na jej skraju stał wysoki kamień, pęknięty pośrodku na tyle szeroko, że szczelina pozwalała na wymoszczenie wewnątrz legowiska. Wybiegła z niej Nakrapiany Liść. Jej oczy jak zwykle lśniły przyjaźnie, a cętkowane futro mieniło się wszelkimi odcieniami bursztynu i brązu.

Ognista Łapa nieśmiało miauknął pozdrowienie i powtórzył nazwy ziół i nasion przekazane przez Żółty Kieł.

— Większość mam w moim legowisku — odpowiedziała Nakrapiany Liść. — Dam ci też kilka liści nagietka, przyłożone na ranę zapobiegną zakażeniu. Poczekaj tu.

— Dzięki! — miauknął Ognista Łapa, a uzdrowicielka znikła z powrotem w swoim legowisku. Wytężył wzrok, próbując zerknąć do środka, jednak wewnątrz panowała zbyt gęsta ciemność, by cokolwiek dostrzec. Dobiegły go jedynie szeleszczące odgłosy i mocny zapach nieznanych ziół.

Nakrapiany Liść wynurzyła się z mroku i złożyła u stóp Ognistej Łapy pęczek liści.

— Powiedz Żółtemu Kłowi, żeby nie przesadzała z makiem. Nie chcę, by się całkowicie znieczuliła. Niewielki ból może być pomocny, by ocenić, jak się goi rana.

Ognista Łapa skinął głową i złapał zioła w zęby.

— Dzięki, Nakrapiany Liściu! — miauknął z pełnym pyskiem i ruszył z powrotem przez tunel paproci na główną polanę.

Tygrysi Pazur siedział na zewnątrz legowiska wojowników, obserwując go bacznie. Gdy Ognista Łapa z ziołami w pysku kłusował do Żółtego Kła, czuł, jak spojrzenie złocistożółtych oczu pali mu futro na grzbiecie. Obrócił głowę i spojrzał ciekawie na Tygrysiego Pazura. Wojownik zmrużył oczy i odwrócił wzrok.

Ognista Łapa położył pęczek obok Żółtego Kła.

— Dobrze — miauknęła. — Teraz, zanim zostawisz mnie w spokoju, znajdź mi coś do jedzenia. Padam z głodu.

Trzy razy wzeszło słońce, odkąd Żółty Kieł przybyła do obozu. Ognista Łapa obudził się wcześnie i trącił Szarą Łapę, który wciąż spał koło niego, z nosem wtulonym w gruby ogon.

— Wstawaj! — miauknął. — Spóźnisz się na szkolenie.

Szara Łapa podniósł sennie głowę i wydał pomruk niechętnej zgody.

Ognista Łapa szturchnął Kruczą Łapę.

Czarny kot natychmiast otworzył oczy i zerwał się na równe łapy.

— Co się dzieje?! — zamiauczał, rozglądając się dziko dookoła.

— Spokojnie, Krucza Łapo. Zaraz czas na szkolenie — uspokoił go Ognista Łapa.

Zakurzona Łapa i Piaskowa Łapa też zaczęły się już budzić w swoich legowiskach umoszczonych w mchu tuż obok. Ognista Łapa wstał i przecisnął się przez paprocie do wyjścia.

Poranek był ciepły. Przez liście i gałęzie, które zwieszały się nad obozem, Ognista Łapa widział błękitne niebo. Dziś obfita rosa lśniła na liściach pierzastych paproci i skrzyła się na trawie. Ognista Łapa wciągnął powietrze. Czas zielonych liści miał się ku końcowi, wkrótce nadejdą chłody.

Położył się na ziemi i przeturlał obok pniaka, prostując łapy, przechylając do tyłu głowę i pocierając nią o chłodną ziemię. Potem przekręcił się na bok i spojrzał na polanę, by sprawdzić, czy Żółty Kieł już wstała.

Przydzielono jej miejsce na drugim krańcu wykrotu, w którym starsi zbierali się na posiłki. Jej legowisko kryło się obok omszałego pnia, poza zasięgiem słuchu starszych, ale w polu widzenia wszystkich wojowników na polanie. Ognista Łapa dostrzegał tylko zabłocone szare futro, unoszące się i opadające rytmicznie w rytm oddechu.

Z legowiska wybiegł za nim Szara Łapa, za którym podążały Piaskowa Łapa i Zakurzona Łapa. Krucza Łapa pojawił się ostatni. Rozejrzał się niespokojnie po polanie, zanim całkiem wyłonił się z paproci.

— Kolejny dzień opieki nad wyliniałym worem starych wszy, co, Ognista Łapo? — miauknął Zakurzona Łapa. — Na pewno chciałeś się wykręcić od treningu z nami.

Ognista Łapa usiadł i strzepnął kurz z futra. Nie zamierzał dać się sprowokować Zakurzonej Łapie.

— Nie martw się, Ognista Łapo — zamruczał Szara Łapa. — Niedługo Błękitna Gwiazda weźmie cię z powrotem na szkolenie.

— Może myśli, że kiciusiowi będzie lepiej, gdy zostanie w obozie, zajmując się chorymi — miauknęła złośliwie Piaskowa Łapa, potrząsając gładką rudą głową i rzucając Ognistej Łapie pogardliwe spojrzenie.

Ognista Łapa postanowił zignorować jej kąśliwe komentarze.

— Co będziesz trenować dziś z Białą Burzą, Piaskowa Łapo? — miauknął.

— Będziemy ćwiczyć walkę. Ma zamiar pokazać mi, jak naprawdę walczą wojownicy — odparła dumnie Piaskowa Łapa.

— Lwie Serce zabiera mnie do Wielkiego Jawora — miauknął Szara Łapa. — Będziemy ćwiczyć wspinaczkę. Lepiej już pójdę. Będzie na mnie czekał.

— Pójdę z tobą na szczyt wąwozu — miauknął Ognista Łapa. — Muszę złapać śniadanie dla Żółtego Kła. Idziesz, Krucza Łapo? Tygrysi Pazur na pewno coś dla ciebie zaplanował.

Krucza Łapa westchnął i skinął głową, po czym podążył za Szarą Łapą i Ognistą Łapą wybiegającymi z obozu. Chociaż jego rana została całkowicie wyleczona, wciąż zdawał się mieć mało zapału do szkolenia na wojownika.

— Proszę! — miauknął Ognista Łapa. Położył dużą mysz i ziębę na ziemi obok Żółtego Kła.

— Nareszcie! — warknęła.

Kiedy Ognista Łapa wszedł do obozu po wyprawie na łowy, kocica wciąż spała, ale zapach świeżego łupu musiał ją zbudzić. Teraz wyciągnęła się do pozycji siedzącej. Pochyliła głowę i zaczęła łapczywie pożerać zdobycz Ognistej Łapy. W miarę jak wracała do sił, wzrastał jej apetyt. Jej rana goiła się dobrze, ale usposobienie pozostało tak samo gwałtowne i nieprzewidywalne jak zwykle.

Skończyła posiłek.

— Swędzi mnie okropnie nasada ogona, ale nie mogę tam sięgnąć — poskarżyła się. — Umyjesz mi go?

Ze skrytym dreszczem Ognista Łapa przykucnął i zabrał się do roboty.

Gdy rozgryzał zębami utuczone pchły, zauważył bandę małych kociaków tarzającą się nieopodal po zakurzonej ziemi. Szarpały się w udawanej walce, chwilami całkiem brutalnie. Żółty Kieł, która zamknęła oczy, gdy Ognista Łapa ją czyścił, teraz otworzyła jedno do połowy, aby obserwować bawiące się maluchy. Ku swojemu zaskoczeniu Ognista Łapa poczuł, jak jej kręgosłup zesztywniał pod jego zębami.

Słuchał przez chwilę pisków kociaków.

— Zaraz poczujesz moje zęby, Złamana Gwiazdo! — miauknął pręgowany szkrab. Skoczył na grzbiet szaro-białego kotka, który udawał przywódcę Klanu Cienia. Oba potoczyły się w kierunku Wysokiego Głazu. Nagle szarobiały zebrał siły i cisnął pręgowanego do tyłu. Zaskoczony pręgowany z piskiem uderzył w bok Żółtego Kła.

Stara kocica skoczyła na cztery łapy, strosząc sierść i głośno spluwając.

— Trzymaj się z dala ode mnie, żałosny futrzaku! — wysyczała.

Na jedno spojrzenie wściekłej kocicy mały podkulił ogon pod siebie i uciekł. Ukrył się za pręgowaną królową, która przez polanę wpatrywała się z gniewem w Żółty Kieł.

Szaro-biały kotek zamarł w miejscu. Potem, łapa za łapą, ostrożnie cofnął się w stronę bezpiecznego żłobka.

Reakcja Żółtego Kła wstrząsnęła Ognistą Łapą. Myślał, że podczas pierwszej walki poznał ją już od najbardziej bezwzględnej strony, ale teraz widział w jej oczach nową wściekłość.

— Myślę, że kociakom ciężko znosić zamknięcie w obozie — miauknął ostrożnie. — Robią się niespokojne.

— Nie obchodzi mnie, czy są niespokojne — warknęła Żółty Kieł. — Po prostu trzymaj je z daleka ode mnie!

— Nie lubisz młodych? — zapytał Ognista Łapa, wbrew sobie zaciekawiony. — Nigdy nie miałaś własnych?

— Nie wiesz, że uzdrowicielki nie mają dzieci? — wysyczała ze złością Żółty Kieł.

— Ale słyszałem, że byłaś kiedyś wojowniczką — zaryzykował Ognista Łapa.

— Nie mam dzieci! — warknęła. Wyrwała mu swój ogon i usiadła. — W każdym razie — jej głos nagle przycichł i zabrzmiał prawie smutno — mam wrażenie, że gdy jestem w pobliżu, kociakom przydarzają się różne wypadki.

Jej pomarańczowe oczy zamgliły się wzruszeniem. Położyła brodę na przednich łapach i zapatrzyła się przed siebie. Ognista Łapa obserwował, jak opuszcza barki i zatapia w oddali niewidzące oczy.

Patrzył na nią zdziwiony. O co jej chodzi? Czy stara kocica mówiła poważnie? Trudno było stwierdzić; nastroje Żółtego Kła zmieniały się tak szybko. Wzruszył ramionami i kontynuował pielęgnację.

— Zostało kilka kleszczy, których nie mogłem wyciągnąć — powiedział, kiedy skończył.

— Mam nadzieję, że nawet nie próbowałeś, idioto! — rzuciła Żółty Kieł. — Nie chcę, żeby w tyłku zostały mi łby kleszczy, dziękuję bardzo. Zapytaj Nakrapianego Liścia, czy nie ma trochę mysiej żółci do nacierania. To im zatka otwory oddechowe i wkrótce same odpadną.

— Zaraz coś znajdę! — zaproponował Ognista Łapa. Ucieszył się z okazji, żeby wyrwać się choć na chwilę od marudnej kocicy. A na pewno nie było niemiłe przejść się i ponownie spotkać z Nakrapianym Liściem.

Podszedł do tunelu z paproci. Koty wyczyściły go, przechodząc tędy z patykami i gałązkami w zębach. W czasie, gdy Ognista Łapa pielęgnował Żółty Kieł, obóz ożył. Tak było codziennie, odkąd Błękitna Gwiazda powiadomiła o zniknięciu Klanu Wiatru. Królowe z gałązek i liści tkały gęstą zieloną ścianę wokół żłobka, by upewnić się, że wąskie wejście będzie jedyną drogą, by dotrzeć do kępy jeżyn. Inne koty pracowały na krańcach obozu, zatykając wszelkie wolne przestrzenie między gęstymi zaroślami.

Nawet starsi członkowie klanu pracowali, kopiąc jamy w ziemi. Wojownicy wciąż znosili świeżo upolowaną zdobycz i chowali ją w nowo wykopanych skrytkach. W powietrzu unosił się duch spokojnej mobilizacji i determinacji, by możliwie jak najlepiej zabezpieczyć i zaopatrzyć klan.

Gdyby Klan Cienia wkroczył na ich teren, Klan Pioruna szukałby schronienia w swoim obozie. Nie miał zamiaru pozwolić wypędzić się ze swoich terenów łowieckich tak łatwo jak Klan Wiatru.

Ciemna Pręga, Długi Ogon, Wierzbowa Skóra i Zakurzona Łapa czuwali cicho przy wejściu do obozu. Oczy mieli utkwione w wejściu do tunelu kolcolistu. Właśnie powracał patrol, zakurzony, na obolałych łapach. Gdy tylko wojownicy weszli do obozu, Ciemna Pręga i jego towarzysze zbliżyli się i wymienili z nimi kilka słów, po czym szybko wyślizgnęli się na zewnątrz. Granice terytorium Klanu Pioruna nie pozostawały niepilnowane nawet przez chwilę.

Ognista Łapa poszedł w dół tunelem paproci, który zaprowadził go do legowiska Nakrapianego Liścia. Gdy wszedł na polankę, zauważył, że uzdrowicielka przygotowuje jakieś słodko pachnące zioła.

— Czy mogę dostać dla Żółtego Kła trochę mysiej żółci na kleszcze? — miauknął.

— Za chwilę — odpowiedziała Nakrapiany Liść, łącząc łapą dwie kupki ziół i mieszając pachnącą stertę delikatnie wyciągniętym pazurem.

— Jesteś zajęta? — spytał Ognista Łapa, siadając na ciepłym skrawku ziemi.

— Chcę być przygotowana na wszelki wypadek — mruknęła, spoglądając na niego złocistymi oczami. Ich spojrzenia spotkały się na chwilę. Ognista Łapa spuścił wzrok, czując, że za ciasno mu w jego futrze. Nakrapiany Liść odwróciła się do swoich ziół.

Ognista Łapa czekał, szczęśliwy, siedząc cicho i patrząc, jak pracuje.

— W porządku — miauknęła w końcu. — Co chciałeś? Mysią żółć?

— Tak, dziękuję! — Ognista Łapa wstał i rozciągnął tylne łapy. Słońce rozgrzało mu futro i wywołało senność.

Nakrapiany Liść skoczyła do swojego legowiska i coś z niego wyjęła. Trzymała to ostrożnie w pysku. Był to niewielki strzęp mchu zwisający na końcu cienkiego paska kory. Podała go Ognistej Łapie. Gdy ujął pas kory w zęby, poczuł smak jej ciepłego, świeżego oddechu.

— Mech jest zamoczony w żółci — wyjaśniła Nakrapiany Liść. — Nie próbuj go, bo przez kilka dni będziesz odczuwać obrzydliwy posmak. Przykładaj to na kleszcze, a później myj łapy — w strumieniu, nie językiem!

Ognista Łapa kiwnął głową i pokłusował z powrotem do Żółtego Kła, czując nagle wesołość i nową energię.

— Nie ruszaj się! — miauknął do starej kocicy. Przednimi łapami ostrożnie przyłożył mech do każdego kleszcza.

— Skoro masz już ubrudzone łapy, możesz też posprzątać po mnie! — miauknęła, gdy skończył. — Zamierzam się zdrzemnąć.

Ziewnęła, odsłaniając sczerniałe i połamane zęby. Ciepło dnia również na nią działało usypiająco.

— Później możesz iść i zająć się swoimi lekcjami — zamruczała.

Gdy usunął nieczystości Żółtego Kła, zostawił ją drzemiącą i udał się do tunelu z kolcolistu. Pilno mu było iść do strumienia i opłukać łapy.

— Ognista Łapo! — odezwał się głos z boku.

Ognista Łapa odwrócił się. To był Obcięty Ogon.

— Dokąd wychodzisz? — miauknął stary kocur dziwnym tonem. — Powinieneś pomagać w przygotowaniach.

— Właśnie nakładałem mysią żółć na kleszcze Żółtego Kła — odpowiedział Ognista Łapa.

Wąsy Obciętego Ogona zadrgały w rozbawieniu.

— Więc teraz podążasz do najbliższego strumienia! Dobrze, ale nie wracaj bez świeżego łupu. Musimy gromadzić wszystko, co zdołamy znaleźć.

— Dobrze, Obcięty Ogonie — odpowiedział Ognista Łapa.

Podążył drogą w górę zbocza wąwozu. Pobiegł w dół do strumienia, przy którym z Szarą Łapą polowali w dzień, kiedy znalazł Żółty Kieł. Bez wahania wskoczył do zimnej, czystej wody. Zmoczyła mu ogon i futro na brzuchu. Wstrząs pozbawił go oddechu, zadrżał.

Szelest w krzakach powyżej sprawił, że spojrzał w górę, chociaż znajomy zapach, który dobiegł do jego nosa, podpowiedział mu, że w okolicy nie czai się niebezpieczeństwo.

— Co tam robisz? — Szara Łapa i Krucza Łapa stali, patrząc na niego jak na szaleńca.

— Nie pytaj! Mysia żółć — skrzywił się Ognista Łapa. — Gdzie są Lwie Serce i Tygrysi Pazur?

— Poszli dołączyć do kolejnego patrolu — odpowiedział Szara Łapa. — Kazali nam spędzić resztę popołudnia na polowaniu.

— To samo kazał mi Obcięty Ogon — miauknął Ognista Łapa, wzdrygając się, gdy chłodny prąd strumienia opływał jego łapy.

— W obozie wszyscy są zajęci. Można by pomyśleć, że możemy zostać zaatakowani w każdej chwili — ociekając wodą wspiął się na łachę.

— Kto mówi, że nie możemy? — miauknął Krucza Łapa, rozglądając się lękliwie na wszystkie strony, jakby oczekiwał, że w każdej chwili zza krzaków wyskoczy patrol wroga.

Ognista Łapa spojrzał na stos świeżej zdobyczy, ułożony obok obu uczniów.

— Nie zmarnowaliście dnia! — miauknął.

— Tak — przytaknął z dumą Szara Łapa. — I wciąż pozostała nam na łowy reszta popołudnia. Idziesz z nami?

— No pewnie! — odpowiedział Ognista Łapa. Otrząsnął się ponownie i podążył za przyjaciółmi w zarośla.

Po powrocie do obozu Ognista Łapa stwierdził, że koty były pod wrażeniem ilości łupu, który trzej uczniowie zdołali złowić podczas popołudniowego polowania. Zostali przywitani zadartymi ogonami i przyjaznymi trąceniami nosem. Cztery razy musieli powracać, by przenieść swoją zdobycz do jamy wykopanej przez starszych.

Lwie Serce i Tygrysi Pazur właśnie wracali z patrolu, gdy Ognista Łapa, Szara Łapa i Krucza Łapa przenosili do obozu ostatnią porcję.

— Wasza trójka dobrze się spisała — miauknął Lwie Serce. — Słyszałem, że nie traciliście czasu. Nasze jamy są prawie pełne. Dołóżcie ostatnie łupy do sterty świeżo upolowanych dziś wieczorem. I weźcie sobie trochę do legowiska. Zasługujecie na ucztę!

Trzej uczniowie zamachali z radością ogonami.

— Mam nadzieję, że przez to polowanie nie zaniedbywałeś Żółtego Kła, Ognista Łapo — warknął ostrzegawczo Tygrysi Pazur.

Ognista Łapa potrząsnął niecierpliwie głową, chcąc już uciec. Padał z głodu. Tym razem przestrzegał kodeksu wojownika i nie zjadł ani kęsa podczas polowania dla klanu. Szara Łapa i Krucza Łapa też tego nie zrobili.

Odbiegli truchtem i rzucili ostatnie łupy na stos świeżej zdobyczy leżący pośrodku polany. Następnie wzięli po kawałku dla siebie i wrócili do swojego pniaka. Legowisko było puste.

— Gdzie się podziali Zakurzona Łapa i Piaskowa Łapa? — zapytał Krucza Łapa.

— Najwyraźniej są jeszcze na patrolu — zgadywał Ognista Łapa.

— I dobrze — miauknął Szara Łapa. — Cisza i spokój.

Zjedli swoje porcje i ułożyli się do mycia. Chłodne wieczorne powietrze przynosiło ulgę po gorącym dniu.

— Hej! Nie zgadniesz! — miauknął nagle Szara Łapa. — Tygrysi Pazur pochwalił dziś rano Kruczą Łapę!

— Naprawdę? — sapnął Ognista Łapa. — Co, u licha, udało ci się zrobić, żeby go zadowolić? Nauczyłeś się fruwać?

— No więc... — zaczął nieśmiało Krucza Łapa, spoglądając na swoje łapy. — Złapałem wronę.

— Jak ci się to udało? — Ognista Łapa był pod wrażeniem.

— Była stara — przyznał skromnie Krucza Łapa.

— Ale ogromna — uzupełnił Szara Łapa. — Nawet Tygrysi Pazur nie mógł dopatrzyć się niczego, do czego mógłby się przyczepić! Jest w paskudnym humorze, odkąd Błękitna Gwiazda przyjęła cię na swojego ucznia — przez chwilę lizał starannie swoją łapę. — Trzeba przeczekać, zachowuje się tak, odkąd Lwie Serce został mianowany jej zastępcą.

— Jego martwi Klan Cienia i dodatkowe patrole — miauknął pospiesznie Krucza Łapa. — Musisz starać się go nie drażnić.

Ich rozmowę przerwał głośny wrzask dobiegający z drugiej strony polany.

— Och, nie — jęknął Ognista Łapa, podnosząc się szybko. — Zapomniałem zanieść Żółtemu Kłowi jej porcję!

— Siedź tu — miauknął Szara Łapa, zrywając się jednym skokiem. — Zaniosę jej coś.

— Nie, lepiej sam pójdę — zaprotestował Ognista Łapa. — To moja kara, nie twoja.

— Nikt nie zauważy — spierał się Szara Łapa. — Wszyscy zajęci są jedzeniem. Znasz mnie: cichy jak mysz, szybki jak ryba. Poczekaj tu.

Ognista Łapa usiadł ponownie, niezdolny do ukrycia ulgi. Obserwował, jak przyjaciel kłusem oddala się od pniaka w stronę sterty świeżej zdobyczy.

Szara Łapa śmiało wybrał z niej dwie myszy o soczystym wyglądzie i zaczął czołgać się w kierunku Żółtego Kła.

— Stój, Szara Łapo! — rozbrzmiał głośny pomruk od strony wejścia do legowiska wojowników. Tygrysi Pazur wyszedł z niego zamaszystym krokiem i stanął nad Szarą Łapą.

— Dokąd niesiesz te myszy? — domagał się wyjaśnienia.

Ze ssaniem w żołądku Ognista Łapa obserwował bezsilnie z pniaka rozwój wydarzeń. Obok niego zesztywniały Krucza Łapa przykucnął nad swoim posiłkiem z szerzej niż zwykle rozwartymi oczami.

— Hmmm... — Szara Łapa upuścił myszy i niezdarnie złożył łapy.

— Nie pomagasz czasem młodemu Ognistej Łapie żywić tej zachłannej zdrajczyni?

Ognista Łapa patrzył, jak Szara Łapa przez chwilę uważnie ogląda swoje nogi.

— Eee, po prostu byłem głodny. Chciałem je wziąć i zjeść — wybąkał. — Jeśli pozwolę tej parze na to spojrzeć — rzucił okiem na Ognistą Łapę i Kruczą Łapę — zostawią dla mnie tylko kości i futro.

— Naprawdę? — miauknął Tygrysi Pazur. — Dobrze, jeśli jesteś aż taki głodny, zjedz je natychmiast!

— Ale... — zaczął Szara Łapa, patrząc do góry na wściekłego starszego wojownika.

— Teraz! — warknął Tygrysi Pazur.

Szara Łapa schylił szybko głowę i zaczął pożerać myszy. Pierwszą rozebrał kilkoma kęsami i połknął szybko. Zjedzenie drugiej myszy zabrało mu więcej czasu. Ognista Łapa pomyślał, że przyjaciel nigdy nie da rady jej połknąć, i jego własny żołądek zacisnął się ze współczuciem, ale ostatecznie Szara Łapa przełknął ostatni, najgorszy kęs i resztka myszy zniknęła w jego brzuchu.

— Teraz lepiej? — zapytał Tygrysi Pazur, a jego głos brzmiał udawanym współczuciem.

— O wiele lepiej — odpowiedział Szara Łapa, powstrzymując beknięcie.

— To dobrze. — Tygrysi Pazur oddalił się z powrotem do swojego legowiska.

Szara Łapa czmychnął chyłkiem do przyjaciół.

— Gratulacje, Szara Łapo! — zamiauczał Ognista Łapa z wdzięcznością, ocierając się o miękkie futro przyjaciela. — To była szybka akcja.

Ponownie rozległ się wrzask Żółtego Kła. Ognista Łapa westchnął i wstał. Chciałby się upewnić, że w nocy kocica nie będzie go potrzebować. Miał zamiar wcześnie się położyć. Żołądek miał pełny, a łapy zmęczone.

— Jak się czujesz, Szara Łapo? — spytał, odwracając się do wyjścia.

— Ufff, mrrr — narzekał Szara Łapa. Kucał skulony, mrużąc oczy z bólu. — Przejadłem się.

— Idź do Nakrapianego Liścia — poradził Ognista Łapa. — Na pewno ma coś, co ci pomoże.

— Mam nadzieję — miauknął Szara Łapa, oddalając się powoli.

Ognista Łapa przyglądał się mu do czasu, gdy ponowny gniewny wrzask Żółtego Kła nie zmusił go do biegu sprintem przez polanę.

Rozdział 10

Następnego poranka okazało się, że pada rzadka mżawka, mocząc wierzchołki drzew i przenikając przez konary do obozu.

Po niewygodach nocy Ognistą Łapę obudziła wszechobecna wilgoć. Wstał i otrząsnął się energicznie, strosząc futro, po czym opuścił legowisko uczniów i pobiegł kłusem przez polanę do legowiska Żółtego Kła.

Kocica już się obudziła. Na widok Ognistej Łapy podniosła głowę i spojrzała na niego spod przymrużonych powiek.

— Łupie mnie dzisiaj w kościach. Całą noc padało?

— Nie, od północy — odpowiedział. Wyciągnął łapę i ostrożnie szturchnął jej wymoszczone w mchu legowisko. — Twoje posłanie jest całkiem przemoczone. Dlaczego nie przesuniesz się bliżej żłobka? Tam jest bardziej osłonięte miejsce.

— Co? I nie spać przez całą noc przez te popiskujące kociaki?! Wolę moknąć! — warknęła.

Ognista Łapa obserwował ją, leżącą sztywno na posłaniu.

— A więc pozwól mi przynajmniej przynieść ci jakąś suchą podściółkę — zaoferował, chcąc porzucić temat małych kotków, który tak bardzo denerwował starą kocicę.

— Dziękuję, Ognista Łapo — odpowiedziała cicho, ponownie się układając.

Ognista Łapa poczuł oszołomienie. Zastanawiał się, czy z Żółtym Kłem wszystko w porządku. Pierwszy raz zdarzyło się, by mu za coś podziękowała, i pierwszy raz nie nazwała go kiciusiem.

— No, nie stój tam jak zaskoczona wiewiórka, idź po jakiś mech! — warknęła.

Wąsy Ognistej Łapy drgnęły z rozbawienia. Do takiego jej zachowania zdążył już przywyknąć. Kiwnął głową i odbiegł prędko.

Pośrodku polany omal nie zderzył się z Nakrapianym Ogonem. To była ta królowa, która poprzedniego dnia obserwowała wybuch złości Żółtego Kła przy małym pręgowanym kotku.

— Przepraszam, Nakrapiany Ogonie — miauknął Ognista Łapa. — Idziesz do Żółtego Kła?

— Czego mogłabym chcieć od tego nienaturalnego stwora? — odpowiedziała z rozdrażnieniem. — Szukam ciebie. Błękitna Gwiazda chce się z tobą widzieć.

Ognista Łapa pospieszył w kierunku Wysokiego Głazu i legowiska Błękitnej Gwiazdy.

Błękitna Gwiazda siedziała na zewnątrz. Rytmicznie poruszała głową, liżąc szare futro na szyi. Przerwała toaletę na widok Ognistej Łapy.

— Jak się ma dzisiaj Żółty Kieł? — miauknęła.

— Jej posłanie zamokło, więc szedłem po nową ściółkę — odpowiedział.

— Poproszę jedną z królowych, by się tym zajęła. — Ognista Gwiazda liznęła się po piersi, a potem spojrzała uważnie na Ognistą Łapę. — Czy starczy jej już sił na samodzielne polowanie? — zapytała.

— Nie sądzę — miauknął Ognista Łapa. — Ale już całkiem nieźle chodzi.

— Rozumiem — odparła Błękitna Gwiazda i zamyśliła się na chwilę. — Najwyższy czas, Ognista Łapo, żebyś znów rozpoczął trening. Będziesz musiał się przyłożyć, żeby nadgonić zaległości.

— Super! To znaczy, dziękuję, Błękitna Gwiazdo! — wyjąkał Ognista Łapa.

— Dziś rano pójdziesz z Tygrysim Pazurem, Szarą Łapą i Kruczą Łapą — mówiła dalej Błękitna Gwiazda. — Poprosiłam Tygrysiego Pazura, by ocenił umiejętności bojowe wszystkich naszych uczniów. Nie martw się o Żółty Kieł, dopilnuję, by ktoś się nią zajął podczas twojej nieobecności.

Ognista Łapa kiwnął głową.

— A teraz dołącz do swoich towarzyszy — rozkazała Błękitna Gwiazda. — Myślę, że już na ciebie czekają.

— Dziękuję, Błękitna Gwiazdo! — miauknął Ognista Łapa. Obrócił się, zarzucając ogonem, i pognał w kierunku swojego legowiska.

Błękitna Gwiazda miała rację; Szara Łapa i Krucza Łapa czekali na niego koło ich ulubionego pniaka. Szara Łapa wyglądał na zesztywniałego i niezadowolonego, a z powodu wilgoci przesycającej powietrze jego długie futro zlepiło się w kłaki. Krucza Łapa krążył zamyślony wokół pniaka, biały czubek jego ogona drżał.

— Więc dziś do nas dołączasz! — odezwał się Szara Łapa, gdy Ognista Łapa podszedł do nich. — Na jakiś czas? — Otrząsnął się, by pozbyć się wilgoci z sierści.

— Tak, Błękitna Gwiazda powiedziała mi, że Tygrysi Pazur zrobi nam dzisiaj sprawdzian. Piaskowa Łapa i Zakurzona Łapa też przyjdą?

— Biała Burza i Ciemna Pręga zabrali ich na patrol. Zapewne Tygrysi Pazur urządzi im później egzamin — odpowiedział Szara Łapa.

— No! Powinniśmy ruszać — ponaglił ich Krucza Łapa, który przestał krążyć i teraz czekał na nich z niepokojem.

— Nie ma sprawy — miauknął Szara Łapa. — Mam nadzieję, że ćwiczenia trochę mnie rozgrzeją!

Trzej uczniowie puścili się kłusem przez kolcolist i wybiegli z obozu. Pospieszyli do piaszczystego zagłębienia. Tygrysiego Pazura nie było, więc kręcili się pod sosną, a ich futra stroszyły się od chłodu.

— Martwisz się o ocenę? — zapytał Ognista Łapa chodzącego w tę i z powrotem szybkim, nerwowym krokiem Kruczą Łapę. — Nie musisz. Przecież jesteś uczniem Tygrysiego Pazura. Składając sprawozdanie Błękitnej Gwieździe, będzie chciał pochwalić się twoimi postępami.

— Z Tygrysim Pazurem nigdy nic nie wiadomo — miauknął Krucza Łapa, wciąż drepcząc w kółko.

— Usiądź wreszcie, do licha! — marudził Szara Łapa. — W tym tempie wykończysz się, zanim zaczniemy!

Do czasu nadejścia Tygrysiego Pazura niebo się zmieniło. Chmury straciły wygląd grubego szarego futra i przybrały kształt miękkich białych kulek puchu, których królowe używały do oznaczania linii gniazd noworodków. Wiatr, niosący świeży chłód, rozrzedzał chmury, spomiędzy których prześwitywał błękit nieba.

Tygrysi Pazur przywitał się z nimi energicznie i od razu zaczął omawiać szczegóły ćwiczenia.

— Lwie Serce i ja spędziliśmy parę ostatnich tygodni, próbując nauczyć was porządnego polowania — miauknął. — Dziś będziecie mieli okazję wykazać się nabytymi umiejętnościami. Każdy z was pójdzie inną trasą i będzie starał się upolować jak najwięcej zwierzyny. A wszystko, co złapiecie, powiększy zapasy obozu.

Zdenerwowani i podnieceni uczniowie popatrzyli jeden na drugiego. Na myśl o wyzwaniu Ognista Łapa poczuł przyspieszone bicie serca.

— Krucza Łapo, pójdziesz szlakiem za Wielkim Jaworem aż do Wężowych Skał. Twoje żałosne umiejętności powinny na to wystarczyć. Ty, Szara Łapo — kontynuował Tygrysi Pazur — pójdziesz trasą wzdłuż strumienia, aż do Drogi Grzmotu.

— Super! — miauknął Szara Łapa. — Pierwsze koty za płoty!

Uciszyło go spojrzenie Tygrysiego Pazura.

— I w końcu ty, Ognista Łapo. Co za szkoda, że twoja wspaniała nauczycielka nie mogła tu dzisiaj przyjść, by na własne oczy podziwiać twe osiągnięcia. Pójdziesz szlakiem przez Wysokie Sosny, do lasu za Porębą.

Ognista Łapa kiwnął głową, gorączkowo odtwarzając w głowie trasę.

— I pamiętajcie — zakończył Tygrysi Pazur, taksując ich wszystkich spojrzeniem swoich jasnych oczu. — Każdego z was będę obserwował.

Krucza Łapa pierwszy pobiegł sprintem w kierunku Wężowych Skał. Tygrysi Pazur podążył do lasu inną drogą, pozostawiając Szarą Łapę i Ognistą Łapę we wgłębieniu. Próbowali odgadnąć, za kim Tygrysi Pazur pójdzie najpierw.

— Nie wiem, dlaczego myśli, że Wężowe Skały to łatwa trasa! — miauknął Szara Łapa. — To miejsce roi się od żmij. Jest ich tyle, że ptaki i myszy trzymają się z daleka!

— Krucza Łapa cały czas poświęci unikaniu ukąszenia — zgodził się Ognista Łapa.

— Och, poradzi sobie — miauknął Szara Łapa. — Nawet żmija nie jest wystarczająco szybka, by złapać Kruczą

Łapę w chwili, gdy jest tak zdenerwowany. Lepiej już pójdę. Spotkamy się tutaj po powrocie. Powodzenia!

Szara Łapa pognał w kierunku strumienia. Ognista Łapa zatrzymał się, by poniuchać w powietrzu, po czym ruszył lekko po zboczu zagłębienia w stronę Wysokich Sosen.

Czuł się nieswojo, idąc do miejsca, gdzie został wychowany przez Dwunożnych. Ostrożnie przekroczył wąską ścieżkę w sosnowym lesie. Wyczulony na widok i zapach zwierzyny, zlustrował prosty rząd drzew i niskie poszycie.

Jego uwagę przyciągnął jakiś ruch. To była mysz, grzebiąca w sosnowych igłach. Przypominając sobie swoją pierwszą lekcję, Ognista Łapa opadł do pozycji tropiącej, pamiętając, żeby przenieść ciężar ciała na zad; łapami ledwie muskał ziemię. Metoda zadziałała bez zarzutu. Mysz nie dostrzegła Ognistej Łapy, dopóki nie skoczył. Złapał ją jedną łapą, szybko zabił, a następnie zagrzebał, aby zabrać podczas powrotu.

Poszedł trochę dalej w stronę Wysokich Sosen. Ziemia była tu głęboko zryta przez ślady olbrzymiego potwora Dwunożnych, który przewracał drzewa. Ognista Łapa odetchnął głęboko z otwartym pyskiem. W powietrzu nie wyczuwał śladu kwaśnego oddechu potwora.

Pobiegł głęboką koleiną, przeskakując przez zagłębienia. Wypełniała je woda po deszczu, na której widok poczuł pragnienie. Miał chęć zatrzymać się i napić, ale zawahał się. Jedno dotknięcie tej błotnistej kałuży i przez wiele dni czułby posmak cuchnących śladów potwora.

Zdecydował się powstrzymać. Może za Wysokimi Sosnami znajdzie kałużę deszczowej wody. Pobiegł między drzewami i przekroczył drogę Dwunożnych na odległym krańcu.

Wskoczył z powrotem w gęste zarośla dębowego lasu i biegł dalej, dopóki nie znalazł kałuży i nie wychłeptał kilku łyków świeżej wody. Futro zaczęło go łaskotać od dodatkowych sygnałów. Rozpoznał znajome dźwięki i zapachy swojego starego miejsca na płocie i natychmiast zdał sobie sprawę, gdzie się znajduje. To był ten las, który przylegał do domostwa Dwunożnych. Musiał być już bardzo blisko swojego dawnego domu.

Z daleka Ognista Łapa wyczuwał zapach Dwunożnych i słyszał ich głosy, donośne i rechotliwe jak krakanie wron. To grupa młodych Dwunożnych, bawiących się w lesie. Ognista Łapa przykucnął i zerknął przez paprocie. Dźwięki były na tyle odległe, że czuł się bezpiecznie, jednak zmienił kierunek marszu tak, by okrążyć odgłosy, sprawdzając, czy go nie dostrzeżono.

Cały czas zachowywał bystrość i czujność, ale nie tylko z powodu Dwunożnych — gdzieś w pobliżu mógł być Tygrysi Pazur. Wydało mu się, że w krzakach za sobą usłyszał trzask gałązki. Wciągnął powietrze, ale nie wywąchał niczego nowego. Zastanawiał się, czy jest obserwowany.

Kątem oka zauważył jakiś ruch. W pierwszej chwili pomyślał, że to ciemnobrązowe futro Tygrysiego Pazura, ale potem dostrzegł błysk bieli. Zatrzymał się, przykucnął i oddychał głęboko. Nie znał tego zapachu; to kot, ale nie kot z jego klanu. Odezwał się w nim głęboko już zakorzeniony instynkt wojownika. Musi przegonić intruza z terenu Klanu Pioruna!

Przyglądał się, jak stworzenie przechodzi przez zarośla. Wyraźnie dostrzegł jego sylwetkę przemykającą między paprociami. Poczekał, aż podejdzie bliżej. Przykucnął na ziemi, powoli machając ogonem. Gdy czarno-biały kot zbliżył się, Ognista Łapa zakołysał zadem, szykując się do skoku. Jeszcze chwila i uderzył.

Czarno-biały kot wyskoczył w górę i przerażony śmignął między drzewa. Ognista Łapa ruszył w pościg.

„To domowy kot!", pomyślał, ścigając intruza przez zarośla. Czuł jego okropny zapach. „Na moim terenie!" Szybko osaczał umykające zwierzę. Zwolnił swój szalony galop i wspiął się na szeroki, omszały pień. Czując w uszach szum krwi, jednym lekkim ruchem skoczył do tyłu.

Gdy chwycił intruza pazurami, poczuł, jak kot pod nim szarpie się, i usłyszał pełen rozpaczy i przerażenia wrzask.

Zwolnił uchwyt i cofnął się. Czarno-biały kot skulił się pod zwalonym drzewem, patrząc na niego z drżeniem. Ognista Łapa uniósł nos, krzywiąc się na tak łatwą kapitulację intruza. Ten miękki, utuczony kociak z okrągłymi oczami i wąską mordką różnił się niezmiernie od szczupłych kotów, z którymi teraz żył Ognista Łapa, a jednak wydawał się znajomy.

— Łatek! — miauknął głośno.

— Skąd z... zzz... zzznasz moje imię? — wyjąkał Łatek, wciąż skulony.

— To ja! — zamiauczał Ognista Łapa.

Domowy kot wyglądał na zmieszanego.

— Wychowywaliśmy się razem! Mieszkałem w ogrodzie obok ciebie! — podpowiadał Ognista Łapa.

— Rdzawy? — pisnął Łatek z niedowierzaniem. — To ty? Spotkałeś znów dzikie koty? A może masz nowy dom? Musisz mieć, jeśli ciągle żyjesz!

— Teraz nazywam się Ognista Łapa — miauknął. Rozluźnił mięśnie i wygładził nastroszone futro.

Łatek też się rozluźnił i postawił uszy.

— Ognista Łapa? — powtórzył, rozbawiony. — Ognista Łapo, wygląda na to, że w nowym miejscu nie dojadasz! Z pewnością nie byłeś tak wychudzony, kiedy widzieliśmy się ostatnim razem!

— Nie potrzebuję karmy od Dwunożnych — odpowiedział Ognista Łapa. — Mam cały las jedzenia.

Oszołomiony Łatek patrzył na niego przez chwilę z niedowierzaniem, które wkrótce zamieniło się w bezbrzeżne zdziwienie.

— Naprawdę mieszkasz z dzikimi kotami?

— Tak! — przerwał Ognista Łapa. — Wiesz, pachniesz inaczej... Obco.

— Obco? — powtórzył Łatek. Poniuchał w powietrzu. — Myślę, że przywykłeś już do zapachu dzikich kotów.

Ognista Łapa potrząsnął głową, jakby chciał uporządkować myśli.

— Ale dorastaliśmy razem. Powinienem rozpoznać twój zapach tak, jak rozpoznałbym zapach rodzonej matki.

I wtedy uświadomił sobie, co się stało. Opuścił Łatka pół roku temu. Nic dziwnego, że dawny przyjaciel przytył, wyglądał jak mięczak i pachniał tak dziwnie.

— Byłeś u Obcinacza! — wysapał Ognista Łapa. — To znaczy, weterynarza!

Łatek wzruszył pulchnymi czarnymi barkami.

— No i co? — miauknął.

Ognista Łapa oniemiał. Tak, Błękitna Gwiazda miała rację.

— No, mów! Jak to jest żyć w dziczy? — dopytywał Łatek. — Jest tak fajnie, jak się spodziewałeś?

Ognista Łapa pomyślał przez chwilę o wczorajszym wieczorze, o spaniu w wilgotnym legowisku. Pomyślał o mysiej żółci i usuwaniu nieczystości Żółtego Kła, o próbach zadowolenia Lwiego Serca i Tygrysiego Pazura podczas szkolenia. Przypomniał sobie docinki, z powodu których cierpiał podczas swoich pierwszych polowań, swój bieg przez las w pogoni za wiewiórką i ciepłe wieczory pod gwiazdami, podczas których dzielił języki ze swoimi przyjaciółmi.

— Teraz wiem, kim jestem — odpowiedział po prostu.

Łatek przechylił głowę na bok i wpatrywał się w Ognistą Łapę, najwyraźniej zdezorientowany.

— Idź ostrożnie, Łatku. — Ognista Łapa pochylił się do przodu i czule polizał starego przyjaciela między uszami.

Łatek w odpowiedzi trącił go nosem.

— I zachowaj czujność. Możliwe, że w okolicy grasuje jakiś inny kot, który nie jest tak czuły dla domowych pieszczochów jak ja.

Na te słowa Łatek zastrzygł nerwowo uszami, obejrzał się ostrożnie i skoczył na pień przewróconego drzewa.

— Do widzenia, Rdzawy! — miauknął. — Przekażę w domu, że u ciebie wszystko w porządku!

— Do widzenia, Łatku! — miauknął Ognista Łapa. — Smacznego!

Popatrzył na biały czubek ogona znikający za drzewem. W oddali słyszał grzechot suchej karmy i nawoływania Dwunożnych.

Ognista Łapa odwrócił się, zadarł ogon i skierował się w stronę własnego domu, węsząc po drodze. „Znajdę tu ziębę albo dwie", zdecydował. „Później w drodze przez sosnowy las złapię coś jeszcze". Poczuł przypływ energii. Po spotkaniu z Łatkiem w pełni uświadomił sobie, jak szczęśliwy jest, żyjąc w klanie.

Spojrzał w górę przez gałęzie, wyostrzył wszystkie zmysły i zaczął tropić. Teraz wystarczy zadowolić Błękitną Gwiazdę i Tygrysiego Pazura, a dzień będzie idealny.

Rozdział 11

Ognista Łapa powrócił, mocno trzymając w pysku ziębę. Położył ją przed czekającym w wykrocie Tygrysim Pazurem.

— Wróciłeś pierwszy — miauknął wojownik.

— Tak, ale mam więcej łupów do przyniesienia — odparł szybko Ognista Łapa. — Schowałem je...

— Dokładnie wiem, co robiłeś — warknął Tygrysi Pazur. — Obserwowałem cię.

Szelest w krzakach zapowiedział powrót Szarej Łapy. On z kolei niósł w zębach niewielką wiewiórkę, którą położył obok zięby Ognistej Łapy.

— Fuj! — splunął. — Wiewiórki są zbyt włochate. Przez cały wieczór będę wydłubywać sierść z zębów.

Tygrysi Pazur nie zwrócił uwagi na narzekania Szarej Łapy.

— Krucza Łapa się spóźnia — zauważył. — Damy mu jeszcze trochę czasu, a później wracamy do obozu.

— A jeśli ukąsiła go żmija? — zaprotestował Ognista Łapa.

— Sam sobie będzie winny — odpowiedział chłodno Tygrysi Pazur. — W Klanie Pioruna nie ma miejsca dla głupców.

Czekali w milczeniu. Szara Łapa i Ognista Łapa wymienili szybkie spojrzenia; martwili się o Kruczą Łapę. Tygrysi Pazur siedział nieruchomo, najwyraźniej pogrążony we własnych myślach.

Ognista Łapa pierwszy wyczuł zapach nadchodzącego kolegi. Skoczył na cztery łapy, gdy czarny kot, z niezwykle zadowoloną miną, wkroczył na polanę. Z jego pyska zwisała długa żmija w diamentowy wzór.

— Krucza Łapo! Wszystko w porządku? — zawołał Ognista Łapa.

— Hej! — miauknął Szara Łapa, pędząc, by obejrzeć zdobycz. — Nie ukąsiła cię?

— Byłem dla niej zbyt szybki! — zamruczał głośno Krucza Łapa, po czym przechwycił wzrok Tygrysiego Pazura i zamilkł.

Starszy kocur obrzucił zimnym spojrzeniem trzech podekscytowanych uczniów.

— Idziemy — powiedział wreszcie. — Zabieramy resztę zdobyczy i wracamy do obozu.

Krocząc za Tygrysim Pazurem, Ognista Łapa, Szara Łapa i Krucza Łapa weszli do obozu. W pyskach nieśli dumnie swoje zdobycze, chociaż Krucza Łapa co rusz potykał się o swoją żmiję. Gdy wyłonili się z tunelu w zaroślach kolcolistu, grupa kociąt rzuciła się ze żłobka w ich stronę i przypatrywała się, gdy ich mijali.

— Patrz! —usłyszał głos jednego z nich Ognista Łapa. — Uczniowie właśnie wrócili z polowania!

Rozpoznał małego pręgowanego kotka, na którego dzień wcześniej syczała Żółty Kieł. Obok niego siedział puchaty szary młody, liczący sobie nie więcej niż dwa księżyce. Drobny czarny kocurek i szylkretowa kotka stanęli za nimi.

— Czy to nie ten domowy kot, Ognista Łapa? — pisnął szary maluch.

— Tak! Spójrz na jego rude futro! — miauknął czarny.

— Mówią, że jest dobrym łowcą — rzekła szylkretowa. — Przypomina trochę Lwie Serce. Myślicie, że jest tak samo dobry?

— Nie mogę się doczekać, kiedy rozpocznę naukę — miauknął pręgowany. — Mam zamiar zostać największym wojownikiem Klanu Pioruna, jakiego kiedykolwiek widziano!

Ognista Łapa uniósł brodę, dumny z pełnych podziwu komentarzy maluchów. Poszedł za dwójką przyjaciół na środek polany.

— Żmija! — miauknął jeszcze raz Szara Łapa, gdy dorzucili swoje łupy do zdobyczy innych kotów.

— Co z tym zrobić? — zapytał Krucza Łapa, obwąchując długie ciało leżące obok sterty.

— Nie jadasz żmij? — zapytał Szara Łapa.

— Nie mam ochoty — szepnął Krucza Łapa. — Od samego niesienia zbiera mi się na wymioty.

— Połóżmy ją więc na pniaku — zasugerował Szara Łapa. — Tak, aby Zakurzona Łapa i Piaskowa Łapa zobaczyli ją po powrocie.

Wspólnie zanieśli część świeżych zdobyczy i żmiję do swojego legowiska. Szara Łapa ostrożnie położył żmiję na pniaku, układając ją tak, aby była wyraźnie widoczna z każdej strony polany. Potem zjedli pozostałe łupy. Gdy skończyli, usiedli blisko siebie, by się umyć i porozmawiać.

— Ciekawe kogo Błękitna Gwiazda wybierze do pójścia na zgromadzenie — miauknął Ognista Łapa. — Jutro pełnia księżyca.

— Piaskowa Łapa i Zakurzona Łapa już byli — odpowiedział Szara Łapa.

— Może tym razem Błękitna Gwiazda wybierze któregoś z nas — zastanawiał się Ognista Łapa. — W końcu uczymy się już od prawie trzech księżyców.

— Ale Piaskowa Łapa i Zakurzona Łapa wciąż są najstarszymi uczniami — zauważył Krucza Łapa.

Ognista Łapa skinął głową.

— To zgromadzenie będzie bardzo ważne. Odbędzie się pierwszy raz od zniknięcia Klanu Wiatru. Żaden kot nie ma pojęcia, co na ten temat ma do powiedzenia Klan Cienia.

Ciche miauknięcie Tygrysiego Pazura przerwało ich rozmowę.

— Macie rację, młodziaki — wojownik podszedł do nich niezauważenie. — Swoją drogą, Ognista Łapo — dodał łagodnie — Błękitna Gwiazda chce się tobą widzieć.

Ognista Łapa, zaskoczony, spojrzał w górę. Dlaczego królowa chciałaby się z nim widzieć?

— Teraz, jeśli masz trochę czasu — miauknął Tygrysi Pazur.

Ognista Łapa natychmiast podskoczył i ruszył lekko przez polanę w kierunku legowiska Błękitnej Gwiazdy.

Błękitna Gwiazda siedziała na zewnątrz, niespokojnie bijąc ogonem na wszystkie strony. Na widok Ognistej Łapy wstała i spojrzała na niego bacznie z góry.

— Według Tygrysiego Pazura rozmawiałeś dziś z kotem mieszkającym u Dwunożnych — miauknęła cicho.

— Ale... — zaczął Ognista Łapa.

— Powiedział, że rozpoczęło się od walki z tym kotem, ale skończyło na wymianie z nim języków.

— To prawda — przyznał Ognista Łapa, czując na futrze ciarki niepokoju. — Ale to był mój stary przyjaciel. Dorastaliśmy razem — przerwał i przełknął ślinę — gdy byłem domowym kociakiem.

Błękitna Gwiazda wpatrywała się w niego przez dłuższą chwilę.

— Tęsknisz za swoim dawnym życiem, Ognista Łapo? — zapytała. — Zastanów się, teraz.

— Nie. — „Jak mogła coś takiego powiedzieć?", pomyślał. Zakręciło mu się w głowie. Jakiej odpowiedzi od niego oczekuje?

— Chcesz odejść z klanu?

— Oczywiście, że nie! — Ognistą Łapą wstrząsnęło to pytanie.

Błękitna Gwiazda zdawała się nie słyszeć pasji w jego odpowiedzi. Potrząsnęła głową; nagle wydała mu się stara i zmęczona.

— Nie będę miała ci za złe, jeśli nas zostawisz, Ognista Łapo. Może za wiele sobie po tobie obiecywałam. Może mój osąd został zamącony przez potrzebę przyjęcia nowych wojowników do klanu.

Na myśl o opuszczeniu klanu na zawsze Ognista Łapa poczuł panikę.

— Ale moje miejsce jest tutaj! To jest mój dom! — zaprotestował.

— Potrzeba czegoś więcej, Ognista Łapo. Muszę wierzyć w twoją lojalność wobec Klanu Pioruna, szczególnie teraz, kiedy Klan Cienia planuje atak, a tak się nam wydaje. Nie mamy miejsca dla nikogo, kogo nie możemy być pewni, dla nikogo, kto nie umie wybrać między przeszłością a przyszłością.

Ognista Łapa wziął głęboki wdech. Ostrożnie dobierał następne słowa.

— Gdy spotkałem dziś Łatka — to kot, z którym rozmawiałem, gdy dostrzegł mnie Tygrysi Pazur — zdałem sobie sprawę, jak wyglądałoby moje życie, gdybym pozostał u Dwunożnych. Bardzo się cieszę, że u nich nie zostałem. Jestem wręcz dumny z mojej ucieczki.

Bez drgnienia wytrzymał spojrzenie Błękitnej Gwiazdy.

— Spotkanie z Łatkiem upewniło mnie, że podjąłem właściwą decyzję. Nigdy nie byłbym szczęśliwy, pędząc spokojne życie domowego pieszczocha.

Błękitna Gwiazda przez chwilę patrzyła na niego zmrużonymi oczami. Potem kiwnęła głową.

— Bardzo dobrze — powiedziała. — Wierzę ci. Rozmawiałam dzisiaj z Żółtym Kłem — miauknęła łagodniejszym tonem. — Ceni cię. Jak wiesz, nie brakuje jej rozsądku; jak podejrzewam, nie zawsze miała tak przykre usposobienie. W gruncie rzeczy chyba mogłabym ją szybko polubić.

Te słowa sprawiły Ognistej Łapie nieoczekiwaną przyjemność. Może dlatego, że trakcie opieki nad Żółtym Kłem poczuł dla niej podziw, który potem przerodził się w sympatię, pomimo złych humorów kocicy. Tak czy owak, cieszył się, że Błękitna Gwiazda też ją lubi.

— Ale jest w niej coś, co nie budzi mojego zaufania — ciągnęła cicho Błękitna Gwiazda. — Na razie pozostanie z nami jako więzień. Królowe zadbają o nią. Ty musisz skoncentrować się na nauce.

Ognista Łapa kiwnął głową i czekał na pozwolenie odejścia, ale Błękitna Gwiazda jeszcze nie skończyła.

— Ognista Łapo, mimo że nie wystawiłeś sobie dzisiaj dobrego świadectwa, rozmawiając z kotem Dwunożnych, Tygrysi Pazur był pod wrażeniem twoich umiejętności łowieckich. Według niego wszyscy naprawdę dobrze sobie radzicie. Jestem zadowolona z twoich postępów. Pójdziecie na zgromadzenie — wszyscy trzej.

Ognista Łapa ledwo mógł ustać w miejscu, drżał z radosnego podniecenia. Zgromadzenie!

— A co z Piaskową Łapą i Zakurzoną Łapą? — miauknął.

— Pozostaną na straży obozu — odpowiedziała Błękitna Gwiazda. — A teraz już idź.

Machnęła swoim długim ogonem na znak, że jest wolny, i wróciła do przerwanej pielęgnacji.

Szara Łapa i Krucza Łapa spoglądali zaskoczeni na wracającego niemal w podskokach Ognistą Łapę. Czekali na niego zdenerwowani obok pniaka. On zaś usiadł i spojrzał na przyjaciół.

— No więc? — spytał Szara Łapa. — Co powiedziała?

— Tygrysi Pazur powiedział nam, że dzieliłeś się dziś rano językami z domowym kociakiem! — krzyknął Krucza Łapa. — Masz kłopoty?

— Nie. Chociaż Błękitna Gwiazda nie była zadowolona — przyznał z żalem Ognista Łapa. — Myślała, że mam zamiar porzucić Klan Pioruna.

— Nie zrobisz tego? — zapytał Krucza Łapa.

— Nigdy w życiu! — miauknął Szara Łapa.

Ognista Łapa zamachnął się czule na przyjaciela.

— Tak, nie zniósłbyś tego. Kto by ci łapał myszy! Mógłbyś polować jedynie na stare włochate wiewiórki!

Szara Łapa uchylił się przed ciosem Ognistej Łapy i stanął na tylnych nogach, by mu oddać.

— Nigdy nie zgadniecie, co jeszcze powiedziała! — ciągnął Ognista Łapa, zbyt podekscytowany, by tracić czas na zabawy.

Szara Łapa natychmiast opadł na cztery łapy.

— Co? — zapytał.

— Idziemy na zgromadzenie!

Szara Łapa wydał z siebie radosny wrzask i skoczył w górę na pniak. Tylnymi łapami podrzucił żmiję, która spadła Kruczej Łapie na głowę i owinęła mu się wokół szyi.

Krucza Łapa krzyknął zaskoczony i odwrócił się do Szarej Łapy.

— Uważaj! — syknął, strząsając ją na ziemię.

— Boisz się, że cię ukąsi? — dokuczał mu Ognista Łapa. Przykucnął, syknął i podszedł do Kruczej Łapy.

Krucza Łapa poruszył wąsami.

— A co mogłaby mi zrobić żmija! — zawołał, skoczył na Ognistą Łapę i przewrócił go z łatwością na plecy.

Szara Łapa sięgnął z pniaka i szarpnął Kruczą Łapę za ogon, a gdy ten odwrócił się, by go zdzielić, Ognista Łapa zerwał się na nogi i wskoczył na nich obu, zwalając Szarą Łapę z pniaka. Wszyscy trzej spadli na ziemię i zaczęli tarzać się w kurzu. W końcu rozdzielili się i usiedli, dysząc.

— Piaskowa Łapa i Zakurzona Łapa też idą? — wydyszał Szara Łapa.

— Nie! — odpowiedział Ognista Łapa, niezdolny do ukrycia nuty triumfu w głosie. — Zostają na straży obozu.

— Och, pozwólcie, że to ja im o tym powiem! — poprosił Szara Łapa. — Nie mogę się doczekać, żeby zobaczyć ich miny!

— Ja też! — zgodził się Ognista Łapa. — Pomyślcie tylko: idziemy zamiast nich! I to jeszcze po tym, jak Tygrysi Pazur przyuważył mnie dzisiaj z Łatkiem!

— Po prostu miałeś pecha — odpowiedział Szara Łapa. — Ale upolowaliśmy wystarczająco dużo łupów, żeby zasłużyć na dobrą ocenę. To musiało przesądzić.

— Zastanawiam się, jak będzie wyglądało zgromadzenie — miauknął Ognista Łapa.

— Będzie super — odpowiedział Szara Łapa z przekonaniem w głosie. — Idę o zakład, że będą tam wszyscy wielcy wojownicy. Podrapany Pysk, Kamienne Futro...

Ale Ognista Łapa już nie słuchał. Zaczął myśleć o Tygrysim Pazurze i Łatku. Szara Łapa miał rację — to pech, że znamienity wojownik przyłapał go na spotkaniu ze starym przyjacielem. Dlaczego zamiast niego nie śledził Szarej Łapy albo Kruczej Łapy? W gruncie rzeczy pech polegał na tym, że Tygrysi Pazur wysłał go w okolice jego dawnego domu Dwunożnych.

Niespodziewanie nieprzyjemna myśl pojawiła się w głowie Ognistej Łapy: dlaczego Tygrysi Pazur kazał mu iść w pobliże starych kątów? Chciał go sprawdzić? Czyżby wielki wojownik wątpił w jego lojalność wobec Klanu Pioruna?

Rozdział 12

Ognista Łapa spoglądał w dół porośniętego krzewami zbocza. Szara Łapa i Krucza Łapa przykucnęli obok niego. Nieopodal grupa starszych, królowe i wojownicy Klanu Pioruna, czekała w zaroślach na sygnał Błękitnej Gwiazdy.

Ognista Łapa nie zaglądał tu od czasu swojej pierwszej wędrówki z Lwim Sercem i Tygrysim Pazurem. Kotlina o stromych zboczach wyglądała teraz inaczej. Bogatą zieleń drzew rozjaśniało zimne światło księżyca w pełni, liście lśniły srebrnym połyskiem. W dole rosły duże dęby oznaczające miejsce, w którym spotykały się granice terytoriów czterech klanów.

Powietrze zgęstniało od świeżego zapachu kotów innych klanów. W blasku księżyca Ognista Łapa widział je wyraźnie, gdy przechodziły w dole trawiastą polaną, leżącą pomiędzy czterema dębami. W centrum polany, jak złamany ząb, sterczała z poszycia poszarpana skała.

— Spójrz na te wszystkie koty na dole! — syknął pod nosem Krucza Łapa.

— Jest Zakrzywiona Gwiazda! — wysyczał w odpowiedzi Szara Łapa. — Przywódca Klanu Rzeki.

— Gdzie? — miauknął Ognista Łapa, niecierpliwie trącając Szarą Łapę.

— Ten jasny pręgowany kocur obok Wielkiej Skały.

Ognista Łapa podążył wzrokiem w kierunku wskazanym przez Szarą Łapę i dostrzegł siedzącego w centrum polany olbrzymiego kota, większego nawet niż Lwie Serce. Jego pasiaste futro lśniło blado w świetle księżyca. Nawet z tej odległości jego stary pysk przypominał o trudnym życiu, a wargi wyglądały na zdeformowane, jakby zostały poszarpane i źle się zrosły.

— Hej! — miauknął Szara Łapa. — Widzieliście, jak splunęła Piaskowa Łapa, gdy życzyłem jej przyjemnego wieczoru w obozie?

— No pewnie! — zamruczał Ognista Łapa.

Krucza Łapa przerwał im przyciszonym mruknięciem.

— Spójrzcie! Jest Złamana Gwiazda, przywódca Klanu Cienia — syknął.

Ognista Łapa skierował wzrok na kocura w ciemnobrązowe pręgi. Miał wyjątkowo puszyste futro, a pysk szeroki i płaski. Sposób, w jaki usiadł i potoczył dokoła wzrokiem, przyprawił Ognistą Łapę o dreszcz niepokoju.

— Wygląda dość paskudnie — wymamrotał.

— Tak — zgodził się Szara Łapa. — Wśród wszystkich klanów ma reputację nietolerującego głupców. I długo trwało, zanim został przywódcą — cztery księżyce od czasu, gdy umarł jego ojciec, Postrzępiona Gwiazda.

— Jak wygląda przywódca Klanu Wiatru? — zapytał Ognista Łapa.

— Wysoka Gwiazda? Nigdy go nie widziałem, ale wiem, że ma bardzo długi czarno-biały ogon — odpowiedział Szara Łapa.

— Widzisz go gdzieś tutaj? — zapytał Krucza Łapa.

Szara Łapa spojrzał w dół, przeszukując wzrokiem tłum kotów poniżej.

— Nie!

— Czujesz zapach jakichś kotów z Klanu Wiatru? — spytał Ognista Łapa.

Szara Łapa potrząsnął głową.

— Nie.

Za nimi rozległo się łagodne miauknięcie Lwiego Serca:

— Może koty Klanu Wiatru po prostu się spóźniają.

— A jeśli nie pojawią się wcale? — odparł Szara Łapa.

— Spokojnie! Wszyscy musimy być cierpliwi. Nadeszły ciężkie czasy. Teraz cisza. Niedługo Błękitna Gwiazda da sygnał, by ruszać — miauknął cicho Lwie Serce.

Gdy to mówił, Błękitna Gwiazda powstała, machając wysoko wyprężonym ogonem. Ognistej Łapie zabiło mocniej serce, gdy dosłyszał, jak koty Klanu Pioruna podnoszą się i razem ruszają cicho poprzez krzewy w dół, w kierunku miejsca zgromadzenia. Podążał wraz z nimi, czując podmuch wiatru w uszach i niecierpliwe mrowienie oczekiwania w łapach.

Koty Klanu Pioruna zatrzymały się instynktownie na krawędzi polany, poza granicą dębów. Błękitna Gwiazda wciągnęła powietrze. Następnie kiwnęła głową i gromada posunęła się naprzód na polanę.

Ognista Łapa poczuł dreszczyk emocji. Pozostałe koty, tłoczące się przy Wielkiej Skale, z bliska wyglądały jeszcze bardziej imponująco. Obok przeszedł duży biały wojownik. Ognista Łapa i Krucza Łapa patrzyli na niego z respektem.

— Spójrz na jego nogi! — zamruczał Krucza Łapa.

Ognista Łapa opuścił wzrok i spostrzegł, że olbrzymie łapy wielkiego kocura są niezwykle czarne.

— To musi być Czarna Stopa — miauknął Szara Łapa. — Nowy zastępca przywódcy Klanu Cienia.

Czarna Stopa podkradł się do Złamanej Gwiazdy i usiadł obok niego. Przywódca Klanu Cienia zauważył go, zastrzygł uchem, ale nic nie powiedział.

— Kiedy zaczyna się zgromadzenie? — zapytał Krucza Łapa Białą Burzę.

— Uzbrój się w cierpliwość, Krucza Łapo — odpowiedział Biała Burza. — Dziś wieczorem niebo jest czyste, więc mamy mnóstwo czasu.

Lwie Serce pochylił się i dodał:

— My, wojownicy, lubimy spędzić trochę czasu, szczycąc się naszymi zwycięstwami, podczas gdy starsi wymieniają opowieści o dawnych czasach, kiedy jeszcze nie pojawili się tu Dwunożni.

Trzej uczniowie spojrzeli na niego i zobaczyli, że jego wąsy drżą psotnie.

Pstrokaty Ogon, Jedno Oko i Małe Ucho skierowali się od razu w kierunku grupy starszych kotów, które usadowiły się pod jednym z dębów. Biała Burza i Lwie Serce podeszli spokojnie do innej pary wojowników, których Ognista Łapa nie znał. Wciągnął powietrze i uznał, że ich zapach to woń Klanu Rzeki.

Za trzema uczniami rozbrzmiał głos Błękitnej Gwiazdy.

— Nie marnujcie dziś czasu — ostrzegła. — To dobra okazja, by poznać naszych wrogów. Słuchajcie ich, zapamiętajcie, jak wyglądają i jak się zachowują. Podczas tych spotkań można się wiele nauczyć.

— I nie gadajcie za dużo — ostrzegł Tygrysi Pazur. — Nie mówcie niczego, co mogłoby zostać wykorzystane przeciwko nam, gdy księżyc zmaleje.

— Nie martw się, będziemy uważać! — obiecał pospiesznie Ognista Łapa, patrząc Tygrysiemu Pazurowi w oczy. Nie opuszczało go poczucie, że kocur cały czas mu nie ufa.

Dwoje wojowników kiwnęło głowami i odeszło, a uczniowie zostali sami. Spojrzeli po sobie.

— Co teraz robimy? — zapytał Ognista Łapa.

— To, co powiedzieli — odpowiedział Krucza Łapa. — Słuchamy.

— I nie mówimy zbyt wiele — dodał Szara Łapa.

Ognista Łapa skinął poważnie głową.

— Zamierzam sprawdzić, dokąd poszedł Tygrysi Pazur — miauknął.

— Dobrze, ja chcę znaleźć Lwie Serce — miauknął Szara Łapa. — Idziesz, Krucza Łapo?

— Nie, dziękuję — odpowiedział Krucza Łapa. — Zamierzam poszukać jakichś uczniów.

— Dobra, spotkamy się później — miauknął Ognista Łapa i pokłusował w kierunku, w którym oddalił się Tygrysi Pazur.

Łatwo zwietrzył starszego kocura. Znalazł go siedzącego pośrodku grupy potężnych wojowników za Wielką Skałą i snującego opowieść.

Była to opowieść znana Ognistej Łapie, wiele razy powtarzana w obozie. Tygrysi Pazur opisywał swoją niedawną walkę z grupą myśliwych Klanu Rzeki.

— Zmagałem się jak kot Klanu Lwa. Trzech wojowników próbowało mnie utrzymać, ale odrzuciłem ich. Walczyłem z nimi do czasu, gdy dwaj legli powaleni, a trzeci umknął do lasu, płacząc jak kotek za swoją matką.

Tym razem Tygrysi Pazur nie wspomniał o zabiciu Dębowego Serca w zemście za śmierć Rudego Ogona. „Być może nie chce urazić wojowników Klanu Rzeki", uznał Ognista Łapa.

Wysłuchał uprzejmie historii do końca, ale wciąż rozpraszał go znajomy słodki zapach. Gdy tylko Tygrysi Pazur skończył mówić, Ognista Łapa odwrócił się i podkradł w kierunku źródła miłej woni, które znajdowało się w grupie kotów nieopodal.

Znalazł Szarą Łapę siedzącego wśród innych kotów, ale to nie za nim podążał. Naprzeciw Szarej Łapy, pomiędzy dwoma kotami Klanu Rzeki siedziała Nakrapiany Liść. Ognista Łapa rzucił na nią nieśmiało okiem i usadowił się obok przyjaciela.

— Wciąż żadnego zapachu Klanu Wiatru — miauknął do niego.

— Zgromadzenie jeszcze się nie zaczęło, jeszcze mogą nadejść — odpowiedział Szara Łapa. — Spójrz, to Cieknący Nos. Jest podobno nowym uzdrowicielem Klanu Cienia. — Kiwnął głową w kierunku małego szaro-białego kota w środku grupy.

— Mogę zrozumieć, dlaczego nazywają go Cieknącym Nosem — zauważył Ognista Łapa. Nos kota był mokry na czubku i umazany na brzegach.

— Tak — odpowiedział z pogardliwym warknięciem Szara Łapa. — Nie wiem, dlaczego go wybrali, skoro nie potrafi wyleczyć nawet własnego przeziębienia!

Cieknący Nos opowiadał kotom o zielu, którego uzdrowiciele używali w dawnych czasach do leczenia kaszlu u małych kotów.

— Odkąd przyszli Dwunożni i wypełnili miejsca, gdzie rosło, stwardniałą ziemią i dziwnymi kwiatami — narzekał piszczącym głosem — ziele znikło i kocięta niepotrzebnie umierają podczas zimnej pory.

Zebrane wokół niego koty zajęczały z dezaprobatą.

— To by się nigdy nie wydarzyło w czasach klanów wielkich kotów — warknęła czarna królowa Klanu Rzeki.

— Oczywiście — popiskiwał srebrno pręgowany kot. — Wielkie koty zabiłyby wszystkich Dwunożnych, którzy ośmieliliby się wejść na ich teren. Gdyby Klan Tygrysa wciąż przemierzał te lasy, Dwunożni do tej pory nie zbudowaliby nic na naszej ziemi.

Wtedy Ognista Łapa usłyszał ciche miauknięcie Nakrapianego Liścia.

— Gdyby Klan Tygrysa wciąż przemierzał te lasy, także nam trudno byłoby tu utrzymać swoje tereny.

— Co to jest Klan Tygrysa? — miauknął obok cichy głos. Ognista Łapa zauważył siedzącego przy nim małego pręgowanego ucznia z innego klanu.

— Klan Tygrysa to jeden z najznakomitszych kocich klanów, wśród tych, które przemierzały te lasy — wyjaśnił cicho Szara Łapa. — To klan nocnych kotów, wielkich jak konie, w czarne pasy. Istnieje też Klan Lwa. Oni są... — Szara Łapa zawahał się, marszcząc brwi i próbując sobie przypomnieć.

— O! Słyszałem o nich — miauknął pręgowany. — Byli tak ogromni jak koty Klanu Tygrysa, z żółtym futrem i grzywą złotą jak promienie słońca.

Szara Łapa kiwnął głową.

— Jest jeszcze jeden, Klan Cętkowany czy jakoś tak...

— Podejrzewam, że masz na myśli Klan Lamparta, młodziaku — zamiauczał głos za nimi.

— Lwie Serce! — Szara Łapa przywitał swojego nauczyciela, serdecznie dotykając go nosem.

Lwie Serce potrząsnął głową w udawanej rozpaczy.

— Co młodzież wie o swojej historii? Klan Lamparta to najszybsze koty, olbrzymie, złote w czarne cętki. To Klanowi Lamparta jesteś winien wdzięczność za prędkość i umiejętność polowania, jakie teraz posiadasz.

— Wdzięczność? Dlaczego? — spytał pręgowany.

Lwie Serce spojrzał z góry na drobnego ucznia i odpowiedział:

— W każdym obecnie żyjącym kocie pozostały ślady wszystkich wielkich kotów. Nie bylibyśmy nocnymi myśliwymi bez naszych przodków z Klanu Tygrysa, a nasza miłość do ciepła słońca pochodzi od Klanu Lwa — przerwał. — Jesteś uczniem Klanu Cienia, prawda? Od ilu księżyców?

Pręgowany wpatrzył się niepewnie w ziemię.

— Od sz... sześciu — wyjąkał, nie patrząc Lwiemu Sercu w oczy.

— Jesteś raczej niewielki jak na sześć księżyców — wymruczał Lwie Serce. Mówił łagodnym tonem, ale spojrzenie miał przenikliwe i poważne.

— Moja matka również była niewielka — odpowiedział nerwowo pręgowany. Pochylił głowę i cofnął się, znikając z drgnięciem jasnobrązowego ogona w tłumie kotów.

Lwie Serce zwrócił się w stronę Ognistej Łapy i Szarej Łapy.

— Cóż, może jest niewielki, ale przynajmniej ciekawy. Gdybyście tak wy dwaj okazywali tyle zainteresowania historiami opowiadanymi przez waszych starszych!

— Przepraszamy, Lwie Serce — miauknęli Ognista Łapa i Szara Łapa, wymieniając pełne wątpliwości spojrzenia.

Lwie Serce chrząknął pogodnie.

— No dobra, obaj stąd zjeżdżajcie! Mam nadzieję, że następnym razem Błękitna Gwiazda postanowi zabrać ze sobą uczniów, którzy doceniają to, co mogą tu usłyszeć.

I niezbyt stanowczym warknięciem przegonił ich z gromady.

— No — powiedział Szara Łapa, gdy odskoczyli daleko. — Zastanówmy się, gdzie znajdziemy Kruczą Łapę.

Krucza Łapa stał pośrodku gromady uczniów, którzy głośno domagali się od niego, by opowiedział im o bitwie z Klanem Rzeki.

— No dalej, Krucza Łapo, opowiedz nam, co się zdarzyło! — prosiła ładna czarno-biała kotka.

Krucza Łapa nieśmiało przebierał łapami i potrząsał głową.

— No dalej, Krucza Łapo! — nalegał inny kot.

Krucza Łapa rozejrzał się i ujrzał Ognistą Łapę i Szarą Łapę stojących na skraju tłumu. Ognista Łapa skinął pokrzepiająco głową. Krucza Łapa machnął ogonem na zgodę i rozpoczął swoją opowieść.

Początkowo trochę się zacinał, ale w miarę jak kontynuował, z jego głosu znikło drżenie. Słuchacze pochylili się ku niemu, a ich oczy w miarę słuchania stawały się coraz większe.

— Kłaki fruwały wszędzie. Krew chlapała na liście jeżyn, aż zrobiły się czerwone. Powaliłem potężnego przeciwnika i posłałem go w krzaki, gdy ziemia zadrżała i usłyszałem krzyk wojownika. To był Dębowe Serce!

Rudy Ogon przebiegł obok mnie; z pyska kapała mu krew i miał rozdarte futro. Krzyknął: „Dębowe Serce nie żyje!" i popędził dalej na pomoc Tygrysiemu Pazurowi walczącemu z innym wojownikiem.

— Kto by pomyślał, że Krucza Łapa jest takim dobrym gawędziarzem — zamruczał Szara Łapa do Ognistej Łapy, a jego ton wskazywał, że jest pod wrażeniem.

Ale Ognista Łapa myślał o czymś innym. Co powiedział Krucza Łapa? Rudy Ogon zabił Dębowe Serce? Ale według Tygrysiego Pazura to Dębowe Serce zabił Rudego Ogona, a on, Tygrysi Pazur, zabił w zemście Dębowe Serce.

— Jeśli Rudy Ogon zabił Dębowe Serce, to kto zabił jego? — wysyczał Ognista Łapa do Szarej Łapy.

— Jeśli kto zrobił co? — spytał Szara Łapa z roztargnieniem. Słuchał Ognistej Łapy jednym uchem.

Ognista Łapa potrząsnął głową, aby uporządkować myśli. „Krucza Łapa musiał się pomylić", pomyślał. „Musiał mieć na myśli Tygrysiego Pazura".

Krucza Łapa docierał do końca swojej opowieści.

— W końcu Rudy Ogon odciągnął wojownika za ogon od Tygrysiego Pazura i z siłą Klanu Tygrysa cisnął go w krzaki.

Ognista Łapa zauważył kątem oka poruszający się cień. Rozejrzał się wokół i ujrzał stojącego nieopodal Tygrysiego Pazura. Wojownik spoglądał na Kruczą Łapę stalowym wzrokiem. Nieświadomy obecności swojego nauczyciela, Krucza Łapa nadal odpowiadał na kolejne pytania rozentuzjazmowanej publiczności.

— Jakie były ostatnie słowa Dębowego Serca przed śmiercią?

— Czy to prawda, że Dębowe Serce nigdy przedtem nie przegrał bitwy?

Krucza Łapa z błyszczącymi oczami odpowiadał natychmiast wysokim i czystym głosem. Gdy jednak Ognista Łapa rzucił okiem za siebie na Tygrysiego Pazura, ujrzał przerażone spojrzenie, a potem wściekłość wypełzającą na pysk wojownika. Najwyraźniej opowieść Kruczej Łapy wcale nie przypadła mu do gustu.

Ognista Łapa miał właśnie powiedzieć coś do Szarej Łapy, gdy głośny krzyk nakazał wszystkim kotom ciszę. Ognista Łapa poczuł ulgę, gdy Krucza Łapa w końcu zamilkł, a Tygrysi Pazur odwrócił się.

Spojrzał w górę, by zobaczyć, skąd dochodził odgłos. Na Wielkiej Skale, na tle nieba rozświetlonego księżycową poświatą, rysowały się sylwetki trzech siedzących kotów. Byli to Błękitna Gwiazda, Złamana Gwiazda i Zakrzywiona Gwiazda.

Przywódcy klanów mieli właśnie rozpocząć zgromadzenie. Ale gdzie był przywódca Klanu Wiatru?

— Chyba nie zaczną zgromadzenia bez Wysokiej Gwiazdy? — wysyczał Ognista Łapa pod nosem.

— Nie wiem — wymamrotał w odpowiedzi Szara Łapa.

— Nie zauważyłeś? Nie ma ani jednego kota z Klanu Wiatru — wyszeptał uczeń Klanu Rzeki po drugiej stronie Ognistej Łapy.

Ognista Łapa domyślił się, że podobne rozmowy toczą się wszędzie dokoła. Pozostałe koty zdążały pod Wielką Skałę, szepcząc między sobą.

— Nie możemy jeszcze zaczynać — jeden głos wybił się ponad inne. — Gdzie są przedstawiciele Klanu Wiatru? Musimy poczekać, aż zejdą się wszystkie klany.

Błękitna Gwiazda na szczycie skały postąpiła krok naprzód. Jej szare futro w świetle księżyca połyskiwało niemalże biało.

— Koty wszystkich klanów, witajcie — miauknęła czystym głosem. — To prawda, Klan Wiatru nie pojawił się na zgromadzeniu, ale tak czy inaczej, Złamana Gwiazda chciałby przemówić.

Złamana Gwiazda podszedł bezgłośnie i stanął obok Błękitnej Gwiazdy. Przez kilka chwil lustrował tłum swoimi pałającymi pomarańczowymi oczami. Potem wziął głęboki oddech i rozpoczął:

— Przyjaciele, przychodzę porozmawiać z wami dzisiejszej nocy o potrzebach Klanu Cienia...

Przerwały mu jednak podniesione, zniecierpliwione głosy z dołu.

— Gdzie jest Wysoka Gwiazda? — wykrzyknął jeden.

— Gdzie są wojownicy Klanu Wiatru? — wrzasnął inny.

Złamana Gwiazda wyciągnął się na całą długość i machał ogonem na obie strony.

— Jako przywódca Klanu Cienia mam prawo przemówić! — warknął głosem, w którym zabrzmiała groźba.

W tłumie zapadła kłopotliwa cisza. Ognista Łapa wyczuwał wokół cierpki zapach strachu.

Złamana Gwiazda mówił dalej:

— Wszyscy wiemy, że trudna pora nagich drzew i opóźnione nadejście pory nowych liści wyniszczyły zwierzynę na naszych łowiskach. Ale wiemy również, że Klan Wiatru, Klan Rzeki i Klan Pioruna straciły wiele kociąt w czasie mroźnej pogody, która powróciła niespodzianie w porze nowych liści. Klan Cienia nie stracił kociąt. Jesteśmy uodpornieni na zimny północny wiatr. Nasze małe od chwili narodzin są silniejsze od waszych. Zatem mamy wiele pysków do wykarmienia i zbyt mało żywności, by je zapełnić.

Tłum, wciąż milczący, słuchał z niepokojem.

— Potrzeby Klanu Cienia są proste. By przetrwać, musimy poszerzyć nasze terytoria łowieckie. Z tego powodu nalegam na waszą zgodę, by wojownicy Klanu Cienia mogli polować na waszych terenach.

Przyciszony pomruk sprzeciwu przebiegł echem przez tłum.

— Podzielić się naszymi terenami łowieckimi? — rozległ się oburzony głos Tygrysiego Pazura.

— To niespotykane! — wykrzyknęła szylkretowa królowa z Klanu Rzeki. — Klany nigdy nie dzieliły się prawami do terenów łowieckich!

— Czy Klan Cienia ma zostać ukarany za to, że nasze małe dobrze rosną? — krzyknął z Wielkiej Skały Złamana Gwiazda. — Chcecie, byśmy patrzyli, jak nasze młode umierają z głodu? Musicie podzielić się z nami tym, co macie.

— Musicie! — wypluł z wściekłością Małe Ucho z tyłu tłumu.

— Musicie! — powtórzył Złamana Gwiazda. — Klan Wiatru nie potrafił tego zrozumieć. W rezultacie byliśmy zmuszeni przepędzić go z jego terytorium.

W tłumie wybuchło oburzenie, ale miauczenie Złamanej Gwiazdy rozbrzmiewało nad nim jeszcze głośniej.

— I jeśli będziemy zmuszeni, wygnamy was wszystkich z waszych łowisk, aby nakarmić nasze głodne małe.

Natychmiast zapadła cisza. Ognista Łapa usłyszał, że na drugim krańcu polany uczniowie Klanu Rzeki zaczynają coś pomrukiwać, ale zostali szybko uciszeni przez starszego kota.

Zadowolony, że wszystkie koty go słuchają, Złamana Gwiazda kontynuował:

— Co roku Dwunożni niszczą coraz więcej naszego terenu. Jeśli wszystkie klany mają przeżyć, przynajmniej jeden klan musi pozostać silny. Klan Cienia dobrze się rozwija, podczas gdy wy wszyscy walczycie o przetrwanie. I może nadejść czas, gdy będziecie potrzebować nas do obrony.

— Wątpisz w naszą siłę? — wysyczał Tygrysi Pazur. Jego jasne oczy piorunowały wzrokiem przywódcę Klanu Cienia, a potężne barki drgały w napięciu.

— Nie żądam natychmiastowej odpowiedzi. — Złamana Gwiazda zignorował wyzwanie wojownika. — Gdy się rozejdziemy, wszyscy musicie rozważyć moje słowa. Ale weźcie to pod uwagę: wolicie dzielić się swoimi terytoriami czy zostać bezdomnymi, głodującymi wygnańcami?

Wojownicy, starsi i uczniowie patrzyli na siebie z niedowierzaniem. Po pełnej niepokoju pauzie Zakrzywiona Gwiazda postąpił krok naprzód.

— Zgodziłem się już udzielić Klanowi Cienia prawa do polowania w rzece, która płynie przez nasz teren — miauknął cicho, spoglądając w dół na swój klan.

Po słowach przywódcy wśród kotów Klanu Rzeki przebiegł szmer przerażenia i upokorzenia.

— Nikt się z nami nie konsultował! — wykrzyknął kot w srebrzyste pręgi.

— Jestem przeświadczony, że to najlepsze dla naszego klanu. Dla wszystkich klanów — wyjaśnił Zakrzywiona Gwiazda głosem, w którym brzmiała rezygnacja. — W rzece jest mnóstwo ryb. Lepiej podzielić się zwierzyną, niż przelewać krew w walce.

— A co z Klanem Pioruna? — zachrypiał Małe Ucho. — Błękitna Gwiazdo? Czy ty również zgodziłaś się na to oburzające żądanie?

Błękitna Gwiazda spokojnie wytrzymała spojrzenie starego kocura.

— Nie zawarłam ze Złamaną Gwiazdą żadnej umowy poza jedną: że po zgromadzeniu omówię jego propozycję ze swoim klanem.

— No, to przynajmniej coś — wymamrotał Szara Łapa w ucho Ognistej Łapie. — Pokażemy im, że nie jesteśmy takimi mięczakami jak ten tchórzliwy Klan Rzeki.

Złamana Gwiazda przemówił znowu; po kapitulacji Zakrzywionej Gwiazdy jego głos brzmiał głośniej, był arogancki i donośny.

— Mam również wiadomości, które mają duże znaczenie dla bezpieczeństwa waszych kociąt. Klan Cienia wyrzucił ze swojego obozu kocicę, która okazała się łajdaczką i złamała kodeks wojownika. Nie wiemy, gdzie teraz przebywa. Wygląda jak stara parszywa kreatura, ale potrafi kąsać jak kot Klanu Tygrysa.

Ognista Łapa zjeżył futro. Czy Złamana Gwiazda mówił o Żółtym Kle? Nastawił uszu, ciekawy ciągu dalszego.

— Jest niebezpieczna. Ostrzegam was, nie udzielajcie jej schronienia. Poza tym... — Złamana Gwiazda teatralnie zawiesił głos — dopóki nie zostanie złapana i zabita, nakłaniam was, byście bacznie pilnowali waszych małych.

Nerwowe głośne warknięcie, jakie wyrwało się z gardeł kotów Klanu Pioruna, upewniło Ognistą Łapę, że one również pomyślały o Żółtym Kle. Zuchwała kocica w żaden sposób nie spróbowała zjednać sobie niechętnych gospodarzy, więc nie potrzeba wiele, by koty zjednoczyły się w nienawiści wobec niej — wystarczą słowa tak wzgardzonego wroga jak Złamana Gwiazda.

Wojownicy Klanu Cienia zaczęli przeciskać się przez tłum kotów. Złamana Gwiazda zeskoczył ze skały w dół, a jego wojownicy natychmiast okrążyli go i eskortowali, gdy oddalał się od Czterech Drzew z powrotem na terytorium Klanu Cienia. Pozostałe koty Klanu Cienia szybko podążyły za nimi, wśród nich wyjątkowo mały pręgowany kotek, z którym wcześniej rozmawiał Lwie Serce. Ale w porównaniu do innych uczniów Klanu Cienia pręgowany nie wyglądał już na wyjątkowo małego — wszyscy byli mali i niedożywieni, wyglądali bardziej na kocięta w wieku trzech czy czterech księżyców niż na uczniów w pełni rozwoju.

— Co o tym wszystkim sądzisz? — miauknął cicho Szara Łapa.

Krucza Łapa odezwał się, zanim Ognista Łapa zdołał odpowiedzieć.

— Co teraz będzie? — zawodził z futrem zjeżonym ze strachu i wytrzeszczonymi oczami.

Ognista Łapa milczał. W pobliżu zgromadzili się starsi Klanu Pioruna, więc wytężył słuch, by usłyszeć, o czym rozmawiają.

— Musiał mieć na myśli Żółty Kieł — rzucił Małe Ucho.

— Zgadza się, ona któregoś dnia warczała na najmłodszego kociaka Złotego Kwiatu — mruczała ponuro Nakrapiany Ogon. Była najstarszą królową w żłobku i niezmordowanie chroniła wszystkie swoje maluchy.

— I zostawiliśmy ją w praktycznie niepilnowanym obozie! — zawodziła Jedno Oko, która tym razem zdawała się nie mieć żadnych problemów ze słuchem.

— Próbowałem powiedzieć wam, że ona jest niebezpieczna — wysyczał Ciemna Pręga. — Błękitna Gwiazda musi teraz posłuchać głosu rozsądku i pozbyć się Żółtego Kła, zanim wyrządzi krzywdę któremuś z naszych małych!

Do grupy podszedł Tygrysi Pazur.

— Musimy natychmiast wracać do obozu i zająć się tą łajzą! — wrzasnął.

Ognista Łapa nie czekał, by usłyszeć więcej. W głowie zakłębiły mu się myśli. Był lojalny wobec swojego klanu, ale po prostu nie mógł uwierzyć, że Żółty Kieł może być niebezpieczna dla małych kociąt. Zaniepokojony o starą kocicę, dręczony pytaniami, na które tylko ona mogła odpowiedzieć, bez słowa odbiegł od Szarej Łapy i Kruczej Łapy.

Skoczył na zbocze i pognał przez las. Czyżby pomylił się co do Żółtego Kła? Czy ostrzegając ją przed niebezpieczeństwem, zaryzykuje swoją własną pozycję w Klanie Pioruna? Jakiekolwiek kłopoty na siebie sprowadzi, musi dowiedzieć się od niej prawdy, zanim inne koty powrócą do obozu.

Rozdział 13

Ognista Łapa dotruchtał do brzegu wąwozu i ogarnął wzrokiem obóz. Zadyszał się, a łapy miał śliskie od rosy. Wciągnął powietrze. Był sam. Wciąż miał czas na rozmowę z Żółtym Kłem, zanim inni wrócą ze zgromadzenia. Cicho zeskoczył ze skalistego stoku i niezauważony prześliznął się przez tunel w kolcoliście.

W obozie panował spokój i nic oprócz niegłośnego sapania śpiących kotów nie zakłócało w nim ciszy. Ognista Łapa szybko przekradł się skrajem polany do legowiska Żółtego Kła. Stara uzdrowicielka leżała zwinięta na swoim posłaniu z mchu.

— Żółty Kle! — wysyczał nagląco Ognista Łapa. — Żółty Kle! Obudź się, to ważne!

Dwoje pomarańczowych oczu otworzyło się i błysnęło w świetle księżyca.

— Nie spałam — miauknęła cicho Żółty Kieł. Jej głos brzmiał spokojnie i rześko. — Przyszedłeś do mnie prosto ze zgromadzenia? To znaczy, że słyszałeś. — Zamrugała powoli i odwróciła wzrok. — Więc Złamana Gwiazda dotrzymał swojej obietnicy.

— Jakiej obietnicy? — Ognista Łapa był zupełnie zdezorientowany. Żółty Kieł zdawała się wiedzieć więcej od niego o tym, co się dzieje.

— Szlachetny przywódca Klanu Cienia obiecał przepędzić mnie z terytorium każdego klanu — odpowiedziała sucho. — Co na mnie nagadał?

— Ostrzegł nas, że jeśli udzielimy schronienia pewnej łajdaczce z Klanu Cienia, nasze kocięta będą zagrożone. Nie wypowiedział twojego imienia, ale koty Klanu Pioruna domyśliły się, kogo miał na myśli. Musisz opuścić to miejsce, zanim powrócą inni. Jesteś w niebezpieczeństwie!

— Twierdzisz, że uwierzyli Złamanej Gwieździe? — Żółty Kieł położyła po sobie uszy i machnęła gniewnie ogonem.

— Tak! — miauknął niecierpliwie Ognista Łapa. — Ciemna Pręga twierdzi, że jesteś niebezpieczna. Inne koty obawiają się tego, co możesz zrobić. Tygrysi Pazur planuje wrócić i... Nie wiem... Myślę, że powinnaś odejść, zanim cię tu znajdą!

Ognista Łapa usłyszał dobiegające z oddali miauczenie rozjuszonych kotów. Żółty Kieł nieporadnie próbowała podnieść się na łapy. Delikatnie pomógł jej wstać; w jego głowie kłębiły się pytania.

— Co miał na myśli Złamana Gwiazda, gdy ostrzegł nas, byśmy bacznie pilnowali swoich małych? — nie mógł powstrzymać się, by o to nie zapytać. — Naprawdę zrobiłabyś coś takiego?

— Zrobiłabym co?

— Krzywdę naszym kociakom?

Żółty Kieł rozdęła nozdrza i spojrzała na niego uważnie.

— Ty tak uważasz?

Ognista Łapa wytrzymał jej spojrzenie bez drgnienia.

— Nie. Nie sądzę, żebyś kiedykolwiek mogła je skrzywdzić. Ale dlaczego Załamana Gwiazda powiedział coś takiego?

Odgłosy kotów były coraz bliższe, pobrzmiewała w nich agresja i gniew. Żółty Kieł rozglądała się dziko dookoła.

— Idź! — polecił Ognista Łapa. Jej bezpieczeństwo było ważniejsze niż zaspokojenie jego ciekawości.

Ale Żółty Kieł pozostała na miejscu, wpatrując się w niego. Niespodziewanie jej szeroko otwarte oczy wypełniły się spokojem.

— Ognista Łapo, uważasz, że jestem niewinna, i jestem ci za to wdzięczna. Jeśli ty mi wierzysz, inni też mogą. A wiem, że Błękitna Gwiazda uczciwie mnie wysłucha. Nie mogę wiecznie uciekać, jestem na to za stara. Zostanę tu i przyjmę wszystko, co zdecyduje o mnie twój klan — westchnęła i opadła w dół na kościste pośladki.

— Ale co z Tygrysim Pazurem? A co, jeśli on…

— Jest uparty i wie, jaką ma władzę nad innymi kotami klanu — czują przed nim respekt. Ale nawet on będzie posłuszny Błękitnej Gwieździe.

Szelest w zaroślach przy granicy obozu świadczył, że koty są już prawie przy wejściu.

— Odejdź, Ognista Łapo — wysyczała Żółty Kieł, obnażając swoje poczerniałe zęby. — Jeśli teraz zobaczą cię ze mną, ściągniesz na siebie kłopoty. Nie możesz dla mnie nic zrobić. Zaufaj swojej przywódczyni i pozwól jej zdecydować, co ze mną będzie.

Ognista Łapa zdał sobie sprawę, że Żółty Kieł podjęła decyzję. Dotknął nosem jej potarganego futra, a potem odpełzł cicho daleko w cień, by stamtąd obserwować, co się wydarzy.

Przez kolcolist weszły koty — najpierw Błękitna Gwiazda, której towarzyszył Lwie Serce. Tuż za nimi podążały Oszronione Futro i Wierzbowa Skóra. Oszronione Futro natychmiast oddaliła się od gromady i ze zjeżoną ostrzegawczo sierścią na ogonie pobiegła w kierunku żłobka. Tygrysi Pazur i Ciemna Pręga weszli na polanę ramię przy ramieniu, wyglądali ponuro. Za nimi nadeszła reszta, z Kruczą Łapą i Szarą Łapą na końcu. Gdy tylko dojrzał swoich przyjaciół, Ognista Łapa podbiegł, by do nich dołączyć.

— Przybiegłeś ostrzec Żółty Kieł, prawda? — wyszeptał Szara Łapa, gdy Ognista Łapa podszedł do niego z boku.

— Tak, prawda — przyznał Ognista Łapa. — Ale nie chciała uciec. Wierzy, że Błękitna Gwiazda potraktuje ją uczciwie. Ktoś zauważył moje zniknięcie?

— Tylko my — odpowiedział Krucza Łapa.

W obozie zaczęły budzić się koty, które nie były na zgromadzeniu. Musiały zwietrzyć agresję i usłyszeć napięcie w głosach powracających kotów, bo wszystkie nadbiegły na polanę z wysoko wyprężonymi ogonami.

— Co się stało? — zawołał pręgowany wojownik zwany Szybkim Wiatrem.

— Złamana Gwiazda żąda dla Klanu Cienia prawa do polowania na naszym terytorium — odpowiedział Długi Ogon na tyle głośno, że mogły go usłyszeć wszystkie koty.

— I ostrzegł nas przed samotną kocicą, która zagraża naszym małym! — dodała Wierzbowa Skóra. — To musi być Żółty Kieł!

W tłumie narastały miauknięcia gniewu i niepokoju.

— Cisza! — rozkazała Błękitna Gwiazda, wskakując na Wysoki Głaz. Koty instynktownie usadowiły się przed nią.

Głośny wrzask sprawił, że wszystkie koty obróciły głowy w kierunku wykrotu, w którym sypiali starsi. Tygrysi Pazur i Ciemna Pręga brutalnie wyciągali Żółty Kieł z jej legowiska. Wrzeszczała z wściekłością, gdy wywlekli ją na polanę i rzucili przed Wysokim Głazem. Ognista Łapa poczuł, jak napina się każdy mięsień jego ciała. Niewiele myśląc, opadł do przysiadu, gotów rzucić się na prześladowców Żółtego Kła.

— Poczekaj, Ognista Łapo — warknął mu do ucha Szara Łapa. — Niech to załatwi Błękitna Gwiazda.

— Co się dzieje? — domagała się wyjaśnień Błękitna Gwiazda. Zeskoczyła z Wysokiego Głazu, piorunując wzrokiem wojowników. — Nie wydałam rozkazu atakowania naszego więźnia.

Tygrysi Pazur i Ciemna Pręga natychmiast puścili Żółty Kieł, która sycząc i prychając, przykucnęła w kurzu. Oszronione Futro wyszła ze żłobka i utorowała sobie drogę na czoło klanu.

— Wróciliśmy na czas — zamiauczała, gwałtownie oddychając. — Kociaki są bezpieczne!

— Oczywiście, że są bezpieczne! — warknęła Błękitna Gwiazda.

Oszronione Futro wydawała się zaskoczona.

— Ale... zamierzasz wyrzucić Żółty Kieł, prawda? — miauknęła, otwierając szeroko swoje niebieskie oczy.

— Wyrzucić ją? — zawołał Ciemna Pręga, rozpościerając pazury. — Powinniśmy ją od razu zabić!

Błękitna Gwiazda utkwiła swoje przenikliwe niebieskie oczy w zagniewanym pysku Ciemnej Pręgi.

— A cóż ona zrobiła? — zapytała z lodowatym spokojem.

Ognista Łapa wstrzymał oddech.

— Byłaś na zgromadzeniu! Złamana Gwiazda powiedział, że ona... — zaczął Ciemna Pręga.

— Złamana Gwiazda powiedział tylko, że jakiś koci bandzior grasuje po lasach — miauknęła Błękitna Gwiazda cicho groźnym głosem. — Nie wymienił z imienia Żółtego Kła. Nasze kocięta są bezpieczne. Tak długo, jak pozostaje w moim klanie, Żółty Kieł nie dozna żadnej krzywdy.

Po słowach Błękitnej Gwiazdy zapadła cisza i Ognista Łapa odetchnął z ulgą.

Żółty Kieł spojrzała na Błękitną Gwiazdę i zmrużyła oczy z szacunkiem.

— Odejdę natychmiast, jeśli tego chcesz, Błękitna Gwiazdo.

— Nie musisz — odpowiedziała Błękitna Gwiazda. — Nie zrobiłaś niczego złego. Będziesz tu bezpieczna.

Przywódczyni Klanu Pioruna przeniosła swoje spojrzenie na tłum kotów, które otaczały Żółty Kieł, i miauknęła:

— Pora teraz omówić prawdziwe niebezpieczeństwo, jakie zagraża naszemu klanowi: jest nim Złamana Gwiazda. Rozpoczęliśmy już przygotowania do odparcia ataku Klanu Cienia — mówiła dalej Błękitna Gwiazda. — Będziemy kontynuować te przygotowania i częściej patrolować nasze granice. Klan Wiatru został przegnany. Klan Rzeki przyznał wojownikom Klanu Cienia prawo do polowania. Klan Pioruna pozostał sam przeciw Złamanej Gwieździe.

Szmer sprzeciwu przebiegł echem wśród kotów i Ognista Łapa zjeżył sierść w oczekiwaniu.

— A więc nie zamierzamy przystać na żądania Złamanej Gwiazdy? — miauknął Tygrysi Pazur.

— Klany nigdy wcześniej nie dzieliły się prawami do polowania — odpowiedziała Błękitna Gwiazda. — Zawsze udawało im się utrzymać z polowania na własnych terytoriach. Nie ma żadnego powodu, żeby to się miało zmienić.

Tygrysi Pazur kiwnął z aprobatą głową.

— Ale czy jesteśmy w stanie obronić się przed atakiem Klanu Cienia? — rozległ się drżący głos Małego Ucha. — Klan Wiatru nie zdołał! Klan Rzeki nawet nie próbował!

Błękitna Gwiazda spojrzała spokojnym wzrokiem w oczy starego kocura.

— Musimy spróbować. Nie oddamy naszego terytorium bez walki.

Ognista Łapa zobaczył, że koty na całej polanie skinęły głowami na znak zgody.

— Jutro odbędę podróż do Księżycowego Kamienia — ogłosiła Błękitna Gwiazda. — Wojownicy Klanu Gwiazdy dadzą mi siłę, której potrzebuję, by przeprowadzić Klan Pioruna przez ten mroczny czas. Wszyscy musicie odpocząć. Gdy wstanie dzień, będziemy mieć dużo do zrobienia. A teraz chcę porozmawiać z Lwim Sercem.

Nie mówiąc nic więcej, odwróciła się i odeszła w kierunku swojego legowiska.

Gdy Błękitna Gwiazda wspomniała o Księżycowym Kamieniu, Ognista Łapa zauważył ciekawość w oczach niektórych kotów. Teraz koty klanu pospiesznie zebrały się w grupki, miaucząc przyciszonymi, pełnymi radosnego podniecenia głosami.

— Co to jest Księżycowy Kamień? — zapytał Ognista Łapa.

— To skała w głębi ziemi, która świeci w ciemności — wyszeptał Szara Łapa. Głos miał ochrypły z przejęcia. — Wszyscy przywódcy klanu po pierwszym wyborze muszą spędzić przy nim jedną noc. Tam duchy Klanu Gwiazdy dzielą się z nimi.

— Dzielą się czym?

Szara Łapa zmarszczył brwi.

— Nie wiem — przyznał. — Wiem tylko, że nowi przywódcy muszą spać obok kamienia, a w czasie snu mają szczególne wizje. Potem otrzymują dar dziewięciu żywotów i przybierają imię, w którym jest słowo „gwiazda".

Ognista Łapa spojrzał na Żółty Kieł, kuśtykającą z powrotem do swego ciemnego legowiska. Wyglądało na to, że brutalne potraktowanie przez Tygrysiego Pazura odnowiło jej stare urazy. Gdy Ognista Łapa kłusował z powrotem do legowiska uczniów, postanowił poprosić rano Nakrapiany Liść o więcej ziaren maku.

— Więc co się wydarzyło? — miauknął niecierpliwie Zakurzona Łapa, wysuwając głowę z legowiska. Z ciekawości, by usłyszeć o zgromadzeniu, zdawał się zapominać o niechęci żywionej do nowego ucznia.

— To, co powiedział Długi Ogon. Złamana Gwiazda domagał się prawa do polowania... — zaczął Szara Łapa.

Piaskowa Łapa i Zakurzona Łapa usiadły i słuchały, ale Ognista Łapa obserwował obóz. Widział sylwetki Błękitnej Gwiazdy i Lwiego Serca siedzących blisko siebie obok jej posłania i pogrążonych w ożywionej rozmowie.

Potem u wejścia do legowiska wojowników dostrzegł niewielką postać Kruczej Łapy. Stał przy nim Tygrysi Pazur. Ognista Łapa widział, jak Krucza Łapa położył po sobie uszy i wzdrygnął się na ostre słowa Tygrysiego Pazura. Ciemna postać wojownika przewyższała Kruczą Łapę ponad dwukrotnie, jego oczy i zęby lśniły w świetle księżyca. Co mówił do Kruczej Łapy? Ognista Łapa miał właśnie podkraść się bliżej i posłuchać, gdy Krucza Łapa cofnął się, odwrócił i pobiegł przez polanę.

Gdy dobiegł do legowiska uczniów, Ognista Łapa przywitał się z nim, ale Krucza Łapa zdawał się ledwie go zauważać. Zamiast odpowiedzieć, bez słowa przecisnął się na swoje posłanie.

Ognista Łapa chciał pójść za nim, gdy zauważył zbliżającego się Lwie Serce.

— A więc — miauknął zastępca przywódczyni Klanu Pioruna, podchodząc do praktykantów — wygląda na to, że Ognista Łapa, Szara Łapa i Krucza Łapa mają właśnie przejść na inny ważny etap swojego szkolenia.

— Na jaki? — miauknął Szara Łapa, spoglądając na niego z podnieceniem.

— Błękitna Gwiazda życzy sobie, żebyście we trzech towarzyszyli jej w podróży do Księżycowego Kamienia! — Lwiemu Sercu nie umknął najwyraźniej wyraz rozczarowania malujący się na pyskach Zakurzonej Łapy i Piaskowej Łapy, ponieważ dodał:

— Wy oboje nie martwcie się: na pewno niedługo też tam dotrzecie. W tej chwili Klan Pioruna potrzebuje waszej siły i biegłości w obozie. Ja również tu pozostaję.

Ognista Łapa przez ramię Lwiego Serca spoglądał na swoją przywódczynię. Chodziła od jednej grupy wojowników do drugiej, miaucząc przy każdej instrukcje. „Dlaczego wybrała mnie na tę podróż?", zastanawiał się.

— Błękitna Gwiazda chce, byście teraz odpoczęli — kontynuował Lwie Serce. — Ale najpierw pójdźcie do Nakrapianego Liścia i zabierzcie zioła, których będziecie potrzebować w podróży. To daleka droga. Potrzeba wam czegoś, co da wam siłę i stłumi apetyt. Na polowanie zostanie mało czasu.

Szara Łapa kiwnął głową, a Ognista Łapa oderwał spojrzenie od Błękitnej Gwiazdy i również przytaknął.

— Gdzie jest Krucza Łapa? — zapytał Lwie Serce.

— Leży już na swoim posłaniu — odpowiedział Ognista Łapa.

— Dobrze, niech śpi. Przynieście dla niego zioła — miauknął Lwie Serce. — Odpocznijcie porządnie, wyruszacie o świcie.

Śmignął ogonem i poszedł z powrotem do legowiska Błękitnej Gwiazdy.

— W takim razie — miauknęła Piaskowa Łapa — lepiej już idźcie do Nakrapianego Liścia.

Ognista Łapa oczekiwał na nutę rozgoryczenia w jej głosie, ale niczego takiego nie usłyszał. Nie było teraz czasu na zazdrość. Wszystkie koty klanu zjednoczyły się w obliczu zagrożenia ze strony Klanu Cienia.

Ognista Łapa i Szara Łapa podążyli szybko w kierunku legowiska Nakrapianego Liścia. W tunelu z paproci panował mrok. Nawet księżyc w pełni nie przebijał się przez grube liście.

Gdy pojawili się na rozświetlonej księżycową poświatą polance, Nakrapiany Liść już na nich czekała.

— Przyszliście po zioła na podróż — miauknęła.

— Tak, prosimy — odpowiedział Ognista Łapa. — Myślę też, że Żółty Kieł potrzebuje więcej maku. Mam wrażenie, że dokuczają jej rany.

— Dam jej trochę po waszym odejściu. A zioła dla was na podróż są przyszykowane.

Nakrapiany Liść wskazała starannie zwinięte wiązki liści.

— Wystarczy dla was trzech. Ciemnozielone ziele powstrzyma skurcze żołądka w czasie wędrówki. Inne dodadzą wam sił. Oba zjedzcie przed wyruszeniem. Nie są tak smaczne, jak świeże mięso, ale na długo zaspokoją głód.

— Dzięki, Nakrapiany Liściu — miauknął Ognista Łapa. Pochylił się i podniósł jedno z zawiniątek. Gdy schylił głowę, Nakrapiany Liść nachyliła się ku niemu i delikatnie potarła nosem jego policzek. Ognista Łapa wciągnął w płuca jej słodki, ciepły zapach i wymruczał podziękowanie.

Szara Łapa podniósł drugie zawiniątko i przyjaciele odwrócili się w stronę tunelu.

— Powodzenia! — zawołała za nimi Nakrapiany Liść. — Bezpiecznej podróży!

Podeszli do wejścia do swojego legowiska i położyli wiązki liści.

— Cóż, mam tylko nadzieję, że te zioła nie smakują zbyt paskudnie! — wymamrotał Szara Łapa.

— Do Księżycowego Kamienia musi być naprawdę daleko, bo nigdy wcześniej nie dostawaliśmy ziół. Wiesz, gdzie to jest? — zapytał Ognista Łapa.

— Poza terytorium klanu, w miejscu zwanym Wysokimi Skałami. Leży głęboko pod ziemią, w jaskini, którą nazywamy Ustami Matki.

— Byłeś tam już? — Ognista Łapa był pod wrażeniem, że Szara Łapa tak dużo wie o tym tajemniczym miejscu.

— Nie, ale wszyscy uczniowie muszą odbyć podróż do tego miejsca, zanim zostaną wojownikami.

Myśl o staniu się wojownikiem sprawiła, że oczy Ognistej Łapy błysnęły radosnym podnieceniem i poczuł się, jakby trochę urósł.

— Nie rób sobie nadziei. Musimy najpierw dokończyć nasze szkolenie! — ostrzegł Szara Łapa, jakby odczytując jego myśli.

Ognista Łapa popatrzył w górę przez baldachim liści na gwiazdy błyszczące ponad nim na czarnym niebie. Światło księżyca znikło.

— Powinniśmy trochę się przespać — miauknął. Ale nie mógł wyobrazić sobie, jak mógłby zasnąć z kotłującymi się w głowie myślami o jutrzejszej przygodzie. Uczestniczył w zgromadzeniu, czeka go podróż do Księżycowego Kamienia — jak odległe wydawało się teraz jego dawne życie domowego kota!

Rozdział 14

Zapadła ciemność, a nocne powietrze przejęło chłodem kości Ognistej Łapy. Panowała cisza, w której zawisł przesycony stęchlizną zapach wilgotnej ziemi.

Nie wiadomo skąd rozbłysła przed nim jaskrawa kula światła. Ognista Łapa schylił głowę, odwracając oczy przed oślepiającą jasnością. Jarzyła się chłodno, jak gwiazda, nagle zamigotała i zniknęła tak szybko, jak się pojawiła. Zapadła ciemność i Ognista Łapa znalazł się w lesie. Poczuł przyjazny, znajomy zapach drzew. Wciągnął w płuca wilgotne zielone zapachy i poczuł ogarniający go spokój.

Niespodziewanie wśród drzew rozległ się straszny hałas. Ognista Łapa zjeżył się. To był wrzask przerażonych kotów wypadających z krzaków i pędzących w górę zbocza. Gdy przebiegały obok niego, Ognista Łapa rozpoznał koty Klanu Pioruna. Stanął jak wryty, niezdolny do wykonania jakiegokolwiek ruchu. Wtedy nadeszły wielkie koty, ogromni ciemni wojownicy, o błyszczących okrutnie oczach. Krzyczeli do niego, ubijając ziemię masywnymi łapami z wyciągniętymi pazurami. A z cienia dobiegł wysoki, rozpaczliwy krzyk przepełniony żalem i wściekłością. Szara Łapa!

Ognista Łapa obudził się przerażony. Sen odpłynął, pozostawiając mu dzwonienie w uszach i postawione na sztorc futro. Otworzywszy oczy, ujrzał pysk Tygrysiego Pazura zaglądającego do legowiska. Skoczył na równe nogi, natychmiast w gotowości.

— Coś nie tak, Ognista Łapo? — zapytał Tygrysi Pazur.

— Nie, po prostu sen — wymamrotał tamten.

Tygrysi Pazur spojrzał na niego uważnie i warknął:

— Obudź resztę. Wkrótce wyruszamy.

Na zewnątrz niebo rozjaśnił już świt, a rosa skrzyła się na paprociach. Gdy wzejdzie słońce, nastanie ciepły dzień, ale wczesnoporanna wilgoć przypomniała Ognistej Łapie, że niedługo zaczną opadać liście.

Ognista Łapa, Szara Łapa i Krucza Łapa pospiesznie połykali zioła otrzymane od Nakrapianego Liścia. Tygrysi Pazur i Błękitna Gwiazda siedzieli, patrząc na nich, gotowi do wymarszu. Reszta kotów w obozie wciąż jeszcze spała.

— Fuj! — poskarżył się Szara Łapa. — Wiedziałem, że będą gorzkie. Dlaczego zamiast nich nie moglibyśmy zjeść tłustej, soczystej myszki?

— Te zioła na dłużej zaspokoją twój głód — odpowiedziała Błękitna Gwiazda. — I dodadzą ci sił. Mamy przed sobą długą wędrówkę.

— Zjadłaś już swoje? — zapytał Ognista Łapa.

— Nie mogę jeść, jeśli mam dzisiaj wieczorem przy Księżycowym Kamieniu dzielić sny z Klanem Gwiazdy — odpowiedziała.

Na te słowa Ognista Łapa poczuł drżenie nóg. Swędziały go, by już rozpocząć podróż. Z nadejściem świtu wśród znajomych głosów opuściły go nocne mary. Wszystko, co pozostało mu w pamięci, to olśniewające światło, a dzięki słowom Błękitnej Gwiazdy poczuł nowy dreszcz radosnego podniecenia.

Pięć kotów przeszło przez tunel w kolcoliściu i wydostało się poza obóz.

Lwie Serce wracał właśnie z patrolem.

— Bezpiecznej podróży! — miauknął.

Błękitna Gwiazda kiwnęła głową.

— Wiem, że mogę powierzyć ci bezpieczeństwo obozu — odpowiedziała.

Lwie Serce spojrzał na Szarą Łapę i pochylił głowę w jego stronę.

— Pamiętaj! — zamiauczał. — Jesteś już prawie wojownikiem. Nie zapomnij, czego cię nauczyłem!

Szara Łapa spojrzał na niego z uczuciem.

— Zawsze będę pamiętał, Lwie Serce — miauknął, trącając głową szeroki bok złocistego pręgowanego kocura.

Poszli znaną drogą do Czterech Drzew, gdyż była to najkrótsza droga na teren Klanu Wiatru, za którym leżały Wysokie Skały.

Idąc w dół skrajem polany w kierunku Wielkiego Kamienia, Ognista Łapa wciąż wyczuwał zapachy pozostałe po wczorajszym zgromadzeniu. Przebiegł za innymi przez trawiastą polanę i wspiął się na stok na jej drugim brzegu, na terenie Klanu Wiatru. Wyżej porośnięty krzakami stok stawał się bardziej stromy i skalisty, aż wreszcie koty musiały skakać z głazu na głaz po urwisku.

Na szczycie Ognista Łapa zatrzymał się. Przed nimi rozpościerał się rozległy płaskowyż. Wiatr wiał ciągłymi podmuchami, które marszczyły trawę i gięły drzewa. Ziemia była tu kamienista, usiana nagimi odłamkami skał.

W powietrzu wciąż utrzymywał się zwietrzały zapach Klanu Wiatru. Dużo świeższa i bardziej niepokojąca była jednak ostra woń wojowników Klanu Cienia.

— Wszystkie klany mają prawo do bezpiecznej wędrówki do Księżycowego Kamienia, ale Klan Cienia chyba już nie szanuje kodeksu wojownika, więc zachowajmy czujność — ostrzegła Błękitna Gwiazda. — Mimo wszystko nie możemy polować poza swoim terytorium. Będziemy przestrzegać kodeksu wojownika, nawet jeśli Klan Cienia tego nie robi.

Gdy słońce wzeszło na niebie, ruszyli przez płaskowyż, idąc ścieżką wśród wrzosów. Ognista Łapa przywykł do życia pod baldachimem drzew. Gdy zabrakło ich chłodzącego cienia, jego ognistoczerwone futro stało się tak ciężkie i gorące, że paliło mu grzbiet. Cieszył się, że od strony lasów, które zostawili za sobą, ciągle wieje wiatr.

Nagle Tygrysi Pazur stanął jak wryty.

— Uwaga! — syknął. — Wyczuwam patrol Klanu Cienia.

Ognista Łapa i pozostałe koty nastawiły nosy; rzeczywiście, z wiatrem niosła się woń wojowników Klanu Cienia.

— Są pod wiatr. Nie zorientują się, że tu jesteśmy, jeśli szybko odejdziemy — miauknęła Błękitna Gwiazda. — Ale musimy się spieszyć. Jeśli podejdą bliżej, wykryją nas. Jesteśmy już niedaleko granicy terytorium Klanu Wiatru.

Ruszyli szybko, przeskakując kamienie i brodząc w słodko pachnącym wrzosie. Co kilka kroków Ognista Łapa wciągał nosem powietrze i rzucał okiem przez ramię, wypatrując patrolu Klanu Cienia. Woń stopniowo słabła. „Pewnie zawrócili", pomyślał z ulgą.

Wreszcie dotarli na granicę płaskowyżu. Przed nimi rozciągał się zupełnie inny krajobraz, ukształtowany i zmieniony nie do poznania przez Dwunożnych.

Złociste i zielone łąki przecinała siatka polnych dróg, gdzieniegdzie wyrastały zagajniki, tu i ówdzie widać było siedliska Dwunożnych. W oddali Ognista Łapa dostrzegł znajomą szeroką szarą drogę i poczuł cierpką woń, od którego zakłuło go w gardle, gdy wiatr powiał w ich stronę.

— Czy to Droga Grzmotu? — zapytał Szarą Łapę.

— Tak — odpowiedział kolega. — Biegnie od terytorium Klanu Cienia. Widzisz za nią Wysokie Skały?

Ognista Łapa spojrzał na daleki horyzont. W jednym miejscu ziemia unosiła się stromo, kończąc poszarpanym grzbietem.

— Musimy więc przekroczyć Drogę Grzmotu?

— Tak — odparł Szara Łapa. W obliczu trudnej przeprawy jego głos brzmiał silnie i pewnie, niemal pogodnie.

— Chodźmy! — miauknęła Błękitna Gwiazda i ruszyła do przodu. — Jeśli będziemy utrzymywać tempo, możemy tam dotrzeć przed wschodem księżyca.

Ognista Łapa wraz z innymi poszedł za nią w dół wzgórza, oddalając się od ponurych terenów łowieckich Klanu Wiatru w stronę bujnych terytoriów Dwunożnych.

Koty trzymały się w pobliżu żywopłotów. Raz czy dwa Ognista Łapa poczuł w krzakach zapach zwierzyny, ale zioła Nakrapianego Liścia łagodziły głód. Nawet w cieniu żywopłotów słońce wciąż jeszcze grzało go w plecy.

Ominęli siedlisko Dwunożnych stojące na szerokiej połaci twardego białego kamienia, otoczone wokół mniejszymi domostwami. Nisko pochyleni, skradali się wzdłuż ogrodzenia, gdy nagłe szczekanie i warczenie zmusiły ich do zatrzymania. Zakręcili się w miejscu.

Psy! Ognistej Łapie zamarło serce. Wygiął się w łuk, strosząc futro od nosa do ogona.

Tygrysi Pazur spojrzał przez ogrodzenie.

— W porządku. Są przywiązane! — syknął.

Ognista Łapa spojrzał na dwa psy skrobiące po kamieniach w odległości ledwie dziesięciu długości ogona. Nie wyglądały jak rozpieszczeni ulubieńcy mieszkający w ogrodach siedlisk Dwunożnych. Te istoty wpatrywały się w niego dzikim wzrokiem z żądzą mordu w oczach. Naciągały łańcuchy i stawały na tylnych łapach. Warczały i szczekały, ukazując olbrzymie zęby, dopóki nie uciszył ich krzyk niewidocznego Dwunożnego. Koty ruszyły dalej.

O zachodzie słońca dotarli do Drogi Grzmotu. Błękitna Gwiazda dała im sygnał, by się zatrzymali i poczekali pod żywopłotem. Z piekącymi od spalin oczami i gardłem, Ognista Łapa patrzył na wielkie potwory śmigające przed nimi tam i z powrotem.

— Pójdziemy pojedynczo — miauknął Tygrysi Pazur. — Krucza Łapo, ty pierwszy.

— Nie, Tygrysi Pazurze — przerwała mu Błękitna Gwiazda. — Ja pójdę pierwsza. Nie zapominaj, że uczniowie po raz pierwszy przekraczają drogę. Pokażmy im, jak to zrobić.

Ognista Łapa wpatrywał się w przywódczynię, która podeszła do skraju Drogi Grzmotu i zlustrowała ją wzrokiem. Czekała spokojnie, gdy potwory jeden za drugim przelatywały obok, mierzwiąc jej futro. Potem, gdy ryk na moment ucichł, śmignęła na drugą stronę.

— Teraz ty, Krucza Łapo; wiesz już, jak to się robi — miauknął Tygrysi Pazur.

Ognista Łapa zobaczył, jak oczy Kruczej Łapy powiększają się ze strachu. Wiedział, jak czuje się w tej chwili jego przyjaciel. Czuł też zapach swojego własnego strachu. Mały czarny kot pokradł się do skraju drogi. Panowała cisza, ale Krucza Łapa się wahał.

— Idź! — syknął Tygrysi Pazur spod żywopłotu.

Ognista Łapa widział, jak Krucza Łapa napina mięśnie, szykując się do biegu, i wtedy ziemia zaczęła drżeć pod jego łapami. W oddali pokazał się potwór i zbliżał się szybko. Czarny kot cofnął się na chwilę, po czym pognał, by dołączyć do Błękitnej Gwiazdy. Potwór nadjeżdżający z drugiej strony wzbił w górę kurz w miejscu, gdzie mgnienie oka wcześniej znajdował się Krucza Łapa. Ognista Łapa poczuł, że drży mu futro, i zrobił głęboki wdech dla uspokojenia.

Szara Łapa miał szczęście. Długa przerwa pozwoliła mu bezpiecznie przekroczyć drogę. Teraz nadeszła kolej na Ognistą Łapę.

— No dalej, lecisz — rzucił Tygrysi Pazur.

Ognista Łapa spojrzał na Drogę Grzmotu, a potem wyszedł spod żywopłotu. Wzorem Błękitnej Gwiazdy poczekał przy brzegu, spoglądając na zbliżającego się pędem potwora. Postanowił przeczekać. Nagle serce zabiło mu mocniej; zdał sobie sprawę, że potwór skręcił z Drogi Grzmotu i jedzie po trawie. Zmierzał prosto na niego! Z bocznego otworu wychylała się roześmiana twarz Dwunożnego.

Ognista Łapa skoczył do tyłu z wysuniętymi pazurami, odrzucony podmuchem wywołanym przez potwora, który z rykiem przejechał o wąs od niego. Drżąc, przykucnął w kurzu i wpatrywał się w potwora, który skręcił z powrotem na drogę i zniknął w oddali. Mimo szumu krwi w uszach Ognista Łapa zdał sobie sprawę, że na Drodze Grzmotu znowu zapadła cisza, i pomknął w poprzek, bijąc swój życiowy rekord szybkości.

— Myślałem, że cię zabije! — wykrzyknął Szara Łapa, kiedy Ognista Łapa zderzył się z nim, prawie go przewracając.

— Ja też! — wysapał Ognista Łapa, próbując opanować dygotanie. Odwrócił się, by spojrzeć, jak Tygrysi Pazur przemyka do nich przez drogę.

— Dwunożni! — wypluł, gdy dotarł do nich.

— Chcesz odpocząć, zanim ruszymy dalej? — zapytała Błękitna Gwiazda Ognistą Łapę.

Ognista Łapa spojrzał w górę. Słońce było już nisko nad horyzontem.

— Nie — odpowiedział. — Jest w porządku.

Ale po szalonej ucieczce z drogi potwora bolały go pazury.

Koty ruszyły za Błękitną Gwiazdą. Po tej stronie Drogi Grzmotu ziemia była ciemniejsza, a trawa pod łapami ostrzejsza. Gdy zbliżyli się do podnóża Wysokich Skał, trawa ustąpiła miejsca nagiej, kamienistej glebie przecinanej łatami wrzosów. Grunt wznosił się teraz w kierunku nieba. Urwiste skały wieńczyły zbocze, płonąc pomarańczowo w zachodzącym słońcu.

Błękitna Gwiazda ponownie się zatrzymała. Wybrała nasłoneczniony kamień, płaski i wystarczająco szeroki, by wszystkie pięć kotów mogło usiąść obok siebie dla odpoczynku.

— Spójrzcie — miauknęła, wskazując nosem w stronę ciemnego stoku przed nimi. — Usta Matki.

Ognista Łapa spojrzał pod górę. Oślepiał go blask zachodzącego słońca, stok krył się w cieniu.

Koty czekały w milczeniu. Stopniowo, w miarę jak słońce zachodziło za Wysokie Skały, Ognista Łapa zaczął dostrzegać wejście jaskini, kwadratową czarną dziurę, która zionęła ponuro pod kamiennym sklepionym przejściem.

— Poczekamy tu do czasu, gdy księżyc wzejdzie wyżej — zamiauczała Błękitna Gwiazda. — Na pewno jesteście głodni, możecie zapolować, a później trochę odpocząć.

Ognistą Łapę ucieszyła okazja znalezienia pożywienia. Padał już z głodu. Szara Łapa najwyraźniej czuł się tak samo; od razu skoczył w kępę wrzosu, w której wisiał wyraźny zapach zwierzyny. Ognista Łapa i Krucza Łapa pobiegli za nim. Tygrysi Pazur wyruszył w przeciwną stronę, ale Błękitna Gwiazda pozostała na swoim miejscu. Siedziała spokojnie i cicho, wpatrując się nieruchomo w Usta Matki.

Polowanie bardzo się trójce uczniów udało. Razem z Tygrysim Pazurem przykucnęli na kamienistym zboczu i zabrali się do jedzenia. Nie odzywali się jednak zbyt wiele, a w powietrzu wciąż wisiało napięcie i oczekiwanie.

Wreszcie koty ułożyły się do odpoczynku obok swojej przywódczyni. Dopiero gdy wystygł kamień, na którym leżeli, a zimne czarne cienie nadciągnęły ze wszystkich stron, Błękitna Gwiazda oznajmiła:

— Chodźmy. Nadszedł czas.

Rozdział 15

Błękitna Gwiazda wstała i po cichu ruszyła w kierunku Ust Matki. Tygrysi Pazur szedł obok, dopasowując do niej swoje kroki.

— No, Krucza Łapo! — wezwał Szara Łapa.

Krucza Łapa wciąż siedział na kamieniu, wpatrując się w skały. Po miauknięciu Szarej Łapy wstał i poszedł powoli za innymi. Ognista Łapa uświadomił sobie, że przyjaciel przez całą drogę prawie się nie odzywał. „Martwi się Klanem Cienia czy czymś innym?", zastanawiał się.

Zaledwie po paru chwilach koty dotarły do Ust Matki. Ognista Łapa stanął w progu i zajrzał do środka. Za kamiennym sklepionym przejściem panowała ciemność gęstsza niż w najbardziej pochmurną noc. Ognista Łapa zmrużył oczy, próbując wypatrzyć, dokąd prowadzi tunel, ale nie był w stanie niczego dostrzec.

Stojący obok niego Szara Łapa i Krucza Łapa wysuwali nerwowo głowy w stronę wejścia. Nawet Tygrysi Pazur zdawał się niepokoić ziejącą przed nimi czarną dziurą.

— Jak odnajdziemy drogę w takiej ciemności? — zapytał.

— Odnajdę drogę — odpowiedziała Błękitna Gwiazda. — Podążajcie za moim zapachem. Krucza Łapo i Szara Łapo, pozostaniecie na zewnątrz na straży. Ognista Łapo, będziesz towarzyszyć mnie i Tygrysiemu Pazurowi do Księżycowego Kamienia.

Ognista Łapa poczuł, jak przebiega przez niego dreszcz. Co za zaszczyt! Rzucił okiem w bok na Tygrysiego Pazura. Wojownik siedział ze śmiało zadartą głową, ale Ognista Łapa wyczuwał płynący od niego subtelny zapach strachu. Woń nasiliła się, gdy Błękitna Gwiazda postąpiła krok naprzód w ciemność.

Tygrysi Pazur wstrząsnął potężną głową i podążył za nią. Ognista Łapa skinął krótko pozostałym uczniom i poszedł za nimi.

Wewnątrz jaskini nadal nic nie dostrzegał. Czuł się nieswojo w kompletnej ciemności, ale z zaskoczeniem stwierdził, że nie czuje przerażenia. Przeważało pragnienie odkrycia, co znajduje się dalej.

Zimne, wilgotne powietrze przenikało przez grube futro i sięgało kości, powodując sztywnienie mięśni. Nawet w najzimniejsze noce powietrze nie było tak chłodne jak tutaj. „Ta ziemia nigdy nie zaznała ciepła słońca", pomyślał Ognista Łapa, czując pod łapami skałę gładką jak lód. Lodowate powietrze wypełniało jego płuca z każdym oddechem, aż zakręciło mu się w głowie.

Samotnie, w ciemności podążał za Błękitną Gwiazdą i Tygrysim Pazurem, węchem odnajdując drogę. Tunel, którym szli, opadał coraz niżej, wijąc się w różne strony. Wąsy ocierały mu się o ściany jaskini, podpowiadając, którędy iść i gdzie się obrócić, a nos mówił mu, że Błękitna Gwiazda i Tygrysi Pazur wyprzedzają go tylko o długość ogona.

Szli bez końca. „Jak daleko jesteśmy?", zastanawiał się Ognista Łapa. Potem poczuł mrowienie na wąsach, powietrze w nozdrzach wydało mu się świeższe niż poprzednio. Powąchał raz jeszcze, z ulgą wciągając napływające z góry zapachy znajomego świata. Czuł aromaty torfu, zwierzyny i wrzosów. Gdzieś w sklepieniu tunelu musiał być otwór.

— Gdzie jesteśmy? — miauknął w ciemność.

— Weszliśmy do jaskini Księżycowego Kamienia — zabrzmiał cichy głos Błękitnej Gwiazdy. — Wkrótce wzejdzie księżyc.

Ognista Łapa przysiadł na chłodnym kamiennym podłożu i czekał. Słyszał miarowy oddech Błękitnej Gwiazdy i szybsze, naznaczone strachem dyszenie Tygrysiego Pazura.

Nagle w jaskini rozbłysło światło, oślepiające bardziej niż zachodzące słońce. Ognista Łapa zamknął szybko oczy, wcześniej szeroko otwarte w ciemnościach tunelu, a teraz porażone białym błyskiem. Potem powoli uchylił powieki i spojrzał przed siebie.

Ujrzał błyszczący kamień, który mienił się jak usiany kroplami rosy. „Księżycowy Kamień!" Ognista Łapa rozejrzał się. W zimnym świetle odbitym od kamienia dostrzegał ciemny zarys wysoko sklepionej jaskini. Księżycowy Kamień wznosił się na jej środku, wysoki na trzy ogony.

Błękitna Gwiazda uniosła głowę, jej futro lśniło biało w poświacie Księżycowego Kamienia. Nawet ciemna sierść Tygrysiego Pazura błyszczała srebrem. Ognista Łapa podążył za spojrzeniem Błękitnej Gwiazdy. W sklepieniu widniał otwór, przez który widzieli trójkąt nocnego nieba. Księżyc rzucał snop światła w dół na Księżycowy Kamień, który lśnił jak gwiazda.

Ognista Łapa czuł obok siebie coraz silniejszy zapach strachu Tygrysiego Pazura; woń stała się w końcu przytłaczająca. Ognista Łapa zdziwił się. Czy wojownik widzi coś innego, jakieś zagrożenie? Poczuł poruszenie, muśnięcie futra i usłyszał odgłos łap Tygrysiego Pazura uciekającego z powrotem do wejścia.

— Ognista Łapo? — głos Błękitnej Gwiazdy był cichy i spokojny.

— Wciąż tu jestem — odpowiedział nerwowo.

Co tak przeraziło Tygrysiego Pazura?

— Błękitna Gwiazdo? — miauknął jeszcze raz, gdy nie odpowiedziała. Serce biło mu szybko, w uszach słyszał szum krwi.

— Wszystko w porządku, młody wojowniku, nie obawiaj się — zamruczała Błękitna Gwiazda. Jej spokojny głos uspokoił go nieco. — Myślę, że moc Księżycowego Kamienia zaskoczyła Tygrysiego Pazura. W świecie powyżej Tygrysi Pazur jest nieustraszonym i potężnym wojownikiem, ale tu, na dole, gdzie przemawiają duchy Klanu

Gwiazdy, kot potrzebuje siły innego rodzaju. Co czujesz, Ognista Łapo?

Ognista Łapa wciągnął głęboko powietrze i zmusił ciało, by się odprężyło.

— Tylko ciekawość — przyznał.

— To dobrze — odpowiedziała Błękitna Gwiazda.

Obejrzał się na Księżycowy Kamień. Oczy przyzwyczaiły się do blasku, który już nie oślepiał, a wręcz przeciwnie, uspokajał. Ogon kota drgnął, gdy przypomniał sobie swój sen. Widział w nim właśnie tę olśniewającą kulę światła!

Zafascynowany przyglądał się, jak Błękitna Gwiazda podchodzi do Księżycowego Kamienia i układa się obok niego. Wyciągnęła głowę do przodu i dotknęła go nosem. W jej niebieskich oczach, zanim je zamknęła, przez chwilę skrzyło się jego odbicie. Gdy oparła głowę na łapach, jej powieki drgały, a łapy poruszały się co jakiś czas. „Czy ona śpi?" Wtedy Ognista Łapa przypomniał sobie słowa Szarej Łapy: „Każdy nowy przywódca musi przespać się obok kamienia, a podczas snu nawiedzają go szczególne wizje".

Czekał. Choć chłód nie był tu tak intensywny, mimo wszystko wywoływał dreszcze. Ognista Łapa nie miał pojęcia, ile czasu upłynęło do chwili, gdy kamień nagle przestał świecić. Jaskinia ponownie pogrążyła się w ciemnościach. Popatrzył w górę na otwór w sklepieniu jaskini. Księżyc przesunął się poza zasięg wzroku. Pozostały jedynie maleńkie punkciki gwiazd skrzące się w ciemnościach.

Ognista Łapa dostrzegał jasną postać swojej przywódczyni leżącej obok Księżycowego Kamienia. Miał ochotę ją zawołać, jednak nie ośmielił się przerwać ciszy.

Po kilku nieskończenie długich chwilach to ona się odezwała.

— Ognista Łapo? Jesteś tu jeszcze? — Jej głos dobiegał jak z oddali, brzmiało w nim wzburzenie.

— Tak, Błękitna Gwiazdo. — Ognista Łapa usłyszał jej zbliżające się kroki.

— Szybko! — wysyczała. Poczuł obok siebie jej nastroszone futro. — Musimy wracać do obozu.

Ognista Łapa pognał za nią, zadziwiony prędkością, z jaką pokonywała ciemność. Podążał jej tropem po omacku skalnym tunelem pod górę, aż wyprowadziła go bezpiecznie z powrotem na zewnątrz.

Gdy Błękitna Gwiazda i Ognista Łapa wyszli z jaskini, Tygrysi Pazur czekał przy wejściu razem z Szarą Łapą i Kruczą Łapą. Miał ponury wyraz pyska i nieznacznie zmierzwione futro, lecz siedział nieruchomo i z godnością.

— Tygrysi Pazurze! — przywitała się z nim Błękitna Gwiazda, ale nie wspomniała o jego ucieczce z jaskini.

Tygrysi Pazur rozluźnił się nieco.

— Czego się dowiedziałaś?

— Musimy natychmiast wracać do obozu — miauknęła krótko.

Ognista Łapa dostrzegł wyraz rozpaczy w oczach swojej przywódczyni. Teraz jego nocny koszmar dotarł do niego z całą siłą: umykające koty; wielcy, ciemni wojownicy; rozdzierające zawodzenie zwierząt. Próbował zignorować ogarniający go zimny strach i razem z innymi pognał za Błękitną Gwiazdą w dół ciemnego zbocza Ust Matki. Czyżby miała się ziścić jego koszmarna wizja?

Rozdział 16

Wracali tą samą drogą, którą przyszli. Księżyc schował się za kłębami chmur. Było ciemno, lecz przynajmniej na Drodze Grzmotu panował większy spokój, a jedynego potwora słyszeli tylko z daleka. Koty razem przeszły przez drogę i przecisnęły się przejściem przez żywopłot na jej drugim brzegu.

Podczas pospiesznej wędrówki Ognista Łapa czuł, jak mięśnie drętwieją mu ze zmęczenia. Błękitna Gwiazda, z wysuniętym do przodu pyszczkiem i sterczącym wysoko ogonem, utrzymywała szybkie tempo. Tygrysi Pazur sadził susami obok niej. Ognista Łapa biegł kilka kroków za Szarą Łapą, ale Krucza Łapa zaczynał zostawać w tyle.

— Trzymaj się nas, Krucza Łapo! — warknął Tygrysi Pazur przez bark.

Krucza Łapa wzdrygnął się i podbiegł do Ognistej Łapy i Szarej Łapy.

— W porządku? — zapytał Ognista Łapa.

— Tak — wydyszał Krucza Łapa, nie patrząc mu w oczy. — Jestem tylko trochę zmęczony.

Przedarli się przez głęboki rów i podeszli pod górę po drugiej stronie.

— Co powiedział Tygrysi Pazur, gdy wyszedł z jaskini? — miauknął Ognista Łapa, usiłując ukryć ciekawość.

— Chciał sprawdzić, czy wciąż pilnujemy wejścia — odpowiedział Szara Łapa. — Dlaczego pytasz?

Ognista Łapa zawahał się.

— Zwietrzyłeś od niego jakiś dziwny zapach? — zapytał.

— Tylko starej wilgotnej jaskini — miauknął Szara Łapa, patrząc na niego z zaskoczeniem.

— Wydawał się trochę podenerwowany — odważył się dodać Krucza Łapa.

— Nie on jedyny! — miauknął Szara Łapa, spoglądając na czarnego kota.

— Co masz na myśli? — zapytał Krucza Łapa.

— Po prostu ostatnio futro na twojej szyi jeży się na widok Tygrysiego Pazura — wyszeptał Szara Łapa. — Prawie wyskoczyłeś ze skóry, gdy wyszedł z jaskini.

— Zaskoczył mnie, to wszystko — zaprotestował Krucza Łapa. — Przyznasz, że Usta Matki przyprawiają o gęsią skórkę.

— To prawda — zgodził się Szara Łapa.

Koty prześlizgnęły się pod żywopłotem na pole, srebrzyste w świetle księżyca, potem pobiegły rowem wzdłuż miedzy.

— A jak było w środku, Ognista Łapo? — dopytywał się Szara Łapa. — Widziałeś Księżycowy Kamień?

— Tak, widziałem. To było zdumiewające! — Na samo przypomnienie Ognista Łapa poczuł mrowienie.

Szara Łapa rzucił na niego pełne podziwu spojrzenie.

— Więc to prawda! Kamień naprawdę błyszczy pod ziemią.

Ognista Łapa nie odpowiedział. Zamknął na chwilę oczy, rozpamiętując obraz olśniewającego Księżycowego Kamienia. Wtedy wróciły sceny ze snu. Ognista Łapa szybko otworzył oczy. Błękitna Gwiazda miała rację: musieli jak najprędzej wracać do obozu.

Tygrysi Pazur i Błękitna Gwiazda pierwsi przeskoczyli przez ogrodzenie. Za nimi przecisnęli się dołem uczniowie. To była droga prowadząca do siedliska Dwunożnych i ich psów. Ognista Łapa spojrzał przed siebie: na tle czerwieniejącego nieba rysowały się sylwetki Błękitnej Gwiazdy i Tygrysiego Pazura, biegnących niestrudzenie ramię w ramię. Niedługo miał nadejść wschód słońca.

— Spójrzcie! — zawołał do Szarej Łapy i Kruczej Łapy. Na drogę, tuż przed nosem wojowników, wyskoczył nieznajomy kot.

— To samotnik! — wysyczał Szara Łapa. Trzej uczniowie pośpieszyli do przodu.

Nieznajomy był gruby, czarno-biały, krótszy niż wojownicy, ale dobrze umięśniony.

— To jest Jęczmień — wyjaśniła uczniom Błękitna Gwiazda, gdy ją dogonili. — Mieszka koło siedliska Dwunożnych.

— Cześć! — miauknął kot. — Od wielu księżyców nie widziałem nikogo z waszego klanu. Jak się masz, Błękitna Gwiazdo?

— W porządku, dziękuję — odpowiedziała. — A ty, Jęczmieniu? Jak tam zwierzyna, która biegała wokół, kiedy byliśmy tu ostatnim razem?

— Nieźle — odpowiedział Jęczmień z życzliwym błyskiem w oku. — Jedna dobra rzecz u Dwunożnych to to, że w pobliżu zawsze znajdziesz mnóstwo szczurów.

Czarno-biały przerwał, a po chwili kot mówił dalej:

— Zdaje się, że śpieszycie się bardziej niż zwykle. Czy wszystko w porządku?

Tygrysi Pazur patrzył na Jęczmienia z narastającym w płucach warkotem. Ognista Łapa wyczuł, że ciekawość samotnika wydaje się wojownikowi podejrzana.

— Nie lubię zbyt długo przebywać z dala od mojego klanu — odparła spokojnie Błękitna Gwiazda.

— Jak zwykle, Błękitna Gwiazdo. Jesteś przywiązana do swojego klanu, jak królowa do swoich małych — zauważył Jęczmień bez drwiny w głosie.

— Czego chcesz, Jęczmieniu? — spytał Tygrysi Pazur.

Jęczmień rzucił mu pełne wyrzutu spojrzenie.

— Po prostu chciałem was ostrzec, że grasują tu teraz dwa psy. Byłoby bezpieczniej zawrócić na pole, zamiast przechodzić koło domu.

— Wiemy o psach. Widzieliśmy je wcześniej... — zaczął niecierpliwie Tygrysi Pazur.

— Jesteśmy ci wdzięczni za ostrzeżenie — przerwała mu Błękitna Gwiazda. — Dziękuję, Jęczmieniu. Do zobaczenia...

Jęczmień machnął ogonem.

— Bezpiecznej wędrówki! — miauknął, ruszając lekko ścieżką pod górę.

— Idziemy! — rozkazała Błękitna Gwiazda, schodząc ze ścieżki i torując przejście przez wysoką trawę porastającą skraj drogi przy ogrodzeniu. Trzej uczniowie ruszyli za nią, ale Tygrysi Pazur zawahał się.

— Ufasz słowom samotnika? — miauknął.

Błękitna Gwiazda zatrzymała się i odwróciła w jego stronę.

— Wolałbyś raczej stawić czoła psom?

— Były uwiązane, gdy mijaliśmy je wcześniej — zauważył.

— Teraz nie muszą być. Pójdziemy w tę stronę — miauknęła Błękitna Gwiazda i schyliła się pod ogrodzeniem. Ognista Łapa wsunął się za nią, za nim ruszyli Szara Łapa, Krucza Łapa i na końcu Tygrysi Pazur.

Słońce podniosło się już nad horyzontem. Żywopłoty skrzyły się rosą, obiecując kolejny ciepły dzień.

Koty przemknęły wzdłuż krawędzi rowu. Ognista Łapa opuścił wzrok w napełniony pokrzywami dół i poczuł zapach zwierzyny. Było coś znajomego w tej gorzkiej woni, której nie czuł od dłuższego czasu.

Nagle jego uszy rozdarł przeraźliwy wrzask. Krucza Łapa walczył i darł pazurami ziemię. Coś chwyciło go za nogi i ściągało do rowu.

— Szczury! — wrzasnął Tygrysi Pazur. — Jęczmień wysłał nas w zasadzkę!

Zanim zdołali zareagować, wszyscy zostali okrążeni. Olbrzymie szczury wędrowne wylewały się z rowu, piszcząc przeraźliwie. Ognista Łapa widział ich ostre zęby błyskające w świetle wczesnego świtu.

Nagle jeden z nich skoczył mu na kark i wbił w niego zęby, wywołując palący ból. Inny chwycił jego nogę w swoje potężne szczęki.

Ognista Łapa rzucił się na ziemię i wił szaleńczo, próbując strząsnąć napastnika. Wiedział, że szczury ustępują im siłą, jednak przeważały liczebnością. Wycia, syki i odgłosy plucia dowodziły, że inni również zostali napadnięci.

Ognista Łapa zamachnął się gwałtownie i sięgnął pazurami szczura, który złapał go za nogi. Szczur puścił, jednak kolejny wczepił się w jego ogon. Szybko jak błyskawica, napędzany strachem i wściekłością, Ognista Łapa pozbył się napastnika. Przekręcając głowę, wgryzł się szczura wiszącego mu na barkach. Poczuł w pysku chrzęst kręgosłupa i ciało szczura opadło bezwładnie na piaszczystą ścieżkę.

Ognista Łapa sapał z bólu, a kolejny szczur skoczył na niego od tyłu i zatopił w nim zęby. Kątem oka dostrzegł błysk białego futra. Na chwilę zakręciło mu się w głowie, potem poczuł, jak ktoś odciąga od niego szczura. Ognista Łapa obrócił się i ujrzał, jak Jęczmień ciska gryzonia do rowu.

Jęczmień bez wahania rozejrzał się dokoła i pobiegł sprintem do Błękitnej Gwiazdy, miotającej się na drodze pod naporem napastników. Błyskawicznie chwycił zębami jednego za grzbiet i oderwał go od niej z łatwością znamionującą dużą wprawę. Wypluł go na ziemię i złapał w pysk kolejnego, pod którym wiła się Błękitna Gwiazda.

Ognista Łapa popędził do Szarej Łapy, napadniętego z obu stron przez dwa mniejsze szczury. Rzucił się na najbliższego i zagryzł go, Szarej Łapie zaś udało się obrócić i wbić pazury w drugiego. Złapał go zębami i z całą mocą cisnął do rowu. Szczur nie pokazał się więcej.

— Uciekają! — zawył Tygrysi Pazur.

Rzeczywiście, pozostałe szczury umykały do bezpiecznego rowu. Ognista Łapa słyszał szmer małych łap; szczury na oślep szukały schronienia w pokrzywach. Ugryzienia na karku i tylnej łapie mocno piekły. Liznął ostrożnie swoje futro, mokre i zakrwawione; jego cierpki smak mieszał się ze smrodem szczurów.

Ognista Łapa rozejrzał się za kolegami. Szara Łapa stał tuż przy pokrzywach, miauczeniem zachęcając ubłoconego i pokąsanego Kruczą Łapę do wyjścia z rowu. Ogona Kruczej Łapy wciąż kurczowo trzymał się młody szczur. Ognista Łapa skoczył i wykończył go szybko, podczas gdy Szara Łapa pomagał Kruczej Łapie wygramolić się na górę.

Teraz Ognista Łapa rozejrzał się za Błękitną Gwiazdą. Najpierw zobaczył Jęczmienia, stojącego obok rowu, poszukującego wzrokiem następnych szczurów. Błękitna Gwiazda leżała nieopodal na drodze. Zaniepokojony Ognista Łapa skoczył w stronę swojej przywódczyni. Jej grube szare futro na grzbiecie lepiło się od krwi.

— Błękitna Gwiazdo? — miauknął.

Nie odpowiedziała.

Czyjś wściekły wrzask sprawił, że Ognista Łapa rozejrzał się.

Tygrysi Pazur skoczył na Jęczmienia i przycisnął go do ziemi.

— Posłałeś nas w zasadzkę! — warknął.

— Nie wiedziałem, że są tu szczury! — odparł Jęczmień, przebierając na oślep łapami i usiłując wstać.

— Dlaczego wysłałeś nas tą drogą? — wysyczał Tygrysi Pazur.

— Psy!

— Psy były uwiązane, gdy mijaliśmy je wcześniej!

— Dwunożni odwiązują je wieczorem. Żeby pilnowały domu — dyszał Jęczmień pod ciężkimi łapami Tygrysiego Pazura.

— Tygrysi Pazurze! Błękitna Gwiazda jest ranna! — krzyknął Ognista Łapa.

Tygrysi Pazur od razu puścił Jęczmienia, który powstał i otrzepał się z piasku. Wielki wojownik skoczył w stronę Błękitnej Gwiazdy i obwąchał jej rany.

— Możemy coś zrobić? — spytał Ognista Łapa.

— Jest już w rękach Klanu Gwiazdy — miauknął z powagą Tygrysi Pazur, odstępując krok w tył.

Oczy Ognistej Łapy rozszerzyły się z przerażenia. Czy Tygrysi Pazur ma na myśli, że Błękitna Gwiazda nie żyje? Poczuł drżenie, gdy spuścił wzrok na swoją przywódczynię. Czy to przed tym ostrzegły ją duchy przy Księżycowym Kamieniu?

Szara Łapa i Krucza Łapa stanęli obok niego przy swojej przywódczyni, struchlali z przerażenia. Jęczmień trzymał się na uboczu, wyciągając szyję, by zobaczyć, co się dzieje.

Oczy Błękitnej Gwiazdy były otwarte, ale zaszklone, a jej szare ciało leżało nieruchomo. Zdawała się nawet nie oddychać.

— Nie żyje? — wyszeptał Krucza Łapa.

— Nie wiem. Musimy uzbroić się w cierpliwość — odpowiedział Tygrysi Pazur.

Pięć kotów czekało w ciszy, podczas gdy słońce zaczęło wznosić się na niebie. Ognista Łapa bez słów błagał Klan Gwiazdy, by uratował ich przywódczynię i zwrócił im ją.

I wtedy Błękitna Gwiazda poruszyła się. Czubek jej ogona zadrżał i uniosła głowę.

— Błękitna Gwiazdo? — miauknął Ognista Łapa drżącym głosem.

— W porządku — zachrypiała królowa. — Wciąż tu jestem. Straciłam życie, ale jeszcze nie dziewiąte.

Ognistą Łapę ogarnęła radość. Spojrzał na Tygrysiego Pazura, spodziewając się zobaczyć jego ulgę, ale pysk ciemnego wojownika był pozbawiony wyrazu.

— Dobra! — miauknął Tygrysi Pazur władczym tonem. — Krucza Łapo, przynieś pajęczyny na rany Błękitnej Gwiazdy. Szara Łapo, szukaj nagietka albo skrzypu.

Obaj uczniowie odbiegli.

— Jęczmień, myślę, że teraz powinieneś nas opuścić.

Ognista Łapa spojrzał na samotnika, który tak dzielnie walczył w ich obronie. Chciał mu podziękować, ale pod ostrym spojrzeniem Tygrysiego Pazura nie ośmielił się. Zamiast słów lekko skłonił głowę przed Jęczmieniem. Ten zdawał się rozumieć, kiwnął w odpowiedzi łbem i odszedł bez słowa.

Błękitna Gwiazda wciąż leżała na pylistej ścieżce.

— Czy inni żyją? — spytała ochryple.

Tygrysi Pazur przytaknął.

Wrócił Krucza Łapa z grubym kłębkiem pajęczyn w lewej przedniej łapie.

— Proszę! — miauknął.

— Mogę opatrzyć jej rany? — zapytał Tygrysiego Pazura Ognista Łapa. — Żółty Kieł pokazała mi, jak to się robi.

— Tak — zgodził się Tygrysi Pazur. Oddalił się i jeszcze raz przejrzał rów, stawiając uszy, by złowić odgłosy szczurów.

Ogień Łapa wziął pajęczyny od Kruczej Łapy i zaczął mocno owijać nimi rany Błękitnej Gwiazdy.

Skrzywiła się pod jego dotykiem.

— Gdyby nie Tygrysi Pazur, te szczury by mnie zjadły — zamruczała napiętym z bólu głosem.

— To nie Tygrysi Pazur cię uratował. To Jęczmień — szepnął Ognista Łapa, biorąc od Kruczej Łapy kolejne pajęczyny.

— Jęczmień? — zapytała zaskoczona Błękitna Gwiazda. — Jest tutaj?

— Tygrysi Pazur go odprawił — odpowiedział cicho Ognista Łapa. — Uważa, że Jęczmień wysłał nas w zasadzkę.

— A ty jak sądzisz? — wychrypiała.

Ognista Łapa, skoncentrowany na układaniu ostatniego kawałka pajęczyny na ranie, nie podniósł wzroku.

— Jęczmień to samotnik. Co zyskałby przez posłanie nas w zasadzkę tylko po to, by nas z niej ratować? — miauknął w końcu.

Błękitna Gwiazda opuściła głowę i znów zamknęła oczy.

Szara Łapa wrócił ze skrzypem. Ognista Łapa przeżuł liście i wypluł sok na rany Błękitnej Gwiazdy. Wiedział, że zapobiegnie to zakażeniu, ale wolałby mieć u boku Nakrapiany Liść, bo ufał jej wiedzy leczniczej.

— Powinniśmy tu odpocząć, dopóki Błękitna Gwiazda nie odzyska sił — oznajmił, kładąc się Tygrysi Pazur.

— Nie — powiedziała stanowczo przywódczymi. — Musimy wracać do obozu.

Mrużąc oczy z bólu, stanęła na nogi.

— Idziemy dalej!

Przywódczyni Klanu Pioruna pokuśtykała skrajem pola. Tygrysi Pazur ruszył u jej boku z nieodgadnionym wyrazem pyska. Uczniowie wymienili zatroskane spojrzenia i poszli za nimi.

— Minął kawał czasu, odkąd widziałem, jak tracisz życie, Błękitna Gwiazdo. — Ognista Łapa przypadkiem usłyszał słowa szeptane przez Tygrysiego Pazura. — Jak wiele ich już straciłaś?

Ognista Łapa zdziwił się otwartą ciekawością Tygrysiego Pazura.

— To było piąte — odpowiedziała cicho Błękitna Gwiazda.

Ognista Łapa nastawił uszy, ale Tygrysi Pazur już się nie odezwał. Szedł dalej, pogrążony w myślach.

Rozdział 17

Południe nadeszło i minęło, gdy koty przemierzały stare łowiska Klanu Wiatru. Wędrowały w ponurym milczeniu, wciąż obolałe po walce ze szczurami. Ognista Łapa był pogryziony i podrapany. Widział też, że Szara Łapa kuleje i co pewien czas skacze na trzech łapach, by chronić zranioną tylną nogę. Ale to Błękitna Gwiazda martwiła go najbardziej. Szła coraz wolniej, ale odmówiła zatrzymania się dla odpoczynku. Jej pysk, ściągnięty grymasem bólu, zastygł w determinacji. Najbardziej zależało jej na tym, by szybko dotrzeć do obozu.

— Nie przejmuj się wojownikami Klanu Cienia — miauknęła przez zaciśnięte zęby do Tygrysiego Pazura, gdy zatrzymał się, by wciągnąć powietrze. — Dzisiaj ich tu nie zobaczysz.

„Skąd ona może o tym wiedzieć?", zastanawiał się Ognista Łapa.

Zeszli ostrożnie w dół stromego, skalistego zbocza prowadzącego do Czterech Drzew i łączącego się ze znajomą ścieżką wiodącą do obozu. Nastało późne popołudnie i Ognista Łapa zaczął myśleć tęsknie o swoim posłaniu i porcji tłustych świeżych zdobyczy.

— Wciąż czuję smród Klanu Cienia — mruknął Szara Łapa, gdy przemierzali tereny łowieckie Klanu Pioruna.

— Może wiatr niesie go z ich terytorium — podsunął Ognista Łapa. Też czuł ten zapach i drżały mu wąsy.

Krucza Łapa nagle zatrzymał się.

— Słyszycie? — miauknął ściszonym głosem.

Ognista Łapa wytężył słuch. Na początku słyszał tylko znajome odgłosy lasu: szelest liści, nawoływanie gołębia. Po chwili poczuł, że krew ścina mu się w żyłach — z oddali dobiegły bitewne nawoływania i przenikliwe piszczenie przerażonych kociąt.

— Szybko! — zawołała Błękitna Gwiazda. — To przed tym ostrzegał mnie Klan Gwiazdy. Atakują nasz obóz! — Próbowała skoczyć do przodu, ale potknęła się. Podniosła się jednak samodzielnie i pokuśtykała dalej.

Tygrysi Pazur i Ognista Łapa rzucili się do przodu. Szara Łapa i Krucza Łapa pognali za nimi ze zjeżonymi, dwa razy grubszymi ogonami. Biegnąc w stronę obozu, Ognista Łapa zapomniał o swoim bólu, przejęty jedną myślą: bronić klanu.

W miarę jak zbliżali się do obozu, odgłosy bitwy nasilały się, a nozdrza nadbiegających kotów wypełnił smród Klanu Cienia. Ognista łapa tuż za Tygrysim Pazurem przecisnął się przez tunel na polanę.

Wpadli w sam środek zaciętej walki Klanu Pioruna z wojownikami Klanu Cienia. Nigdzie nie było widać kociąt; Ognista Łapa miał nadzieję, że są bezpiecznie ukryte w żłobku. Domyślił się, że najsłabsi starsi chronią się wewnątrz pustego pnia w swoim wykrocie.

W obozie roiło się od wojowników. Ognista Łapa widział, jak Oszronione Futro i Złoty Kwiat drapią i gryzą olbrzymiego szarego kocura. Nawet młoda pręgowana królowa, Brązowy Pysk, walczyła, chociaż wkrótce miała rodzić. Ciemna Pręga wdał się w zażartą walkę z czarnym wojownikiem. Troje starszych, Małe Ucho, Łatana Skóra i Jedno Oko, dzielnie podgryzały szylkretowego kota, dwa razy zwinniejszego i silniejszego od nich.

Powracające koty rzuciły się do bitwy. Ognista Łapa skoczył na pręgowaną wojowniczkę, znacznie większą od niego, i zatopił zęby w jej nodze. Kocica zawyła z bólu i pociągnęła go, atakując ostrymi pazurami i z obnażonymi zębami rzucając się na jego szyję. Uczeń wykręcił się i uchylił, by uniknąć ugryzienia. Przeciwniczka nie sprostała jego szybkości; zdołał uchwycić ją od tyłu i rzucić w kurz. Pazurami silnych tylnych łap cisnął ją do tyłu, aż wrzasnęła i uciekła, przeciskając się na oślep przez gęste zarośla otaczające obóz.

Ognista Łapa rozejrzał się i zobaczył, że przybyła Błękitna Gwiazda. Pomimo ran walczyła z innym pręgowanym kotem. Nigdy wcześniej nie widział jej w boju; nawet zraniona, była groźną wojowniczką. Jej przeciwnik próbował uciec, ale trzymała go mocno w łapach i drapała gwałtownie. Ognista Łapa wiedział, że ślady jej pazurów pozostaną na ciele wroga na wiele księżyców.

Potem ujrzał białego kocura z kruczoczarnymi łapami, odciągającego starszą Klanu Pioruna od żłobka. Ognista Łapa pamiętał te niezwykle ciemne łapy ze zgromadzenia. Zastępca wodza Klanu Cienia szybko zabił strażniczkę młodych i zaczął się skradać do gniazda w jeżynach. Bezbronne teraz młode piszczały i płakały, a ich matki zmagały się na polanie z innymi wojownikami Klanu Cienia.

Ognista Łapa przygotował się do skoku w kierunku żłobka, ale czyjś pazur ciął go boleśnie w bok; obrócił się i zobaczył, że skacze na niego szylkretowa kocica. Ognista Łapa upadł na ziemię, wołając głośno, by ostrzec pobratymców z klanu o niebezpieczeństwie grożącym kociętom. Z całych sił wywijając się z uchwytu napastniczki, wykręcił głowę do tyłu i spojrzał na gniazdo w jeżynach.

Czarna Stopa wygarnął już z posłań dwa kociaki i sięgał po trzeciego.

Ognista Łapa nie mógł dojrzeć nic więcej, ponieważ szylkretowa kocica drapała go ostrymi pazurami tylnych łap. Stanął z trudem na nogach i przykucnął nisko, jakby pokonany. Podstęp, który poskutkował wcześniej, zadziałał i tym razem. Gdy szylkretowa chwyciła go tryumfalnie i zaczęła zatapiać zęby w jego szyi, Ognista Łapa porwał się do góry z największą siłą, na jaką było go stać, i odepchnął wojowniczkę. Zawirował z nią jak w młynku i w jednej chwili pozbawił ją tchu. Tym razem nie okazał litości i zagłębił zęby w mięśniach kocicy. Siła ukąszenia była tak wielka, że napastniczka jęcząc, uciekła w zarośla.

Ognista Łapa zerwał się, przedarł do żłobka i przepchnął głowę przez wejście. Nigdzie nie widział Czarnej Stopy. W gnieździe koło przerażonych maluchów przycupnęła Żółty Kieł. Siwe futro miała zbryzgane krwią, jedno oko spuchnięte i poranione. Z dzikim sykiem spojrzała w górę na Ognistą Łapę, a rozpoznawszy go, krzyknęła:

— Wszystko w porządku. Będę ich bronić.

Ognista Łapa spojrzał na nią, gdy uspokajała bezsilne kocięta, i przemknęło mu przez myśl złowieszcze ostrzeżenie Złamanej Gwiazdy z Klanu Cienia. Nie miał czasu teraz o tym myśleć. Musiał zaufać Żółtemu Kłowi. Kiwnął szybko głową i skoczył z powrotem w jeżyny.

W obozie pozostało już tylko kilka kotów Klanu Cienia. Krucza Łapa i Szara Łapa walczyli ramię w ramię, atakując czarnego kocura do chwili, gdy umknął z wrzaskiem w krzaki. Biała Burza i Ciemna Pręga pogoniły z obozu ostatnich dwóch intruzów, odprawiając ich z kilkoma dodatkowymi zadrapaniami i ugryzieniami.

Ognista Łapa usiadł wyczerpany i rozejrzał się po obozie. Polana była spustoszona, ochlapana krwią,a w kurzu unosiły się kępki sierści. Ściana zarośli w miejscu, przez które przedostali się napastnicy, była rozerwana.

Jeden po drugim koty Klanu Pioruna zbierały się pod Wysokim Głazem. Szara Łapa podszedł i usiadł obok Ognistej Łapy, dysząc mocno i krwawiąc z rozdartego ucha.

Krucza Łapa opadł na ziemię i zaczął lizać ranę na ogonie. Królowe pobiegły do żłobka, by sprawdzić, co z małymi. Ognista Łapa czekał z napięciem na ich powrót, ale widok zasłoniły mu inne koty. Odprężył się, gdy usłyszał piski i pomruki radości dochodzące z gniazda w jeżynach.

Oszronione Futro przebiła się z powrotem przez tłum, za nią szła Żółty Kieł. Biała królowa zrobiła krok naprzód i przemówiła:

— Dzięki Żółtemu Kłowi wszystkie nasze małe są bezpieczne. Wojownik Klanu Cienia zabił dzielną Różowy Ogon i próbował wykraść je z gniazda, ale Żółty Kieł przepędziła go.

— To nie był zwykły wojownik Klanu Cienia — powiedział Ognista Łapa. Był zdecydowany uświadomić klanowi, jak wiele zawdzięczają Żółtemu Kłowi. — Widziałem go. To był Czarna Stopa.

— Zastępca dowódcy Klanu Cienia! — miauknęła Brązowy Pysk, która tak zawzięcie walczyła, by chronić nienarodzone maluchy w swym nabrzmiałym brzuchu.

Na skraju grupy nastąpiło poruszenie, gdy Błękitna Gwiazda kulejąc, wysunęła się do przodu i utorowała sobie drogę do uczniów. Poważny wyraz jej pyska wystarczył, by Ognista Łapa wyczuł, że coś jest nie w porządku.

— Nakrapiany Liść jest przy Lwim Sercu — zamruczała. — Został zraniony w bitwie. Nie wygląda to najlepiej. — Odwróciła głowę w kierunku cienia z drugiej strony Wysokiego Głazu, gdzie jak nieruchomy tobołek zakurzonego złotego futra leżał wojownik.

Z gardła Szarej Łapy wydobyło się wysokie zawodzenie i uczeń pognał do Lwiego Serca. Nakrapiany Liść, pochylona nad zastępcą przywódczyni Klanu Pioruna, odstąpiła na krok, pozwalając młodemu uczniowi po raz ostatni podzielić się językami z nauczycielem. Jęk żalu Szarej Łapy odbił się echem na polanie. Ognista Łapa zadrżał i krew zastygła mu w żyłach. To ten krzyk słyszał we śnie! Na chwilę zakręciło mu się w głowie; potrząsnął nią. Ze względu na Szarą Łapę musi zachować spokój.

Ognista Łapa spojrzał na Błękitną Gwiazdę, która skinęła głową, pozwalając mu dołączyć do przyjaciela koło Wysokiego Głazu. Zatrzymał się na chwilę obok Nakrapianego Liścia. Wyglądała na wyczerpaną i miała oczy przepełnione żalem.

— Nie mogę już pomóc Lwiemu Sercu — miauknęła cicho do niego. — Podąża swoją drogą, by dołączyć do Klanu Gwiazdy.

Przytuliła się do boku Ognistej Łapy, który odczuł pociechę płynącą z dotyku jej ciepłego futra.

Pozostałe koty patrzyły w milczeniu na słońce zachodzące powoli za drzewami. W końcu Szara Łapa usiadł i krzyknął:

— Odszedł!

Ponownie ułożył się obok ciała Lwiego Serca i oparł głowę na przednich łapach. Pozostałe koty klanu podchodziły cicho, by odbyć swoje własne rytuały żałobne nad ukochanym przywódcą.

Ognista Łapa dołączył do nich. Liznął szyję Lwiego Serca i zamruczał:

— Dziękuję za twoją mądrość. Nauczyłeś mnie bardzo wiele. — Potem usiadł obok Szarej Łapy i zaczął delikatnie lizać uszy przyjaciela.

Błękitna Gwiazda zaczekała, aż inne koty oddalą się w ciszy. Szara Łapa zdawał się nawet nie zauważać obecności swojej przywódczyni. Ognista Łapa odwrócił wzrok, gdy Błękitna Gwiazda wypowiadała ostatnie słowa do swojego starego druha.

— I co teraz bez ciebie zrobię, Lwie Serce? — szepnęła. Potem poszła, kulejąc, z powrotem do swojego legowiska i przykucnęła na zewnątrz, wpatrując się w dal zamglonym z żalu wzrokiem. Nawet nie spróbowała wylizać swojego okrwawionego, skołtunionego futra. Ognista Łapa pierwszy raz widział ją w takim stanie, wyglądała na całkowicie pokonaną; poczuł chłód przebiegający przez ciało.

Siedział z Szarą Łapą i Lwim Sercem do czasu, aż księżyc wzniósł się wysoko na niebie. Dołączył do niego Krucza Łapa i razem czuwali przy rozpaczającym przyjacielu. Wielkimi krokami podszedł Tygrysi Pazur i krótko podzielił języki z Lwim Sercem. Ognista Łapa czekał na słowa, jakie wypowie do swego walecznego przyjaciela, ale Tygrysi Pazur nie odezwał się, tylko zaczął lizać swoje potargane futro. Ku zdziwieniu Ognistej Łapy wzrok ciemnego pręgowanego kocura wydawał się spoczywać raczej na Kruczej Łapie niż poległym przywódcy.

Nakrapiany Liść obeszła lekkim krokiem obóz, opatrując rany i zadrapania. Ognista Łapa widział, że dwukrotnie podchodziła do Błękitnej Gwiazdy, ale za każdym razem przywódczyni odsyłała ją do opatrywania pozostałym. Dopiero gdy Nakrapiany Liść pomogła wszystkim innym kotom, Błękitna Gwiazda pozwoliła jej zająć się swoimi ugryzieniami i zadrapaniami.

Po zakończonym opatrunku Nakrapiany Liść odwróciła się i odeszła do swojego legowiska. Błękitna Gwiazda wstała i wolno poszła na Wysoki Głaz. Pozostałe koty klanu już na nią czekały. Gdy tylko usiadła na swoim zwykłym miejscu, przysunęły się bliżej, wyjątkowo ciche i ponure.

Ognista Łapa i Krucza Łapa powstali ciężko i dołączyli do reszty, pozostawiając Szarą Łapę nad ciałem Lwiego Serca. Szary uczeń wciąż leżał z nosem opartym o chłodną złotą sierść Lwiego Serca. Ognista Łapa wiedział, że Błękitna Gwiazda tym razem wybaczy Szarej Łapie nieobecność na spotkaniu klanu.

— Księżyc już prawie wzeszedł — miauknęła Błękitna Gwiazda, gdy Ognista Łapa wsunął się na miejsce obok Kruczej Łapy. — Moim obowiązkiem jest — o wiele, o wiele za szybko — podać Klanowi Pioruna imię mojego nowego zastępcy.

Jej zmęczony głos łamał się ze smutku.

Ognista Łapa spoglądał na wojowników. Wszyscy patrzyli wyczekująco na Tygrysiego Pazura. Nawet Biała Burza odwrócił się, by spojrzeć na pręgowanego kocura.

Tygrysi Pazur, siedzący ze śmiałym wyrazem pyska i wąsami drgającymi w oczekiwaniu, zdawał się z nimi zgadzać.

Błękitna Gwiazda wzięła głęboki wdech i ciągnęła dalej:

— Wypowiadam te słowa nad ciałem Lwiego Serca, by jego duch mógł je usłyszeć i zgodzić się z moim wyborem — zawahała się. — Nie zapomniałam o tym, który pomścił śmierć Rudego Ogona i przyniósł nam jego ciało. Klan Pioruna potrzebuje teraz najbardziej tej nieustraszonej lojalności.

Błękitna Gwiazda przerwała jeszcze raz, a następnie wyraźnie wypowiedziała imię.

— Nowym zastępcą przywódczyni Klanu Pioruna zostanie Tygrysi Pazur.

Rozległ się wrzask aprobaty, a najdonośniejsze głosy należały do Ciemnej Pręgi i Długiego Ogona. Biała Burza usiadł spokojnie, przymknął oczy, ogon zawinął schludnie wokół siebie i potwierdzająco pokiwał wolno głową.

Tygrysi Pazur dźwignął dumnie brodę, z półprzymkniętymi oczami słuchając głosów pobratymców. Następnie przedostał się przez tłum, niedbałym skinieniem głowy dziękując za wyrazy uznania, i wskoczył na Wysoki Głaz, by stanąć obok Błękitnej Gwiazdy.

— Klanie Pioruna! — krzyknął. — To dla mnie honor przyjąć propozycję objęcia funkcji zastępcy przywódczyni klanu. Nigdy nie spodziewałem się, że uzyskam tak wysokie stanowisko, ale na ducha Lwiego Serca poprzysięgam służyć ci, jak najlepiej potrafię.

Z powagą pochylił głowę, lustrując tłum szeroko otwartymi żółtymi oczami i zeskoczył z Wysokiego Głazu.

Ognista Łapa usłyszał głos Kruczej Łapy.

— No, nie! — westchnął przyjaciel.

Ognista Łapa odwrócił się i spojrzał na niego z ciekawością. Krucza Łapa zwiesił nisko głowę.

— Nigdy nie powinna go wybrać! — mamrotał.

— Mówisz o Tygrysim Pazurze? — szepnął Ognista Łapa.

— Chciał być zastępcą od czasu, gdy zajął się Rudym Ogonem — miauknął Krucza Łapa. Nagle umilkł.

— Zajął się Rudym Ogonem? — powtórzył Ognista Łapa. W głowie zaroiło mu się od pytań. O czym wiedział Krucza Łapa? Czy na zgromadzeniu mówił prawdę o bitwie z Klanem Rzeki? Czyżby Tygrysi Pazur był odpowiedzialny za śmierć Rudego Ogona?

Rozdział 18

— Opowiadasz Ognistej Łapie, jak chroniłem Rudego Ogona?

Ognista Łapa poczuł zimny dreszcz podnoszący mu sierść na karku.

Krucza Łapa zawirował w miejscu z oczami rozszerzonymi ze strachu. Z góry z groźną miną spoglądał na nich Tygrysi Pazur.

Ognista Łapa zerwał się i stanął przed nowym zastępcą przywódczyni, myśląc szybko, jak wybrnąć z sytuacji.

— Mówił właśnie, jaka to szkoda, że nie udało ci się uratować także Lwiego Serca, to wszystko! — miauknął.

Tygrysi Pazur przenosił wzrok z jednego na drugiego, a po chwili oddalił się w milczeniu. Zielone oczy Kruczej Łapy zamgliły się z przerażenia i kot zaczął drżeć spazmatycznie.

— Krucza Łapo? — miauknął zaniepokojony Ognista Łapa.

Ale ten nawet na niego nie spojrzał. Z nisko pochyloną głową przemknął do Szarej Łapy i przykucnął obok niego, przyciskając swoje chude czarne ciało do jego grubego futra, jakby nagle zrobiło mu się zimno.

Ognista Łapa patrzył bezradnie na dwóch przyjaciół skulonych obok ciała Lwiego Serca. Nie wiedząc, co jeszcze mógłby zrobić, podszedł bliżej i usiadł obok nich, gotowy do całonocnego czuwania.

Gdy księżyc wzniósł się wyżej, do czuwających dołączyły inne koty. Błękitna Gwiazda przybyła ostatnia, gdy w obozie zapadł spokój i cisza. Nie odzywając się, siadła nieopodal i wpatrywała się w swego zmarłego zastępcę z wyrazem tak wielkiego żalu, że Ognista Łapa odwrócił wzrok.

O świcie grupa starszych przyszła zabrać ciało Lwiego Serca do miejsca pochówku. Szara Łapa poszedł za nimi, by pomóc kopać grób dla wielkiego wojownika.

Ognista Łapa ziewnął i przeciągnął się, czując ziąb przenikający go do szpiku kości. Zbliżała się już pora opadania liści i las spowiła mgła, ale wyżej widać było różowe niebo poranka. Ognista Łapa patrzył, jak Szara Łapa znika ze starszymi w wilgotnych od rosy zaroślach.

Krucza Łapa skoczył na nogi i pospieszył z powrotem do legowiska uczniów. Ognista Łapa powoli poczłapał za nim. Gdy dotarł do kryjówki, czarny kot leżał już zwinięty z nosem wetkniętym pod ogon, jakby pogrążony we śnie.

Ognista Łapa był zbyt wyczerpany, by się odzywać. Okręcił się dokoła na swoim legowisku, a następnie ułożył do długiego snu.

*

— Pobudka!

Od strony wejścia do legowiska rozległ się głos Zakurzonej Łapy. Ognista Łapa otworzył oczy. Krucza Łapa już nie spał, siedział z uszami postawionymi na sztorc. Szara Łapa poruszał się sennie obok; widok znajomego szarego futra zaskoczył Ognistą Łapę, który nie słyszał, jak kolega powrócił po pochowaniu Lwiego Serca.

— Błękitna Gwiazda znowu zwołała spotkanie — syknął do nich Zakurzona Łapa i wymknął się spośród paproci.

Trzech uczniów wypełzło z ciepłego legowiska. Słońce stało już wysoko na niebie, a powietrze zdawało się chłodniejsze niż wcześniej. Ognista Łapa zadrżał i poczuł burczenie w brzuchu. Nie pamiętał, kiedy ostatnio jadł; przez chwilę zastanawiał się, czy będzie miał dziś szansę na polowanie.

We trójkę pospieszyli, by dołączyć do tłumu zebranego pod Wysokim Głązem.

Tygrysi Pazur przemawiał ze swojego miejsca obok Błękitnej Gwiazdy.

— Podczas bitwy nasza przywódczyni straciła kolejne życie. Teraz z dziewięciu pozostały jej już tylko cztery. Zamierzam wyznaczyć do jej ochrony strażnika, który ma jej towarzyszyć przez cały czas. Nikomu nie wolno zbliżyć się do niej pod jego nieobecność.

Spojrzenie złocistożółtych oczu spoczęło na Kruczej Łapie, a potem z powrotem skierowało się na tłum kotów.

— Ciemna Pręgo i Długi Ogonie — kontynuował, kierując spojrzenie w stronę wojowników. — Będziecie pełnić funkcję strażników Błękitnej Gwiazdy.

Ciemna Pręga i Długi Ogon skinęli poważnie głowami i wyprostowali się.

Teraz przemówiła Błękitna Gwiazda. W porównaniu z władczym tonem zastępcy jej głos zabrzmiał łagodnie i uspokajająco.

— Dziękuję za twoją lojalność, Tygrysi Pazurze. Ale klan musi wiedzieć, że może na mnie liczyć, więc niech nikt z was nie waha się podejść do mnie i porozmawiać, niezależnie od tego, czy są obok strażnicy.

Rzuciła krótkie spojrzenie w kierunku Tygrysiego Pazura.

— Jak głosi kodeks wojownika, bezpieczeństwo klanu jest ważniejsze niż bezpieczeństwo któregokolwiek pojedynczego kota — przerwała, a jej błękitne spojrzenie spoczęło krótko na Ognistej Łapie. — A teraz chcę poprosić Żółty Kieł, by dołączyła do Klanu Pioruna.

Niektórzy wojownicy wydali pełne zaskoczenia miauknięcie. Błękitna Gwiazda spojrzała na Oszronione Futro, która skinęła głową. Inne królowe przyglądały się w milczeniu.

Błękitna Gwiazda kontynuowała:

— Jej wczorajsze czyny udowodniły, że jest dzielna i lojalna. Jeśli zechce, przywitamy ją jako pełnoprawnego członka naszego klanu.

Ze swojego miejsca na skraju tłumu Żółty Kieł popatrzyła w górę na przywódczynię klanu i zamruczała:

— To dla mnie zaszczyt, Błękitna Gwiazdo, i przyjmuję twoją propozycję.

— Dobrze — miauknęła Błękitna Gwiazda stanowczo, dając znać, że uważa sprawę za zamkniętą.

Ognista Łapa zamruczał z radością i trącił Szarą Łapę. Z zaskoczeniem uświadomił sobie, ile dla niego znaczy publiczne okazanie Żółtemu Kłowi zaufania przez Błękitną Gwiazdę.

Błękitna Gwiazda znów zaczęła mówić:

— Wczoraj wieczorem obroniliśmy się przed Klanem Cienia, ale wróg wciąż nam zagraża. Będziemy kontynuować naprawy rozpoczęte dzisiaj rano oraz patrolować granice. Nie możemy zakładać, że wojna się skończyła.

Tygrysi Pazur wstał, wyprostował ogon i spojrzał w dół na zebrane koty.

— Klan Cienia napadł na obóz, gdy się od niego oddaliliśmy — warknął. — Dobrze wybrali moment. Skąd wiedzieli, że obóz jest tak słabo broniony? Czy mają oczy w naszym obozie?

Ognista Łapa zamarł przerażony, bo Tygrysi Pazur utkwił zimne spojrzenie w Kruczej Łapie. Niektóre koty podążyły za wzrokiem nowego zastępcy i wpatrywały się zdziwione w czarnego ucznia. Krucza Łapa patrzył w ziemię i nerwowo przebierał łapami.

Tygrysi Pazur mówił dalej.

— Mamy czas do zachodu słońca. Musimy skoncentrować się na odbudowywaniu obozu. Tymczasem, jeśli ktoś z was ma jakiekolwiek podejrzenia, powiedzcie mi o nich. Zapewniam, potrafię dochować tajemnicy.

Skinieniem głowy pozwolił klanowi się rozejść, po czym odwrócił się i zaczął szeptać do Błękitnej Gwiazdy.

Koty rozdzieliły się i zaczęły obchodzić obóz, oceniając szkody i tworząc grupy robocze.

— Krucza Łapo! — zawołał Ognista Łapa, wciąż wstrząśnięty złowieszczą aluzją Tygrysiego Pazura, że jego własny uczeń zdradził klan. Ale Krucza Łapa był już daleko, Ognista Łapa widział, jak proponuje Obciętemu Ogonowi i Białej Burzy pomoc w zbieraniu gałązek, tak by mogli załatać wyłomy w ścianie granicznej, a potem odchodzi. Krucza Łapa najwyraźniej nie chciał rozmawiać.

— Chodźmy mu pomóc — zaproponował Szara Łapa. Miał bezbarwny, wyczerpany głos i zmętniałe oczy.

— Idź. Dołączę za chwilę — odpowiedział Ognista Łapa. — Chcę najpierw zajrzeć do Żółtego Kła i sprawdzić, jak się czuje po walce z Czarną Stopą.

Zajrzał do jej gniazda w wykrocie. Leżała wyciągnięta w cieniu, jej oczy miały zamyślony wyraz.

— Ognista Łapo! — odezwała się na jego widok. — Cieszę się, że przyszedłeś.

— Chciałem sprawdzić, jak się czujesz — miauknął Ognista Łapa.

— Stare nawyki trwają dłużej niż stare zapachy, co? — miauknęła Żółty Kieł z przebłyskiem dawnego ducha.

— Chyba tak — przyznał Ognista Łapa. — Jak się czujesz?

— Stara rana na nodze znów się odezwała, ale będzie dobrze — odpowiedziała Żółty Kieł.

— Jak udało ci się odeprzeć Czarną Stopę? — zapytał Ognista Łapa, niezdolny ukryć podziwu.

— Czarna Stopa jest silnym, ale niezbyt mądrym wojownikiem. Walka z tobą była większym wyzwaniem.

Ognista Łapa oczekiwał błysku humoru w jej starych oczach, ale niczego takiego nie zauważył.

Żółty Kieł ciągnęła:

— Znałam go od małego. Nie zmienił się — zabijaka, ale bez mózgu.

Ognista Łapa usiadł przy niej.

— Nie dziwi mnie, że Błękitna Gwiazda poprosiła cię, byś dołączyła do klanu — powiedział. — Wczoraj wieczorem naprawdę okazałaś swoją lojalność.

Żółty Kieł uderzyła ogonem o ziemię.

— Być może naprawdę lojalny kot powinien walczyć po stronie klanu, w którym dorastał.

— W takim razie ja powinienem walczyć za swoich Dwunożnych! — zwrócił uwagę Ognista Łapa.

Żółty Kieł rzuciła mu pełne podziwu spojrzenie.

— Dobrze powiedziane, młodzieńcze. Ale przecież tobie nigdy nie brakuje pomyślunku.

Ognista Łapa poczuł w sercu ukłucie smutku; wciąż pamiętał, że podobne słowa wypowiedział również Lwie Serce.

— Tęsknisz za Klanem Cienia? — zapytał.

Żółty Kieł zamrugała powoli oczami.

— Tęsknię za starym Klanem Cienia — miauknęła w końcu. — Już nie jest taki sam.

— Od czasu, gdy Złamana Gwiazda został przywódcą? — zaciekawił się Ognista Łapa.

— Tak — przyznała łagodnie Żółty Kieł. — To on wszystkich odmienił.

Zaśmiała się chrapliwie.

— Zawsze umiał doskonale przemawiać. Gdyby się mocno postarał, potrafiłby cię przekonać, że mysz jest królikiem. Być może dlatego nie zauważałam jego wad.

Stara kocica wpatrzyła się w dal, zatopiona we wspomnieniach.

— Stawiam, że nie zgadniesz, kto jest nowym uzdrowicielem Klanu Cienia? — miauknął Ognista Łapa, przypominając sobie nagle, czego dowiedział się na zgromadzeniu. Czuł się teraz, jakby odbyło się ono księżyce temu.

Jego słowa przywołały Żółtego Kła z powrotem do rzeczywistości.

— Czy nie Cieknący Nos? — miauknęła.

— Tak!

Żółty Kieł potrząsnęła głową.

— Ale on nie potrafi wyleczyć nawet własnego przeziębienia!

— To samo powiedział Szara Łapa!

Przez chwilę mruczeli razem, rozśmieszeni. W końcu Ognista Łapa podniósł się.

— Zostawię cię teraz, odpoczywaj. Wezwij mnie, gdybyś jeszcze czegoś potrzebowała.

Żółty Kieł podniosła głowę.

— Zanim odejdziesz, Ognista Łapo, słyszałam, że uczestniczyłeś w walce ze szczurami. Zraniły cię do krwi?

— Wszystko w porządku. Nakrapiany Liść przyłożyła nagietek na moje rany.

— Czasami nagietek nie jest dostatecznie mocny na ugryzienie szczura. Znajdź kępę dzikiego czosnku i wytarzaj się w nim. Przypuszczam, że rośnie niedaleko wejścia do obozu. Wyciągnie wszystkie szczurze trucizny. Chociaż — dodała sucho — twoi koledzy z legowiska nie podziękują mi za tę radę!

— Ale ja ci dziękuję. Dzięki, Żółty Kle! — powiedział Ognista Łapa.

— Uważaj na siebie, młodzieńcze. — Żółty Kieł spoglądała na niego nieco dłużej. Potem oparła podbródek na przednich łapach i zamknęła oczy.

Ognista Łapa prześliznął się pod gałęziami otaczającymi legowisko Żółtego Kła i skierował się do tunelu, by poszukać dzikiego czosnku. Słońce już zachodziło i słyszał królowe układające do snu swoje małe.

— Dokąd się wybierasz? — warknął głos z cienia. To był Ciemna Pręga.

— Żółty Kieł kazała mi wyjść i...

— Nie będziesz spełniał jej poleceń! — syknął wojownik. — Idź pomóc przy naprawach. Żaden kot nie opuści dziś wieczorem obozu! — dodał, bijąc ogonem o ziemię.

— Tak, Ciemna Pręgo — miauknął Ognista Łapa, pochylając pokornie głowę. Odwrócił się i mruknął pod nosem: „Durna Pręga!", a potem pobiegł w kierunku granicy obozu, gdzie dostrzegł Szarą Łapę i Kruczą Łapę łatających skrzętnie duży wyłom w ścianie zieleni.

— Jak Żółty Kieł? — zapytał Szara Łapa, gdy Ognista Łapa przykłusował do niego.

— Ma się dobrze. Twierdzi, że na ugryzienia szczurów może pomóc dziki czosnek. Szedłem właśnie go szukać, ale Ciemna Pręga rozkazał mi zostać w obozie — powiedział Ognista Łapa.

— Dziki czosnek? — miauknął Szara Łapa. — Nie miałbym nic przeciw temu, żeby go zastosować. Wciąż boli mnie noga.

— Może wymknę się i poszukam — zaoferował Ognista Łapa. Miał za złe Ciemnej Prędze bezceremonialne potraktowanie i z zadowoleniem skorzystałby z okazji, by go przechytrzyć. — Nikt nie zauważy, że wyśliznąłem się przez tę dziurę. To będzie tylko kilka króliczych susów.

Krucza Łapa zmarszczył brwi, ale Szara Łapa kiwnął głową.

— Będziemy cię kryć — szepnął.

Ognista Łapa trącił go nosem z wdzięcznością i wyskoczył przez dziurę w ogrodzeniu.

Zaczął szukać kępy dzikiego czosnku; mocny, cierpki zapach szybko pomógł mu odnaleźć do niej drogę. Słońce skryło się już za horyzontem i na granatowym niebie wschodził księżyc. Zimne powiewy mierzwiły sierść. Nagle Ognista Łapa złapał niesiony z wiatrem zapach kotów. Powąchał ostrożnie. Klan Cienia? Nie, to po prostu Tygrysi Pazur i dwa inne koty. Jeszcze raz wciągnął powietrze. Ciemna Pręga i Długi Ogon! Co oni tu robią? Zaciekawiony, opadł do pozycji tropiącej. Łapa za łapą skradał się przez zarośla, trzymając się pod wiatr, by uniknąć wykrycia. Wojownicy stali w cieniu kępy paproci, głowa przy głowie. Wkrótce Ognista Łapa znalazł się na tyle blisko, że mógł słuchać ich rozmowy.

— Klan Gwiazdy wie, mój uczeń od początku był mało obiecujący, ale nigdy nie oczekiwałem, że okaże się zdrajcą! — warknął Tygrysi Pazur.

Oczy Ognistej Łapy powiększyły się, a futro zadrgało w szoku. Wyglądało na to, że Tygrysi Pazur ma zamiar zrobić coś więcej, niż tylko czynić aluzje, że Krucza Łapa zdradził klan!

— Na jak długo Krucza Łapa zniknął w czasie podróży do Ust Matki? — zapytał Ciemna Pręga.

— Na tyle, ile zajmuje droga do obozu Klanu Cienia i z powrotem — padła groźna odpowiedź zastępcy.

Futro na ogonie Ognistej Łapy zjeżyło się gniewnie. „To niemożliwe!", pomyślał. „Był z nami cały czas!"

Teraz zabrzmiał piskliwy z podniecenia głos Długiego Ogona:

— Musiał powiedzieć im, że przywódczyni i najsilniejszy wojownik Klanu Pioruna oddalili się z obozu. Inaczej dlaczego by na nas napadli?

— Jesteśmy ostatnim klanem stawiającym opór Klanowi Cienia. Musimy pozostać silni — odpowiedział Tygrysi Pazur. Ton jego głosu stał się teraz aksamitnie miękki. Czekał w ciszy na odpowiedź.

Ciemna Pręga odpowiedział z zapałem, jakby wciąż był uczniem Tygrysiego Pazura i podawał poprawną odpowiedź na pytanie o techniki polowania. Jego słowa pozbawiły Ognistą Łapę tchu:

— Klanowi będzie powodzić się lepiej bez takiego zdrajcy jak Krucza Łapa.

— Muszę powiedzieć, że zgadzam się z tobą, Ciemna Pręgo — wyszeptał Tygrysi Pazur głosem ciężkim z emocji. — Chociaż jest moim własnym uczniem… — Oddalił się, jak gdyby zbyt zdenerwowany, by dodać coś więcej.

Ognista Łapa usłyszał dosyć. Całkiem zapomniał o dzikim czosnku, obrócił się i możliwie najciszej i najszybciej przekradł z powrotem do obozu.

Postanowił nie mówić Kruczej Łapie o tym, co słyszał. Przyjaciel przeraziłby się. Ognista Łapa myślał szybko. Co można zrobić? Tygrysi Pazur był zastępcą przywódczyni klanu, wielkim wojownikiem, popularnym wśród wszystkich kotów. Nikt nie da wiary oskarżeniom rzucanym przez ucznia. Ale Kruczej Łapie grozi straszne niebezpieczeństwo. Ognista Łapa otrząsnął się, próbując uporządkować myśli. Może zrobić tylko jedno — o tym, co usłyszał, musi powiedzieć Błękitnej Gwieździe i jakoś przekonać ją, że mówi prawdę!

Rozdział 19

Szara Łapa i Krucza Łapa wciąż łatali dziurę, gdy dotarł do nich Ognista Łapa. Zostawili akurat na tyle szeroką lukę, by mógł się przecisnąć z powrotem.

— Nie powiodło się z czosnkiem — wydyszał Ognista Łapa. — Ciemna Pręga się tam kręci.

— Mniejsza z tym — miauknął Szara Łapa. — Znajdziemy coś jutro.

— Pójdę do Nakrapianego Liścia i przyniosę ci trochę ziaren maku — zaproponował Ognista Łapa. Martwiły go zmętniałe oczy przyjaciela. Szara Łapa sprawiał wrażenie, jakby miał mięśnie zesztywniałe z bólu.

— Nie, nie martw się — miauknął. — Wszystko w porządku.

— To nie problem — nalegał Ognista Łapa i zanim Szara Łapa zdążył coś powiedzieć, ruszył lekko w kierunku legowiska Nakrapianego Liścia.

Nakrapiany Liść krążyła po swojej polance, oczy miała zamglone z żalu.

— Dobrze się czujesz? — zapytał Ognista Łapa.

— Duchy Klanu Gwiazdy są niespokojne. Myślę, że próbują mi coś powiedzieć — odpowiedziała, machając nerwowo ogonem. — W czym mogę ci pomóc?

— Myślę, że Szarej Łapie przydałoby się kilka ziaren maku na ból nogi — wyjaśnił Ognista Łapa. — Rany po ugryzieniach szczura wciąż mu dokuczają.

— Ból po stracie Lwiego Serca sprawia, że jego rany gorzej się goją. Ale nie martw się, czas to naprawi. A na razie, masz rację, ziarna maku mu pomogą.

Nakrapiany Liść sięgnęła do swojego legowiska i wyjęła suchą makówkę. Położyła ją ostrożnie na ziemi.

— Wytrząśnij jedno albo dwa ziarenka i daj mu je — miauknęła.

— Dzięki! — odmiauknął Ognista Łapa. — Jesteś pewna, że nic ci nie dolega?

— Idź do przyjaciela — powiedziała, unikając jego spojrzenia.

Ognista Łapa podniósł zębami makówkę i zaczął się oddalać.

— Poczekaj! — syknęła nagle Nakrapiany Liść.

Ognista Łapa obrócił się wyczekująco i napotkał spojrzenie jej jasnych oczu. Zatopiła w nim pałający wzrok.

— Ognista Łapo — wysyczała. — Klan Gwiazdy rozmawiał ze mną księżyce temu, zanim do nas dołączyłeś. Mówił mi wtedy, że tylko ogień może ocalić nasz klan. Mam wrażenie, że teraz chce, bym ci o tym powiedziała.

Ognista Łapa, zdziwiony, wpatrywał się w Nakrapiany Liść.

Dziwny ogień przygasł w jej oczach.

— Uważaj na siebie, Ognista Łapo! — miauknęła swoim normalnym głosem i odwróciła się.

— Na razie... — odpowiedział niepewnie Ognista Łapa.

Wyszedł z powrotem przez tunel w paprociach. Dziwne słowa Nakrapianego Liścia rozbrzmiewały mu echem w głowie, ale nie mógł odnaleźć w nich sensu. Dlaczego mu to powiedziała? Przecież ogień jest wrogiem wszystkich, którzy żyją w lesie. Potrząsnął z frustracją głową i podążył cicho do legowiska uczniów.

— Szara Łapo! — wysyczał do ucha swojego śpiącego przyjaciela Ognista Łapa. Po przepracowaniu przy naprawach większej części nocy mieli pozwolenie na odpoczynek przez cały poranek. Tygrysi Pazur rozkazał, by byli gotowi do rozpoczęcia szkolenia, gdy słońce będzie wysoko. Silne żółte światło przenikające do legowiska powiedziało Ognistej Łapie, że już czas.

Miał za sobą niespokojną noc. Za każdym razem, gdy zapadł w sen, w głowie wirowały mu majaki, niewyraźne, ale pełne ciemności i groźby.

— Szara Łapo! — wysyczał jeszcze raz Ognista Łapa, ale przyjaciel nie poruszył się. Wieczorem zjadł dwa ziarna maku i teraz był pogrążony w głębokim śnie.

— Nie śpisz, Ognista Łapo? — miauknął Krucza Łapa ze swojego posłania.

Ognista Łapa zaklął cicho pod nosem. Chciał porozmawiać z Szarą Łapą, zanim zbudzi się Krucza Łapa.

— Nie — odpowiedział.

Krucza Łapa usiadł na swoim posłaniu z mchu i wrzosu i zaczął się myć szybkimi liźnięciami języka.

— Obudzisz go? — zapytał, wskazując głową w kierunku Szarej Łapy.

Spoza ich legowiska warknął niski głos.

— Mam taką nadzieję! Zaraz zaczyna się szkolenie.

Ognista Łapa i Krucza Łapa podskoczyli.

— Szara Łapo, wstawaj! — Ognista Łapa szturchnął łapą przyjaciela. — Tygrysi Pazur czeka!

Szara Łapa podniósł głowę. Oczy miał wciąż ciężkie od snu.

— Jesteście gotowi? — ponaglił Tygrysi Pazur.

Ognista Łapa i Krucza Łapa wymknęli się chyłkiem z legowiska, mrużąc oczy przed światłem słońca.

Zastępca przywódczyni klanu siedział obok pniaka.

— Trzeci też już idzie? — zapytał.

— Tak — odpowiedział Ognista Łapa, czując się w obowiązku bronić przyjaciela. — Dopiero co się obudził.

— Szkolenie dobrze mu zrobi — rzucił Tygrysi Pazur. — Wystarczy mu już tego rozpaczania.

Ognista Łapa wytrzymał groźne złocistożółte spojrzenie. Wojownik i uczeń przez mgnienie oka patrzyli na siebie jak wrogowie.

Szara Łapa wygramolił się zaspany z legowiska.

— Ognista Łapo, za chwilę przyjdzie po ciebie Błękitna Gwiazda — oznajmił Tygrysi Pazur.

Na te słowa Ognistą Łapę opuścił cały gniew. Pierwszy

trening z Błękitną Gwiazdą! Nie oczekiwał tego, sądząc, że jego poraniona nauczycielka wciąż odpoczywa. Przeniknęło go radosne podniecenie.

— Szara Łapo! — kontynuował Tygrysi Pazur. — Ty możesz dołączyć do naszego treningu. Krucza Łapo, sądzisz, że dasz sobie radę? — Spojrzał spode łba na swojego ucznia. — Przecież paskudnie poparzyłeś się w pokrzywach, gdy cała reszta walczyła ze szczurami.

Krucza Łapa patrzył w ziemię.

— Mam się dobrze — miauknął.

Szara Łapa i Krucza Łapa podążyli za zastępcą przywódczyni klanu do wyjścia z obozu. Krucza Łapa zniknął w tunelu kolcolistu z nisko zwieszoną głową.

Ognista Łapa usiadł i wypatrywał Błękitnej Gwiazdy. Nie kazała długo na siebie czekać. Szara królowa wyłoniła się ze swojego legowiska i przeszła lekko przez polanę. Wokół świeżych ran futro miała wciąż potargane, ale jej pewny krok nie zdradzał żadnych objawów bólu.

— Chodź! — wezwała go.

Ognista Łapa ze zdziwieniem zauważył, że jest sama. Nigdzie nie było widać Ciemnej Pręgi i Długiego Ogona. Przyszło mu coś do głowy i nagle jego radosne podniecenie zostało zakłócone domieszką niepokoju: to była okazja, by powiedzieć Błękitnej Gwieździe, co przypadkiem podsłuchał wczoraj wieczorem.

Dogonił ją, gdy zmierzała w stronę tunelu w kolcoliście, i ruszył jej śladem.

— Czy strażnicy dołączą do nas? — zapytał niepewnie.

— Kazałam Ciemnej Prędze i Długiemu Ogonowi pomóc przy naprawach w obozie. Zabezpieczenie siedliska Klanu Pioruna jest najważniejsze — nie oglądając się za siebie, odpowiedziała Błękitna Gwiazda.

Serce Ognistej Łapy przyspieszyło. Gdy tylko wyjdą z obozu, opowie jej o Kruczej Łapie.

Poszli w stronę zagłębienia w ziemi, służącego jako teren szkoleniowy. Droga była usłana świeżo opadłymi złotymi liśćmi, które szeleściły im pod nogami. Ognista Łapa starał się opanować mętlik w głowie i szukał odpowiednich słów. Co ma powiedzieć swojej przywódczyni? Że Tygrysi Pazur spiskuje, aby pozbyć się swojego ucznia? I co odpowie, jeśli Błękitna Gwiazda zapyta go o powód, dla którego Tygrysi Pazur tak postępuje? Czy będzie zdolny głośno rzucić na Tygrysiego Pazura podejrzenie o zabicie Rudego Ogona? Przecież nie posiada żadnych dowodów poza opowieścią podekscytowanego Kruczej Łapy na zgromadzeniu!

Ognista Łapa milczał, dopóki nie dotarli do piaszczystej kotliny. Wykrot był pusty.

— Poprosiłam Tygrysiego Pazura, by dzisiaj odbył trening w innej części lasu — wyjaśniła Błękitna Gwiazda, zeskakując do środka zagłębienia. — Chcę skoncentrować się na twoich umiejętnościach walki i chcę, byś ty też się na nich skoncentrował — co oznacza pełne skupienie.

„Muszę powiedzieć jej teraz", pomyślał Ognista Łapa. „Musi się dowiedzieć, że Krucza Łapa jest w niebezpieczeństwie". Jego łapy drżały z niepokoju. „Nie będę miał drugiej takiej sposobności..."

Kątem oka zauważył nagły ruch. Coś szarego świsnęło i zakręciło mu się przed nosem. Padł do przodu na podcięte lekkim uderzeniem łapy. Osłupiały, odzyskał równowagę i odwrócił się. Obok siedziała spokojnie Błękitna Gwiazda.

— Teraz mnie słuchasz? — warknęła.

— Tak, Błękitna Gwiazdo. Przepraszam! — odpowiedział pośpiesznie, patrząc w jej niebieskie oczy.

— Tak lepiej! Ognista Łapo, jesteś z nami już od wielu księżyców. Przyglądałam się, jak walczysz. W walce ze szczurami byłeś szybki, w bitwie z wojownikami Klanu Cienia waleczny. Pierwszego dnia, kiedy się spotkaliśmy, przechytrzyłeś Szarą Łapę, a swoją przebiegłością pokonałeś również Żółtego Kła. — Przerwała, a następnie obniżyła głos do intensywnego syku. — Ale pewnego dnia spotkasz się z przeciwnikiem, który w tym wszystkim jest równie dobry jak ty — szybki, waleczny i przebiegły. Moim obowiązkiem jest przygotować cię na ten dzień.

Ognista Łapa skinął głową, całkowicie pochłonięty jej słowami. Wyostrzył wszystkie zmysły. Wszelkie myśli o Kruczej Łapie i Tygrysim Pazurze zniknęły. Zostały tylko woń stęchlizny i ciche odgłosy lasu.

— Zobaczmy, jak walczysz. Zaatakuj mnie — rozkazała Błękitna Gwiazda.

Ognista Łapa spojrzał na nią, oceniając sytuację i zastanawiając się nad najlepszym sposobem rozpoczęcia walki. Błękitna Gwiazda stała w odległości mniejszej niż trzy długości królika. Była dwa razy większa od niego, więc byłoby marnowaniem sił zaczynać od zwykłych zamachów łapą i zapasów. Gdyby jednak zdołał wystarczająco potężnym skokiem dosięgnąć jej karku, mogłaby stracić równowagę. Błękitna Gwiazda ani na mgnienie nie odrywała od niego swoich niebieskich oczu. Ognista Łapa spojrzał ponownie i skoczył.

Zamierzał wylądować prosto na jej barkach, ale Błękitna Gwiazda była na to przygotowana. Opadła szybko do przysiadu. Gdy Ognista Łapa uderzył w nią, przetoczyła się na plecy. Zamiast wylądować na jej barkach, poleciał w dół na jej zwrócony do góry brzuch i wyciągnięte nogi. Złapała go wszystkimi czterema łapami i z łatwością odrzuciła od siebie. Ognista Łapa miał wrażenie, że cisnęła nim jak natrętnym kociakiem. Walnął twardo w ziemię i przez moment leżał bez tchu, zanim zerwał się na nogi.

— Interesująca strategia, ale twoje oczy zdradziły, gdzie celujesz — warknęła Błękitna Gwiazda, gdy wstała i otrząsnęła kurz ze swojego grubego futra. — Spróbuj od nowa.

Tym razem Ognista Łapa patrzył na jej barki, ale celował w łapy. Gdyby Błękitna Gwiazda opadła na ziemię, uderzyłby ją przykucniętą. Gdy skoczył, poczuł przypływ zadowolenia, ale szybko zmieniło się ono w zmieszanie, bo Błękitna Gwiazda niespodziewanie wyskoczyła w powietrze, a on zwalił się na ziemię w miejscu, w którym stała sekundę wcześniej. Zaplanowała to doskonale — gdy wylądował, grzmotnęła na niego z góry, pozbawiając tchu.

— Teraz spróbuj czegoś, czego się nie spodziewam — wysyczała mu do ucha, puszczając go i cofając się z wyzywającym błyskiem w oczach.

Ognista Łapa wygramolił się, dysząc, i otrząsnął z rozdrażnieniem. Nawet Żółty Kieł nie była tak trudnym przeciwnikiem. Syknął i skoczył jeszcze raz. Gdy tym razem rzucił się na Błękitną Gwiazdę, wyciągnął przed siebie łapy. Błękitna Gwiazda stanęła na tylnych łapach, a przednimi złapała go i odrzuciła. Gdy poczuł, że się ślizga, zaczął przebierać w piasku tylnymi łapami, ale było już za późno i pacnął ciężko na bok.

— Ognista Łapo — miauknęła spokojnie Błękitna Gwiazda, gdy po raz kolejny gramolił się na nogi. — Jesteś silny i szybki, ale musisz nauczyć się panować nad prędkością i masą ciała, aby nie było mi tak łatwo pozbawić cię równowagi. Spróbuj jeszcze raz.

Ognista Łapa cofnął się, rozgrzany, zakurzony, z trudem łapiąc dech. Rozsadzała go furia. Był zdecydowany tym razem wziąć górę nad swoją nauczycielką. Przykucnął powoli i zaczął skradać się ku Błękitnej Gwieździe. Przysiadła jak on i zasyczała, gdy się zbliżył. Podniósł łapę i zamachnął się na jej lewe ucho. Uchyliła się, by uniknąć ciosu, i stanęła na tylnych łapach. Ognista Łapa szybko przetoczył się na plecy, prześliznął pod jej ciałem i jednym szybkim ruchem obu tylnych nóg kopnął ją w brzuch. Ciśnięta do tyłu Błękitna Gwiazda z głośnym charczeniem padła na ziemię.

Ognista Łapa odbił się i skoczył na cztery łapy. Czuł radość. Wtedy ujrzał leżącą w piasku Błękitną Gwiazdę i po raz pierwszy przypomniał sobie o jej ranach. Czy ponownie je rozdrapał? Popędził w jej stronę, by sprawdzić, jak się czuje. Ku jego uldze jej oczy błyszczały dumą.

— To było znacznie lepsze — wysapała. Wstała i otrząsnęła się. — Teraz moja kolej.

Rzuciła się na niego, powaliła na ziemię, po czym cofnęła się, pozwalając mu podnieść się po upadku przed następnym skokiem. Ognista Łapa zebrał siły, ale z łatwością przewróciła go jeszcze raz.

— Jestem od ciebie większa, Ognista Łapo! Nie próbuj ustać, kiedy cię zaatakuję. Wykorzystaj swój spryt. Jeśli jesteś wystarczająco szybki, by zrobić unik, zrób właśnie to!

Ognista Łapa znów gramolił się na nogi, przygotowując się na jej atak. Tym razem nie wbił łap w miękki grunt, lecz stał lekko, utrzymując masę ciała na palcach. Gdy Błękitna Gwiazda skoczyła w jego stronę, odskoczył zgrabnie, stanął prosto na tylnych łapach, a przednimi odepchnął ją jeszcze w locie daleko od siebie.

Błękitna Gwiazda wylądowała bezpiecznie na czterech łapach i zawróciła.

— Wspaniale! Szybko się uczysz — zamiauczała. — Ale to był łatwy ruch. Zobaczymy, jak poradzisz sobie z tym.

Trenowali do zachodu słońca. Ognista Łapa odetchnął z ulgą, gdy usłyszał miauknięcie Błękitnej Gwiazdy:

— Wystarczy na dzisiaj.

Wydawała się trochę zmęczona i zesztywniała, mimo to wyskoczyła lekko z piaszczystego zagłębienia.

Ognista Łapa pogramolił się za nią. Bolały go mięśnie, a w głowie wirowało wszystko, czego się nauczył. Gdy pośród drzew wędrowali razem z powrotem, nie mógł doczekać się, by opowiedzieć Szarej Łapie i Kruczej Łapie o tym treningu. Dopiero gdy dotarli do granicy obozu, Ognista Łapa uświadomił sobie, że zapomniał porozmawiać z Błękitną Gwiazdą o Kruczej Łapie.

Rozdział 20

Gdy Ognista Łapa powrócił z treningu, obóz wyglądał już nieco lepiej. Najwyraźniej grupy kotów łatały i naprawiały go przez cały dzień. Oszronione Futro i Złoty Kwiat wciąż były zajęte umacnianiem ścian żłobka, ale zewnętrzne ogrodzenie wyglądało solidnie i było ponownie zabezpieczone.

Ognista Łapa puścił się kłusem przez polanę, by sprawdzić, czy nie ma świeżej zdobyczy do zjedzenia. Minął Piaskową Łapę i Zakurzoną Łapę, które przygotowywały się do wyjścia na następny patrol.

— Przepraszam — miauknęła Piaskowa Łapa, gdy Ognista Łapa niuchał dokoła z nadzieją na przekąskę. — Zjedliśmy ostatnie dwie myszy.

Ognista Łapa wzruszył ramionami. Później złapie coś dla siebie. Skierował się z powrotem do legowiska uczniów, gdzie siedział Szara Łapa, opierając się o pniak i liżąc przednią łapę.

— Gdzie Krucza Łapa? — zapytał Ognista Łapa, siadając.

— Nie wrócił jeszcze ze swojego zadania — odpowiedział Szara Łapa. — Spójrz na to!

Podsunął Ognistej Łapie swoją nogę do obejrzenia. Była rozdarta i krwawiąca.

— Tygrysi Pazur wysłał mnie na połów ryb i zaczepiłem o ostry kamień w strumieniu.

— To skaleczenie wygląda na głębokie. Powinieneś poprosić Nakrapiany Liść, by się mu przyjrzała — poradził Ognista Łapa. — Swoją drogą, dokąd Tygrysi Pazur posłał Kruczą Łapę?

— Nie wiem, siedziałem z brzuchem w zimnej wodzie — wymamrotał Szara Łapa. Wstał i oddalił się, kulejąc, w kierunku legowiska Nakrapianego Liścia.

Ognista Łapa usadowił się i utkwił wzrok w wejściu do obozu, czekając na Kruczą Łapę. Po przypadkowym podsłuchaniu wczorajszego wieczora rozmowy wojowników nie mógł pozbyć się przeczucia wiszącego nad przyjacielem niebezpieczeństwa. Serce w nim zamarło, gdy zobaczył, że Tygrysi Pazur wchodzi do obozu w pojedynkę.

Czekał dalej. Księżyc stał już wysoko na niebie. Krucza Łapa z pewnością powinien być już z powrotem. Ognista Łapa poczuł potrzebę rozmowy z Błękitną Gwiazdą, widział jednak, że Ciemna Pręga i Długi Ogon strzegą teraz jej legowiska, a z całą pewnością nie chciał, żeby dowiedzieli się o jego niepokojach.

Tygrysi Pazur przyniósł świeżą zdobycz, którą przed legowiskiem wojowników podzielił się z Białą Burzą.

Ognista Łapa uświadomił sobie, jak bardzo sam jest głodny. „Może powinienem iść zapolować; być może spotkam Kruczą Łapę poza obozem". Gdy zastanawiał się, co zrobić, ujrzał Kruczą Łapę kłusującego przez wejście do obozu. Poczuł ulgę, i to nie tylko dlatego, że Krucza Łapa trzymał w zębach świeżą zwierzynę.

Uczeń podszedł prosto do niego i upuścił zdobycz na ziemię.

— Dosyć dla nas trzech! — miauknął dumnie. — I powinno doskonale smakować — pochodzi z terenu Klanu Cienia.

Ognista Łapa sapnął.

— Polowałeś na terenie Klanu Cienia?

— Takie miałem zadanie — wyjaśnił Krucza Łapa.

— Tygrysi Pazur wysłał cię na polowanie na teren nieprzyjaciela! — Ognista Łapa ledwie mógł w to uwierzyć. — Musimy powiedzieć o tym Błękitnej Gwieździe. To było zbyt niebezpieczne!

Przy wzmiance o Błękitnej Gwieździe Krucza Łapa potrząsnął głową. Wyglądał teraz jak ścigane zwierzę, a jego oczy wypełnił strach.

— Słuchaj, po prostu bądź cicho, dobra? — wysyczał. — Przeżyłem. Nawet coś złapałem. To wszystko.

— Tym razem przeżyłeś! — warknął Ognista Łapa.

— Sza! Tygrysi Pazur patrzy. Po prostu wcinaj swoją porcję i bądź cicho! — prychnął Krucza Łapa. Ognista Łapa wzruszył ramionami i wgryzł się w mięso. Krucza Łapa jadł szybko, unikając jego wzroku.

— Zostawimy coś dla Szarej Łapy? — zapytał po chwili.

— Poszedł do Nakrapianego Liścia — wymamrotał Ognista Łapa, żując. — Rozciął sobie nogę. Nie wiem, kiedy wróci.

— Dobrze, zostawmy mu tyle, ile uważasz — odpowiedział Krucza Łapa, nagle znękanym głosem. — Jestem skonany, muszę się położyć.

Wstał i ruszył do legowiska.

Ognista Łapa pozostał na zewnątrz, przyglądając się, jak reszta obozu szykuje się do snu. Będzie musiał powiedzieć Kruczej Łapie, co przypadkiem usłyszał w lesie wczoraj wieczorem. Krucza Łapa musi wiedzieć, jak wielkie niebezpieczeństwo mu grozi.

Tygrysi Pazur leżał obok Białej Burzy, dzieląc z nim języki, jednym okiem jednak stale lustrował legowisko uczniów. Ognista Łapa ziewnął, by pokazać, jak bardzo jest wyczerpany, po czym podniósł się i podążył za Kruczą Łapą do środka.

Krucza Łapa już spał, a po jego drgających łapach i wąsach Ognista Łapa poznał, że coś mu się śni. Cienkie popiskiwania i jęki, jakie wydawał, powiedziały przyjacielowi, że nie jest to dobry sen. Nagle czarny kot skoczył na cztery łapy z oczami rozszerzonymi z przerażenia. Futro postawił na sztorc i wygiął się w łuk.

— Krucza Łapo! — miauknął Ognista Łapa z niepokojem. — Uspokój się! Jesteś w naszym legowisku. Tylko ze mną!

Krucza Łapa rozejrzał się dziko dokoła.

— To tylko ja — powtórzył Ognista Łapa.

Krucza Łapa zamrugał; po chwili rozpoznał przyjaciela i opadł na posłanie.

— Krucza Łapo! — miauknął poważnie Ognista Łapa. — Jest coś, o czym powinieneś się dowiedzieć. Coś, o czym usłyszałem wczoraj wieczorem, szukając dzikiego czosnku.

Krucza Łapa patrzył przed siebie, wciąż drżąc pod wpływem snu, ale Ognista Łapa nie przerwał.

— Krucza Łapo, usłyszałem, jak Tygrysi Pazur mówił Ciemnej Prędze i Długiemu Ogonowi, że zdradziłeś Klan Pioruna. Powiedział im, że wymknąłeś się podczas wędrówki do Ust Matki, by donieść Klanowi Cienia o osłabieniu obozu.

Krucza Łapa obrócił się do Ognistej Łapy.

— Ale przecież ja tego nie zrobiłem! — wykrzyknął przerażony.

— Oczywiście! — zgodził się Ognista Łapa. — Ale Ciemna Pręga i Długi Ogon tak uważają. Tygrysi Pazur przekonał ich, że powinni się ciebie pozbyć.

Krucza Łapa oniemiał, jego oddech przerodził się w sapanie.

— Dlaczego Tygrysi Pazur chciałby się ciebie pozbyć, Krucza Łapo? — zapytał łagodnie Ognista Łapa. — Jest jednym z najsilniejszych wojowników klanu. Jaką groźbę dla niego stanowisz?

Ognista Łapa podejrzewał, że zna już odpowiedź, ale chciał usłyszeć prawdę z ust Kruczej Łapy. Czekał, podczas gdy Krucza Łapa szukał odpowiednich słów.

Wreszcie czarny uczeń podczołgał się bliżej do Ognistej Łapy i wyszeptał ochryple do jego ucha:

— Ponieważ to nie zastępca przywódcy Klanu Rzeki zabił Rudego Ogona. Zrobił to Tygrysi Pazur.

Ognista Łapa skinął głową w milczeniu, a Krucza Łapa ciągnął dalej łamiącym się z napięcia szeptem:

— Rudy Ogon zabił zastępcę przywódcy Klanu Rzeki...

— Więc to nie Tygrysi Pazur pokonał Dębowe Serce. — Ognista Łapa nie mógł się powstrzymać, żeby mu nie przerwać.

Krucza Łapa potrząsnął głową.

— Nie, nie on! Kiedy Rudy Ogon zabił Dębowe Serce, Tygrysi Pazur kazał mi wracać do obozu. Chciałem zostać, ale wrzasnął na mnie, żebym uciekał, więc odbiegłem między drzewa. Powinienem biec dalej, ale nie mogłem ich zostawić, gdy wciąż walczyli. Zawróciłem i podkradłem się z powrotem, by sprawdzić, czy Tygrysi Pazur nie potrzebuje pomocy. Zanim podszedłem blisko, wszyscy wojownicy Klanu Rzeki uciekli, pozostali tylko Rudy Ogon i Tygrysi Pazur. Rudy Ogon patrzył na ostatniego uciekającego wojownika, a wtedy Tygrysi Pazur... — Krucza Łapa przerwał i przełknął ślinę. — Tygrysi Pazur skoczył na niego. Zatopił zęby w jego karku i Rudy Ogon padł martwy na ziemię. Wtedy odbiegłem. Nie wiem, czy Tygrysi Pazur mnie dostrzegł, czy nie. Po prostu biegłem, dopóki nie wpadłem do obozu.

— Dlaczego nie powiedziałeś o tym Błękitnej Gwieździe? — dopytywał łagodnie Ognista Łapa.

— Uwierzyłaby mi? — Krucza Łapa potoczył dziko oczami. — A ty mi wierzysz?

— Oczywiście, że tak! — miauknął Ognista Łapa. Liznął Kruczą Łapę między uszami, by uspokoić i pocieszyć swego przyjaciela. Będzie musiał znaleźć okazję, by poinformować Błękitną Gwiazdę o zdradzie Tygrysiego Pazura.

— Nie martw się, zajmę się tym — obiecał. — Tymczasem trzymaj się blisko mnie albo Szarej Łapy.

— Szara Łapa wie o tym? Że chcą się mnie pozbyć?

— Jeszcze nie. Ale będę musiał mu o tym powiedzieć.

Krucza Łapa ułożył się cicho na brzuchu i zapatrzył przed siebie.

— W porządku, Krucza Łapo — zamruczał Ognista Łapa, dotykając nosem chudego czarnego ciała. — Pomogę ci wygrzebać się z tego.

Szara Łapa dotarł do legowiska o świcie. Piaskowa Łapa i Zakurzona Łapa wrócili niedawno z patrolu i spali na swoich posłaniach.

— Cześć! — miauknął Szara Łapa głosem brzmiącym bardziej pogodnie niż przez kilka ostatnich dni.

Ognista Łapa zbudził się od razu.

— Chyba lepiej się czujesz — powiedział.

Szara Łapa liznął Ognistą Łapę w ucho.

— Nakrapiany Liść nałożyła mi jakąś maść na ranę i kazała leżeć całymi godzinami. Musiałem zasnąć. A swoją drogą, mam nadzieję, że ta zięba jest dla mnie. Padam z głodu!

— Dla ciebie. Krucza Łapa złapał ją wczoraj. Tygrysi Pazur wysłał go do...

— Wy dwaj, zamknąć się — rzuciła Piaskowa Łapa. — Niektórzy próbują tu spać.

Szara Łapa przewrócił oczami.

— Chodź, Ognista Łapo — miauknął. — Brązowy Pysk właśnie urodziła małe, pójdziemy je odwiedzić.

Ognista Łapa zamruczał z radości. Nareszcie coś do świętowania w Klanie Pioruna. Spojrzał na Kruczą Łapę, który wciąż spał, i zwlekł się z legowiska. Za Szarą Łapą pokłusował przez polanę w kierunku żłobka. Promienie wschodzącego słońca grzały mu futro; przeciągnął się z zachwytem, ciesząc się gibkością swojego kręgosłupa i siłą nóg.

— Koniec popisów! — zawołał Szara Łapa przez bark. Ognista Łapa zaprzestał rozciągania i ruszył lekko za przyjacielem.

Przed żłobkiem, pilnując wejścia, siedział Biała Burza.

— Przyszliście zobaczyć małe kociaki? — miauknął, gdy Ognista Łapa i Szara Łapa podeszli bliżej.

Ognista Łapa skinął głową.

— Tylko pojedynczo i musicie poczekać. Teraz jest z nimi Błękitna Gwiazda — powiedział Biała Burza.

— Dobra, możesz iść pierwszy — zaproponował Szarej Łapie Ognista Łapa. — Poczekam, w tym czasie przejdę się do Żółtego Kła.

Pochylił z szacunkiem głowę przed Białą Burzą i skierował się do legowiska starej kocicy.

Żółty Kieł myła się za uszami, z oczami półprzymkniętymi dla koncentracji.

— Nie mów mi, że czekasz na deszcz! — dokuczył Ognista Łapa.

Kocica spojrzała w górę.

— Nasłuchałeś się zbyt wielu opowieści starszych — miauknęła. — Jaki sens miałoby mycie uszu, jeśli jego jedynym efektem byłoby zalanie ich deszczem?

Wąsy Ognistej Łapy drgnęły z rozbawienia.

— Zamierzasz odwiedzić nowe małe kociaki Brązowego Pyska? — zapytał.

Żółty Kieł zesztywniała i potrząsnęła przecząco głową.

— Chyba nie jestem tam mile widziana — warknęła.

— Ale one wiedzą, że ocaliłaś kocięta — zaczął Ognista Łapa.

— Kotka jest bardzo opiekuńcza dla swoich noworodków. Szczególnie jeśli to jej pierwszy miot. Będę się raczej trzymała z daleka — odpowiedziała Żółty Kieł tonem, który wykluczał wszelką dyskusję.

— Jak sobie życzysz. Ale ja zamierzam je zobaczyć. To chyba dobry znak, nowe małe w obozie.

Żółty Kieł wzruszyła ramionami.

— Czasami tak — wymamrotała ponuro.

Ognista Łapa obrócił się i pokłusował z powrotem do żłobka. Chmury zakryły słońce, powietrze odświeżyło się. Gwałtowny powiew zmierzwił mu sierść i zaszeleścił liśćmi wokół polany.

Błękitna Gwiazda siedziała przed żłobkiem. Ogon Szarej Łapy znikał właśnie w wąskim przejściu za nią.

— Ognista Łapo — przywitała się z nim. — Przyszedłeś zobaczyć najnowszych wojowników Klanu Pioruna? — w głosie przywódczyni Klanu Pioruna zabrzmiało zmęczenie i smutek.

Ognista Łapa był zaskoczony. Przecież nowe młode to chyba dobra nowina dla Klanu Pioruna?

— Tak — odpowiedział.

— Dobrze, kiedy już skończysz, przyjdź na rozmowę do mojego legowiska.

— Tak, Błękitna Gwiazdo — miauknął Ognista Łapa, gdy odchodziła powolnym krokiem. Poczuł swędzenie futra. Nadeszła kolejna okazja, by porozmawiać z Błękitną Gwiazdą w cztery oczy. Może, mimo wszystko, Klan Gwiazdy opowiadał się po jego stronie.

Szara Łapa wypełznął z wejścia do żłobka.

— Są naprawdę słodkie — miauknął. — Ale teraz padam z głodu. Idę znaleźć jakieś świeże jedzonko. Zostawię trochę dla ciebie, jeśli coś znajdę! — Mrugnął czule do Ognistej Łapy i oddalił się lekko.

Ognista Łapa powiedział „cześć" i spojrzał w górę na Białą Burzę, który kiwnął głową, pozwalając mu wejść do żłobka. Ognista Łapa przecisnął się przez wąskie przejście.

Cztery maleńkie kociaki skupiły się wokół Brązowego Pyska w ciepło wymoszczonym gnieździe. Futra miały bladoszare w ciemniejsze plamki, jak ich matka, tylko jeden był ciemnoszary. Młode popiskiwały i kręciły się wokół brzucha Brązowego Pyska. Jeszcze nie otwierały oczu.

— Jak się czujesz? — szepnął do kotki Ognista Łapa.

— Trochę zmęczona — odpowiedziała Brązowy Pysk. Opuściła dumny wzrok na swoje kociaki. — Ale wszystkie małe są silne i zdrowe.

— To szczęście dla Klanu Pioruna — zamruczał Ognista Łapa. — Właśnie rozmawiałem o nich z Żółtym Kłem.

Brązowy Pysk nie odpowiedziała. Ognista Łapa nie mógł nie dostrzec obawy w jej oczach, gdy przygarniała do siebie swoje kocięta.

Poczuł w żołądku skurcz niepokoju. Błękitna Gwiazda mogła zaakceptować przynależność Żółtego Kła do Klanu Pioruna, ale wyglądało na to, że wciąż nie wszyscy członkowie klanu ufali starej kocicy. Dotknął czule swoim nosem nos Brązowego Pyska, a potem obrócił się i poszedł do wyjścia na polanę.

Przywódczyni klanu czekała na niego przy wejściu do swojego legowiska. Długi Ogon siedział u jej boku. Gdy Ognista Łapa zbliżał się, blado pręgowany wojownik wpatrywał się w niego uważnie. Ognista Łapa zignorował jego spojrzenie i popatrzył niecierpliwie na Błękitną Gwiazdę.

— Chodź do środka — miauknęła, odwracając się, by go poprowadzić. Ognista Łapa pokłusował za nią. Długi Ogon natychmiast wstał, jakby chciał iść za nimi.

Błękitna Gwiazda spojrzała na niego przez ramię.

— Sądzę, że z młodym Ognistą Łapą będę wystarczająco bezpieczna — miauknęła. Długi Ogon wahał się przez chwilę, potem usiadł naprzeciwko wejścia.

Ognista Łapa nie był dotąd w legowisku Błękitnej Gwiazdy. Poszedł za nią przez zasłonięte roślinami wejście.

— Kociaki Brązowego Pyska są śliczne — powiedział. Błękitna Gwiazda spojrzała na niego poważnie.

— Być może są śliczne, ale to oznacza, że mamy więcej kotów do wykarmienia, a wkrótce nadejdzie pora nagich drzew. — Spojrzała na Ognistą Łapę, który nie był w stanie ukryć swojego zaskoczenia jej przygnębionym tonem. — Och, nie słuchaj mnie — miauknęła Błękitna Gwiazda, potrząsając niecierpliwie głową. — Pierwsze zimne wiatry zawsze mnie przygnębiają. Podejdź, usiądź wygodnie.

Pochyliła głowę ku suchej, wysypanej piaskiem podłodze.

Ognista Łapa opadł na brzuch i wyciągnął przed siebie łapy.

Błękitna Gwiazda krążyła wolno po swoim gnieździe.

— Nasz wczorajszy trening wciąż daje mi się we znaki — przyznała, gdy w końcu usadowiła się i zawinęła ogon wokół łap. — Dobrze walczyłeś, młodzieńcze.

Tym razem Ognista Łapa nie dał się ponieść radości. Serce mu łomotało, gdyż nadszedł doskonały moment, by powiedzieć przywódczyni o swoich obawach wobec Tygrysiego Pazura. Podniósł brodę, gotów przemówić.

Ale to Błękitna Gwiazda przemówiła pierwsza, wpatrując się w ścianę legowiska za jego plecami.

— Wciąż czuję w obozie stary smród Klanu Cienia — zamruczała. — Nigdy nie myślałam, że dożyję dnia, w którym nasz wróg wkroczy do serca terytorium Klanu Pioruna.

Ognista Łapa kiwnął głową z cichym zrozumieniem, wyczuwając, że Błękitna Gwiazda zamierza powiedzieć więcej.

— I tak wielu zabitych — westchnęła. — Najpierw Rudy Ogon, po nim Lwie Serce. Dziękuję Klanowi Gwiazdy, że wojownicy, którzy pozostali, są tak samo silni i lojalni jak tamci. Z Tygrysim Pazurem jako moim zastępcą przynajmniej wciąż możemy się obronić.

Serce Ognistej Łapy zamarło i ściął je lodowaty chłód. Błękitna Gwiazda ciągnęła dalej:

— Kiedy Tygrysi Pazur był młodym wojownikiem, obawiałam się siły jego namiętności. Taka energia potrzebuje ostrożnego prowadzenia. Ale teraz jestem dumna, widząc, jak wielkim szacunkiem cieszy się w klanie. Wiem, że jest ambitny, lecz jego ambicja czyni go jednym z najdzielniejszych kotów, z którymi kiedykolwiek miałam zaszczyt walczyć ramię w ramię.

Ognista Łapa od razu zrozumiał, że nie może powiedzieć Błękitnej Gwieździe o swoich podejrzeniach co do

Tygrysiego Pazura. Nie teraz, gdy liczyła, że jej zastępca obroni cały klan. Będzie musiał sam uratować Kruczą Łapę. Wziął głęboki wdech i zamrugał powoli, a gdy Błękitna Gwiazda odwróciła się, spojrzał jej prosto w oczy bez śladu wstrząsu czy rozczarowania.

Jej następne słowa były ciche i pełne niepokoju.

— Wiesz, że Złamana Gwiazda powróci. Na zgromadzeniu dał jasno do zrozumienia, że żąda prawa do polowania na terenach wszystkich klanów.

— Raz go pokonaliśmy. Możemy to zrobić ponownie — upierał się Ognista Łapa.

— To prawda — przyznała Błękitna Gwiazda, lecz w jej skinięniu głową brak było przekonania. — Klan Gwiazdy uhonoruje twoją odwagę, młody Ognista Łapo. — Przerwała, by liznąć gojącą się ranę w boku. — Sądzę, że powinieneś się dowiedzieć, że w bitwie ze szczurami nie straciłam swojego piątego życia, tylko siódme.

Wstrząśnięty Ognista Łapa wyprostował się.

Błękitna Gwiazda mówiła dalej:

— Wolę, by klan sądził, że było to moje piąte życie; nie chcę, by obawiał się o moje bezpieczeństwo. Ale jeszcze dwa razy i będę musiała was pozostawić, by dołączyć do Klanu Gwiazdy.

W głowie Ognistej Łapy skłębiły się myśli. Dlaczego mu to powiedziała?

— Dziękuję, że podzieliłaś się tym ze mną, Błękitna Gwiazdo — powiedział z szacunkiem.

Błękitna Gwiazda kiwnęła głową.

— Jestem już zmęczona — zachrypiała. — Idź. I, Ognista Łapo, mam nadzieję, że nie powtórzysz nikomu naszej rozmowy.

— Oczywiście, Błękitna Gwiazdo — odpowiedział Ognista Łapa, rozpychając nosem wyjście przez zasłonę pnączy.

Długi Ogon wciąż siedział obok wejścia. Ognista Łapa minął go i poszedł w kierunku swojego legowiska, rozmyślając, które ze słów Błękitnej Gwiazdy wywarły na nim większe wrażenie.

Po drodze zatrzymało go przerażone zawodzenie dobiegające od strony żłobka. Oszronione Futro przybiegła pędem na polanę ze zjeżonym ogonem i oczami rozszerzonymi z niepokoju.

— Moje kocięta! Ktoś zabrał moje kocięta!

Tygrysi Pazur podskoczył do niej jednym susem. Zawołał do klanu:

— Szybko, przeszukać obóz! Biała Burzo, zostań, gdzie jesteś. Wojownicy, patrolować granice obozu. Uczniowie, przeszukać każde legowisko!

Ognista Łapa niezwłocznie rzucił się do najbliższego legowiska wojowników i wcisnął się do środka. Było puste. Przeszukał łapami po omacku całe posłanie, ale nie było widać ani czuć kociaków Oszronionego Futra.

Wycofał się na zewnątrz i pognał do własnego legowiska. Krucza Łapa i Szara Łapa byli już w środku, przetrząsając posłania i obwąchując każdy kąt. Zakurzona Łapa i Piaskowa Łapa przeszukiwały legowisko starszych.

Ognista Łapa pozostawił ich i pobiegł dalej. Przeskakiwał od jednej kępy trawy do drugiej i wpychał w nie pysk, ignorując pokrzywy, które kłuły go w nos. Nigdzie nie było ani śladu kociaków. Rozejrzał się po granicach obozu. Wojownicy chodzili w tę i z powrotem, pilnie niuchając w powietrzu.

Nagle w oddali Ognista Łapa dostrzegł Żółty Kieł. Przeciskała sobie przejście w niepilnowanej części ściany paproci. „Musiała wyczuć zapach", pomyślał i pognał za znikającym w zieleni ogonem. Zanim dobiegł do ściany paproci, kocica znikła już z pola widzenia. Wciągnął powietrze. Żadnego zapachu kociąt, za to gorzka woń strachu Żółtego Kła.

„Co ją tak wystraszyło?", zastanawiał się Ognista Łapa.

Z krzaków za żłobkiem rozległ się wrzask Tygrysiego Pazura. Wszystkie koty, poprzedzane przez Oszronione Futro, pognały w tamtą stronę. Stłoczyły się jak najbliżej, przepychając się, by zajrzeć w gęste zarośla. Ognista Łapa przepchnął się do przodu i ujrzał Tygrysiego Pazura stojącego nad nieruchomym kłębkiem pokrytego cętkami futra.

Nakrapiany Liść!

Ognista Łapa patrzył z niedowierzaniem na jej martwe ciało. Niczym ciemna chmura wzbierała w nim furia i poczuł, jak krew huczy mu w uszach. Kto to zrobił?

Błękitna Gwiazda przeszła przez tłum i pochyliła się nad uzdrowicielką.

— Została zabita ciosem wojownika — miauknęła cicho.

Ognista Łapa wyciągnął szyję i zobaczył ranę na karku Nakrapianego Liścia. Zakręciło mu się w głowie, wzrok przesłoniła mgła.

Przez obezwładniający smutek przebił się z końca tłumu jakiś głos, który narastał w jeden przenikliwy wrzask.

— Żółty Kieł zniknęła!

Rozdział 21

— Żółty Kieł zabiła Nakrapiany Liść i porwała moje kocięta! — pisnęła Oszronione Futro. Inne królowe rzuciły się do niej i próbowały uspokoić ją, liżąc i głaszcząc, ale ona odepchnęła je i zawodziła w stronę ciemniejącego nieba. Jakby w odpowiedzi, niebo zagrzmiało złowrogo i zimny wiatr zmierzwił kotom sierść.

— Żółty Kieł! — wysyczał Tygrysi Pazur. — Od początku wiedziałem, że zdradzi. Teraz wiemy, jak udało się jej pokonać zastępcę przywódcy Klanu Cienia. To był podstęp, żeby wkraść się do naszego klanu!

W górze zajaśniała błyskawica, akcentując słowa Tygrysiego Pazura oślepiającym białym światłem, a trzask pioruna przetoczył się wśród drzew.

Ognista Łapa nie mógł uwierzyć w to, co słyszy. Był ogłuszony żalem i zakręciło mu się w głowie. Czy Żółty Kieł naprawdę mogła zabić Nakrapiany Liść?

Ponad pełne żalu szepty wybiło się głośne miauknięcie Ciemnej Pręgi:

— Błękitna Gwiazdo! Co powiesz?

Koty ucichły i odwróciły się, by spojrzeć na swoją przywódczynię.

Błękitna Gwiazda przebiegła wzrokiem po tłumie, a w końcu zatrzymała spojrzenie na ciele Nakrapianego Liścia. Pierwsze krople deszczu skrzyły się jak krople rosy na wciąż lśniącym futrze uzdrowicielki.

Błękitna Gwiazda zmrużyła powoli oczy. Cień smutku przebiegł po jej pysku i przez chwilę Ognista Łapa obawiał się, że ta kolejna śmierć ją załamie. Gdy jednak otworzyła oczy, błysnęła w nich wściekłość i chęć zemsty za okrutny atak. Podniosła głowę.

— Jeśli Żółty Kieł zabiła Nakrapiany Liść i porwała małe Oszronionego Futra, będzie ścigana bez litości.

Tłum zamiauczał z aprobatą. Błękitna Gwiazda mówiła dalej:

— Ale musimy poczekać. Nadchodzi burza i nie mam zamiaru narażać kolejnych istnień. Jeśli Klan Cienia ma nasze małe, nie uczyni im krzywdy od razu. Podejrzewam, że Złamana Gwiazda pragnie je wykorzystać jako rekrutów we własnym klanie albo jako zakładników, by wymusić na nas zezwolenie na polowanie na naszych terytoriach. Zaraz po burzy nasz patrol podąży śladem Żółtego Kła i odzyska nasze małe.

— Nie możemy marnować czasu, zapach zatrze się w deszczu! — zaprotestował Tygrysi Pazur.

Błękitna Gwiazda niecierpliwie machnęła ogonem.

— Jeśli podejmiemy teraz pościg, tak czy inaczej nasze wysiłki pójdą na marne. Przy takiej pogodzie zapach zniknie, nim zdołamy wyruszyć. Jeśli przeczekamy burzę, szanse powodzenia wzrosną.

W klanie rozległy się pomruki aprobaty. Chociaż słońce dopiero się wznosiło, niebo znacznie pociemniało. Błyskawice i grzmoty niepokoiły koty i były one skłonne posłuchać rady przywódczyni.

Błękitna Gwiazda spojrzała na swojego zastępcę.

— Tygrysi Pazurze, chciałabym omówić z tobą nasze plany.

Tygrysi Pazur skinął głową i poszedł w kierunku jej legowiska, ale przywódczyni zawahała się. Rzuciła okiem na Ognistą Łapę, szybkim machnięciem ogona i poruszeniem wąsów dając mu znak, że chce z nim porozmawiać na osobności.

Pozostałe koty zebrały się wokół Nakrapianego Liścia i zaczęły dzielić z nią języki, a ich zawodzenia przeplatały się z grzmotami. Błękitna Gwiazda przecisnęła się między nimi i poszła w kierunku tunelu paproci, który prowadził do legowiska Nakrapianego Liścia.

Ognista Łapa cicho okrążył pogrążone w żałobie koty i poszedł za nią. Pod paprociami panowała kompletna ciemność. Chmury burzowe przesłoniły poranne słońce i zdawało się, że zapada noc. Padało coraz mocniej, krople deszczu hałasowały na liściach, ale polanka Nakrapianego Liścia dawała przed nimi schronienie.

— Ognista Łapo — miauknęła Błękitna Gwiazda od razu, gdy do niej dołączył. — Gdzie jest Żółty Kieł? Wiesz?

Ognista Łapa ledwie jej słuchał, gdyż jego myśli krążyły wokół ostatniej wizyty na polance. Wspomnienie Nakrapianego Liścia, kręcącej się wokół legowiska z futrem lśniącym w świetle słońca, nie opuszczało jego myśli. Przymknął oczy, by zachować je w pamięci.

— Ognista Łapo — warknęła Błękitna Gwiazda. — Musisz odłożyć rozpacz na później.

Ognista Łapa otrząsnął się.

— Ja... Widziałem, jak Żółty Kieł wychodziła z obozu po tym, jak zniknęły kocięta. Naprawdę myślisz, że zabiła Nakrapiany Liść i porwała małe?

Błękitna Gwiazda spojrzała na niego przeciągle.

— Nie wiem — przyznała. — Chcę, byś ją znalazł i przyprowadził. Żywą. Muszę poznać prawdę.

— Nie wysyłasz Tygrysiego Pazura? — Ognista Łapa nie mógł powstrzymać się od zadania tego pytania.

— Tygrysi Pazur jest wielkim wojownikiem, ale w tym wypadku jego lojalność wobec klanu może przesłonić mu sprawiedliwy osąd — wyjaśniła Błękitna Gwiazda. — Chce dokonać zemsty, której pragnie klan. Żaden kot nie może go za to winić. Klan uważa, że Żółty Kieł nas zdradziła, i jeśli Tygrysi Pazur sądzi, że jest w stanie uspokoić klan przyniesieniem mu zwłok Żółtego Kła, zrobi to.

Ognista Łapa skinął głową. Miała rację: Tygrysi Pazur bez pytania zabiłby Żółty Kieł.

Błękitna Gwiazda przybrała na chwilę surowy wygląd.

— Jeśli stwierdzę, że Żółty Kieł zdradziła, sama ją zabiję. Jeśli jednak nie... — spojrzała pałającymi niebieskimi oczami na Ognistą Łapę — nie pozwolę umrzeć niewinnemu kotu.

— Ale jeśli Żółty Kieł nie wróci? — miauknął Ognista Łapa.

— Wróci, jeśli ją poprosisz.

Ognista Łapa poczuł się ogłuszony wiarą Błękitnej Gwiazdy. Ogrom jej prośby przygniótł go; zastanawiał się, czy starczy mu odwagi, by ją spełnić.

— Ruszaj od razu! — rozkazała. — Ale uważaj, będziesz zdany tylko na siebie, a wokół mogą krążyć patrole nieprzyjaciela. Ta burza na jakiś czas zatrzyma naszych własnych wojowników w obozie.

Gdy Ognista Łapa wychodził na polanę, po niebie przetoczył się grzmot. Krople deszczu uderzały go w plecy jak małe kamyki. Błysk pioruna rozświetlił w mroku pyski Ciemnej Pręgi i Długiego Ogona, przyglądających się, jak kroczy przez polanę.

Ognista Łapa przebiegł obok żłobka. Nie mógł odejść bez podzielenia językami z Nakrapianym Liściem. Inne koty poszukały schronienia, pozostawiając ciało uzdrowicielki w ulewie. Kuliły się teraz pod ociekającymi wodą paprociami, miaucząc ze strachu i żalu.

Ognista Łapa zanurzył nos w mokrym futrze Nakrapianego Liścia i ostatni raz wciągnął w płuca jej zapach.

— Żegnaj, moja słodka! — wymruczał.

Nastawił uszy, bo przypadkiem dosłyszał głosy rozmawiających nieopodal Oszronionego Futra i Pstrokatego Ogona. Znieruchomiał, nasłuchując.

— Żółty Kieł musiała mieć pomocnika — warknęła Pstrokaty Ogon.

— Ktoś z Klanu Pioruna? — dobiegł pełen niepokoju głos Oszronionego Futra.

— Słyszałaś, co Tygrysi Pazur mówił o Kruczej Łapie. Może miał z tym coś wspólnego. Nigdy nie czułam się przy nim bezpiecznie.

Ognista Łapa poczuł, że uwiera go własne futro. Jeśli złośliwe plotki szerzone przez Tygrysiego Pazura dotarły aż do żłobka, Krucza Łapa nie był bezpieczny w żadnym miejscu w obozie.

Ognista Łapa uświadomił sobie, że trzeba działać szybko. Najpierw musi odnaleźć Żółty Kieł, a później zająć się Kruczą Łapą. Pobiegł pędem do miejsca, w którym ostatni raz widział starą kocicę. Znał jej zapach tak dobrze, że mógł go wyniuchać nawet przez przemoczone liście. Z otwartym pyskiem zaczął przepychać się przez krzewy, szukając jej tropu.

— Ognista Łapo!

Podskoczył, ale odprężył się, gdy zdał sobie sprawę, że to głos Szarej Łapy.

— Szukałem cię! — miauknął przyjaciel, pędząc w jego stronę.

Ognista Łapa ostrożnie wyszedł z paproci.

Szara Łapa mrugał i zezował, bo deszcz spływający po długim futrze kapał mu do oczu.

— Dokąd się wybierasz? — miauknął.

— Szukać Żółtego Kła — odpowiedział Ognista Łapa.

— Sam? — na szerokim pysku Szarej Łapy ukazał się wyraz niepokoju.

Ognista Łapa pomyślał przez chwilę i zdecydował się powiedzieć Szarej Łapie prawdę.

— Błękitna Gwiazda poprosiła mnie, bym przyprowadził z powrotem Żółty Kieł — miauknął.

— Co? — Szara Łapa patrzył na niego wstrząśnięty. — Dlaczego ty?

— Może uznała, że najlepiej znam Żółty Kieł i że znajdę ją najłatwiej.

— A czy grupa wojowników nie miałaby większych szans? — zwrócił uwagę Szara Łapa. — Tygrysi Pazur to najlepszy tropiciel w klanie i jeśli ktokolwiek może ją sprowadzić z powrotem, to właśnie on.

— Być może Tygrysi Pazur by jej nie sprowadził — zamruczał Ognista Łapa.

— Co masz na myśli?

— Tygrysi Pazur dyszy żądzą zemsty. Po prostu by ją zabił.

— Jeśli jednak zabiła Nakrapiany Liść i porwała małe…

— Naprawdę sądzisz, że to zrobiła? — zapytał Ognista Łapa.

Szara Łapa popatrzył na przyjaciela i potrząsnął zmieszany głową.

— Myślisz, że jest niewinna? — miauknął.

— Nie wiem — przyznał Ognista Łapa. — Błękitna Gwiazda też nie. Ale chce odkryć prawdę. Dlatego wysyła mnie zamiast Tygrysiego Pazura.

— Jeśli jednak rozkazałaby Tygrysiemu Pazurowi sprowadzić ją żywą... — Słowa Szarej Łapy zagłuszył ogłuszający trzask grzmotu i błyskawica rozświetliła drzewa wokół nich.

W oślepiającym błysku Ognista Łapa dostrzegł Oszronione Futro przepędzającą Kruczą Łapę od żłobka. Biały pysk królowej wykrzywiała furia, gdy kocica syczała na czarnego ucznia. Rzuciła się na niego ostrzegawczo i ukąsiła w tylną łapę.

Szara Łapa odwrócił się do Ognistej Łapy.

— Co się dzieje? — miauknął.

Ognista Łapa spojrzał na przyjaciela, w jego głowie wykluł się nowy pomysł. Wyglądało na to, że nie ma już czasu, by zwlekać z ratowaniem Kruczej Łapy; Ognista Łapa potrzebował pomocy Szarej Łapy. Ale czy przyjaciel mu uwierzy? W drzewach nad nimi zaczynał huczeć wiatr i Ognista Łapa musiał podnieść głos.

— Krucza Łapa jest w wielkim niebezpieczeństwie — miauknął.

— Co?

— Muszę go wyprowadzić z obozu Klanu Pioruna. Natychmiast, zanim coś mu się stanie.

Szara Łapa spojrzał zdziwiony.

— Dlaczego? A co z Żółtym Kłem?

— Nie ma czasu na wyjaśnienia — miauknął niecierpliwie Ognista Łapa. — Zaufaj mi. Musimy znaleźć sposób, by wydostać stąd Kruczą Łapę. Błękitna Gwiazda zatrzyma wojowników w obozie, dopóki nie przeminie burza, ale i tak trzeba się śpieszyć.

Usiłował odnaleźć w pamięci ukryte zakątki lasów poza terytorium Klanu Pioruna.

— Będziemy musieli zabrać go gdzieś, gdzie nie znajdzie go Tygrysi Pazur, a gdzie będzie mógł przeżyć bez pomocy klanu.

Szara Łapa wpatrywał się w niego przez chwilę.

— A może do Jęczmienia?

— Jęczmień! — powtórzył Ognista Łapa. — Myślisz, żeby zaprowadzić Kruczą Łapę do siedliska Dwunożnych? — Uszy drgnęły mu w radosnym podnieceniu. — Tak, to chyba najlepszy pomysł.

— No, więc! — miauknął Szara Łapa. — Na co czekamy?

Ognista Łapa poczuł ulgę. Stary znajomy na pewno im pomoże. Otrząsnął krople deszczu z głowy i dotknął nosem futra Szarej Łapy.

— Dziękuję! — powiedział. — Chodźmy po Kruczą Łapę.

Odnaleźli przyjaciela skulonego żałośnie we wspólnym legowisku. Piaskowa Łapa i Zakurzona Łapa również siedzieli na swoich posłaniach. Wyglądali na spiętych i wystraszonych szalejącą nad nimi burzą.

— Krucza Łapo! — syknął od wejścia Ognista Łapa.

Krucza Łapa podniósł wzrok. Ognista Łapa poruszył uszami i czarny kot wyszedł za nim w burzę.

— Chodź! — szepnął Ognista Łapa. — Zabieramy cię do Jęczmienia.

— Do Jęczmienia? — miauknął skonsternowany Krucza Łapa, mrużąc oczy przed zacinającym deszczem. — Dlaczego?

— Bo tam będziesz bezpieczny — odpowiedział Ognista Łapa, spoglądając mu prosto w oczy.

— Widziałeś, co zrobiła Oszronione Futro? — miauknął Krucza Łapa drżącym głosem. — Chciałem tylko sprawdzić, czy małe...

— Chodź — przerwał mu Ognista Łapa. — Musimy się spieszyć!

Krucza Łapa skrzyżował spojrzenie z przyjacielem.

— Dziękuję, Ognista Łapo! — zamruczał. Wyszedł na wiatr i pomknął lekko przez polanę.

Trzej uczniowie popędzili w stronę wejścia do obozu, ich futra targał wyjący wiatr. Gdy weszli do tunelu kolcolistu, jakiś głos wezwał ich z powrotem.

— Wy trzej! Dokąd idziecie?

To był Tygrysi Pazur.

Ognista Łapa obrócił się, czując łomotanie serca. Rozpaczliwie zastanawiał się, co ma odpowiedzieć, i w tej chwili spostrzegł, że podchodzi do nich Błękitna Gwiazda. Zmarszczyła na chwilę brwi, potem jej pysk się rozjaśnił.

— Wspaniale, Ognista Łapo! — miauknęła. — Widzę, że przekonałeś swoich przyjaciół, by poszli z tobą. Tygrysi Pazurze, Klan Pioruna ma dzielnych praktykantów, jeśli gotowi są wypełniać polecenia podczas takiej pogody.

— Czy to na pewno właściwy czas? — sprzeciwił się Tygrysi Pazur.

— Jedno z kociąt Brązowego Pyska ma kaszel — głos Błękitnej Gwiazdy był lodowato spokojny. — Ognista Łapa zaproponował, że przyniesie dla niego trochę podbiału.

— I po to naprawdę musi iść z przyjaciółmi? — zapytał Tygrysi Pazur.

— Sądzę, że przyda mu się towarzystwo w czasie takiej burzy! — odpowiedziała Błękitna Gwiazda. Spojrzała Ognistej Łapie głęboko w oczy; nagle zdał sobie sprawę z tego, jak wielkim zaufaniem obdarza go przywódczyni.

— Idźcie! — miauknęła.

Ognista Łapa przesłał jej pełne wdzięczności spojrzenie.

— Dziękuję! — powiedział, pochylając głowę. Spojrzał szybko na swoich towarzyszy i pognał znajomą drogą w kierunku Czterech Drzew. Wiatr zahuczał w gałęziach nad nimi, a drzewa zakołysały się, trzeszcząc i zgrzytając, jakby w każdej chwili miały się na nich zwalić. Deszcz przelewał się przez liście, przemaczając koty do skóry.

Dotarli do strumienia. Kamienie, po których zwykle przechodzili, zupełnie zniknęły pod wodą. Koty zatrzymały się na brzegu i opuściły zaniepokojony wzrok na szeroki, brązowy, wirujący nurt.

— Tędy! — miauknął Ognista Łapa. — Tam jest zwalone drzewo. Po nim przekroczymy strumień.

Poprowadził Szarą Łapę i Kruczą Łapę w górę strumienia do kłody, leżącej zaledwie na odległość kociej łapy powyżej rwącej wody.

— Uważajcie, jest śliska! — ostrzegł Ognista Łapa, skacząc na nią ostrożnie. Kłoda była pozbawiona kory, do utrzymania równowagi musiało wystarczyć gładkie, mokre drewno. Trzy koty przeszły po niej ostrożnie. Ognista Łapa zeskoczył na drugim brzegu i obserwował przyjaciół, aż ci również wylądowali bezpiecznie koło niego.

Drzewa były tu większe i oferowały nieco schronienia przed burzą, więc przycupnęli obok siebie.

— Powiesz mi wreszcie, dlaczego musimy wyprowadzić Kruczą Łapę z obozu? — wydyszał Szara Łapa.

— Ponieważ wie, że Tygrysi Pazur zabił Rudego Ogona — odpowiedział Ognista Łapa.

— Tygrysi Pazur zabił Rudego Ogona! — powtórzył z niedowierzaniem Szara Łapa, stojąc jak wryty i wpatrując się najpierw w Ognistą Łapę, a później w Kruczą Łapę.

— Podczas walki z Klanem Rzeki — zasapał Krucza Łapa. — Widziałem to.

— Ale dlaczego miałby to zrobić? — zaprotestował Szara Łapa, powstając. Ruszyli w dół stoku, który prowadził do polany przy Czterech Drzewach.

— Nie wiem. Może myślał, że Błękitna Gwiazda zrobi go swoim zastępcą — zasugerował Ognista Łapa, przekrzykując wiatr.

Szara Łapa nie odpowiedział, ale jego pysk spochmurniała.

Koty zaczęły wdrapywać się na strome zbocze, które prowadziło na terytorium Klanu Wiatru. Ognista Łapa skakał do góry po kamieniach, nie przestając wołać do biegnącego za nim Szarej Łapy. Chciał, by jego przyjaciel zrozumiał, w jakim niebezpieczeństwie znajdował się Krucza Łapa w obozie Klanu Pioruna.

— W nocy, gdy zginął Lwie Serce, przypadkiem usłyszałem rozmowę Tygrysiego Pazura z Ciemną Pręgą i Długim Ogonem — krzyknął. — Chce pozbyć się Kruczej Łapy.

— Pozbyć się? To znaczy: zabić? — Szara Łapa usiadł ciężko na kamieniu.

Ognista Łapa też się zatrzymał i spojrzał na swoich przyjaciół. Krucza Łapa stał u dołu stoku, usiłując złapać oddech. Z przemoczonym futrem przylepionym do wychudłego ciała wyglądał na mniejszego niż zwykle.

— Widziałeś, jak Oszronione Futro potraktowała dziś Kruczą Łapę? — miauknął Ognista Łapa do Szarej Łapy. — Tygrysi Pazur daje wszystkim do zrozumienia, że Krucza Łapa jest zdrajcą. Ale u Jęczmienia Krucza Łapa będzie bezpieczny. A teraz chodźmy, musimy się spieszyć!

Na otwartej przestrzeni terytorium Klanu Wiatru nie dało się rozmawiać. Wiatr wył wokół nich, podczas gdy grzmoty i błyskawice przetaczały się po niebie. Trzy koty opuściły głowy i poszły dalej w środek burzy.

W końcu doszli do brzegu płaskowyżu, który oznaczał granicę terytorium Klanu Wiatru.

— Nie możemy cię dalej odprowadzić, Krucza Łapo — wrzasnął Ognista Łapa poprzez wichurę. — Musimy zawrócić i znaleźć Żółty Kieł, zanim minie nawałnica.

Krucza Łapa spojrzał zaniepokojony na siekący deszcz. Potem skinął głową.

— Dasz radę sam znaleźć Jęczmienia? — krzyknął Ognista Łapa.

— Tak. Pamiętam drogę — odpowiedział Krucza Łapa.

— Uważaj na tamte psy — ostrzegł Szara Łapa.

Krucza Łapa kiwnął głową.

— Będę uważał!

Nagle zmarszczył brwi.

— Skąd wiecie, jak Jęczmień mnie przyjmie?

— Po prostu opowiedz mu, jak kiedyś złapałeś żmiję! — odpowiedział Szara Łapa, czule pocierając się o przemoczony bok przyjaciela.

— Idź! — polecił Ognista Łapa, świadomy, że czas nagli. Polizał chudą szyję Kruczej Łapy. — I nie martw się. Moja w tym głowa, by wszyscy przekonali się, że nigdy nie zdradziłeś Klanu Pioruna.

— A co będzie, jeśli Tygrysi Pazur przyjdzie mnie szukać? — głos Kruczej Łapy brzmiał cichutko na tle dudnienia burzy.

Ognista Łapa spojrzał na niego przeciągle.

— Nie przyjdzie. Powiem mu, że nie żyjesz.

Rozdział 22

Ognista Łapa i Szara Łapa skierowali swoje kroki w stronę terytorium Klanu Pioruna. Obaj czuli zmęczenie w kościach i byli zupełnie przemoczeni, ale Ognista Łapa utrzymywał tempo. Burza się kończyła. Patrol Klanu Pioruna niedługo ruszy tropem Żółtego Kła. Musieli znaleźć ją pierwsi.

Chociaż czarne chmury burzowe odpływały za horyzont, niebo wciąż było ciemne. Ognista Łapa domyślił się, że nadciąga już wieczór.

— Dlaczego nie skierujemy się prosto na terytorium Klanu Cienia? — zasugerował Szara Łapa, gdy zbiegali stromym zboczem do Czterech Drzew.

— Najpierw musimy odnaleźć trop Żółtego Kła — wyjaśnił Ognista Łapa. — Mam nadzieję, że nie będzie prowadził w kierunku obozu Klanu Cienia.

Szara Łapa spojrzał z boku na swojego przyjaciela, ale nic nie powiedział.

Podążali z powrotem w stronę strumienia na terytorium Klanu Pioruna. Nie wyczuli żadnego śladu Żółtego Kła, dopóki nie dotarli do dębowego lasu w pobliżu obozu.

Deszcz zelżał i wokół nich zaczynały powracać zapachy. Ognista Łapa miał nadzieję, że burza nie rozmyła całkowicie tropu Żółtego Kła. Zatrzymał się, zanurzył czubek nosa w paprociach i rozpoznał znajomy zapach. Jego nozdrza podrażniła woń przestraszonej kocicy.

— Szła tędy! — miauknął.

Przepchnął się przez mokre zarośla, Szara Łapa za nim. Deszcz w końcu ustał, a grzmoty zanikały w oddali. Czas uciekał, Ognista Łapa zaczął posuwać się szybciej.

Ku swojej konsternacji zdał sobie sprawę, że trop Żółtego Kła rzeczywiście prowadzi prosto na tereny Klanu Cienia. Zamarło mu serce. Czy oskarżenia Tygrysiego Pazura były prawdziwe? Ognista Łapa miał nadzieję, że jakiś nowy ślad poprowadzi ich w innym kierunku, ale trop był jednoznaczny.

Dotarli do Drogi Grzmotu i zatrzymali się. Ryczało na niej kilka potworów, wyrzucając spod siebie fontanny brudnej wody. Oba koty przycupnęły na skraju szerokiej szarej drogi, czekając na dogodny moment. Potem przebiegły przez nią na terytorium Klanu Cienia.

Zapachy znaczące granicę sprawiły, że Ognista Łapa poczuł mrowienie w łapach.

Szara Łapa zatrzymał się i rozejrzał nerwowo dokoła.

— Zawsze myślałem, że gdy w końcu wejdę na terytorium Klanu Cienia, zrobię to w towarzystwie trochę większej grupy wojowników — przyznał.

— Boisz się? — zamruczał Ognista Łapa.

— A ty nie? Moja matka wiele razy ostrzegała mnie przed smrodem Klanu Cienia.

— Moja matka nigdy nie uczyła mnie takich rzeczy — odpowiedział Ognista Łapa. Ale pierwszy raz cieszył się, że sierść ma tak mokrą, aż lepi się mu do ciała — Szara Łapa nie zauważy, jak futro jeży mu się bojaźliwie na karku.

Skradali się dalej, rozglądając uważnie i nasłuchując pilnie wszelkich odgłosów. Szara Łapa uważał na wojowników Klanu Cienia, a Ognista Łapa na patrol Klanu Pioruna, który wkrótce musiał się pojawić.

Trop Żółtego Kła zaprowadził ich w samo serce łowisk Klanu Cienia. Drzewa były tu ciemne, zarośla gęste od pokrzyw i jeżyn.

— Nie czuję jej zapachu — poskarżył się Szara Łapa. — Jest zbyt mokro.

— Jest tam — zapewnił go Ognista Łapa.

— Coś wyczuwam — warknął nagle Szara Łapa.

— Co? — wysyczał Ognista Łapa. Zatrzymał się zaniepokojony.

— Zapach kociąt. Tu jest ich krew!

Ognista Łapa powąchał ponownie, odszukując zapach potomstwa Klanu Pioruna.

— Też czuję ten zapach — zgodził się. — I coś jeszcze!

Gwałtownie machnął ogonem w dół, ostrzegając Szarą Łapę, by się nie odzywał. Potem po cichu wskazał wąsami w kierunku czarnego jesionu przed nimi.

Uszy Szarej Łapy zadrgały pytająco. Ognista Łapa kiwnął lekko głową. Żółty Kieł stała za osłaniającym ją szerokim rozdartym pniem.

Instynktownie oba koty rozdzieliły się, ruszając w kierunku drzewa, by okrążyć je z obu stron. Sunęły po miękkiej ściółce, używając wszystkich umiejętności nabytych podczas szkolenia, idąc lekko, trzymając się nisko.

Potem skoczyły.

Gdy wylądowały obok niej i przycisnęły ją do ziemi, Żółty Kieł wrzasnęła ze zdziwienia. Uwolniła się, prychając, i oparła o osłonięte wgłębienie u podnóża pnia. Ognista Łapa i Szara Łapa posunęli się do przodu, blokując jej drogę wyjścia.

— Wiedziałam, że Klan Pioruna będzie mnie obwiniał! — wysyczała. W jej oczach lśniła cała dawna wrogość.

— Gdzie są małe? — zażądał odpowiedzi Ognista Łapa.

— Czujemy zapach ich krwi! — warknął Szara Łapa. — Zrobiłaś im krzywdę?

— Nie mam ich — warknęła gniewnie Żółty Kieł. — Przyszłam odnaleźć je i sprowadzić z powrotem. Zatrzymałam się, bo też poczułam zapach krwi. Ale nie ma ich tu.

Ognista Łapa i Szara Łapa popatrzyły na siebie.

— Nie mam ich! — upierała się Żółty Kieł.

— Więc dlaczego uciekłaś? Dlaczego zabiłaś Nakrapiany Liść? — Szara Łapa zadawał pytania, do których głośnego wypowiedzenia nie mógł się zmusić Ognista Łapa.

— Nakrapiany Liść nie żyje? — szok w głosie Żółtego Kła nie mógł być udawany.

Ognista Łapa poczuł ulgę.

— Nie wiedziałaś? — zachrypiał.

— Skąd mogłam wiedzieć? Uciekłam z obozu, gdy tylko usłyszałam, że kociaki zniknęły.

Szara Łapa spoglądał na nią podejrzliwie, ale Ognista Łapa wyczuł, że Żółty Kieł mówi prawdę.

— Wiem, kto zabrał małe — kontynuowała. — Czułam jego zapach koło żłobka.

— Kto to był? — zapytał Ognista Łapa.

— Podrapany Pysk — jeden z wojowników Złamanej Gwiazdy. I tak długo, jak małe są w Klanie Cienia, pozostają w wielkim niebezpieczeństwie.

— Ale z pewnością nawet Klan Cienia nie uczyni krzywdy małym kociakom! — zaprotestował Ognista Łapa.

— Nie bądź taki pewien — mruknęła Żółty Kieł. — Złamana Gwiazda ma zamiar wykorzystać je jako wojowników.

— Ale one mają po trzy księżyce! — sapnął Szara Łapa.

— Nie powstrzymało go to wcześniej. Odkąd został przywódcą, zaczął kierować takie właśnie kociaki na szkolenie. Kiedy osiągają wiek pięciu księżyców, traktuje je jak wojowników!

— Przecież one są zbyt młode do walki! — sprzeciwił się Ognista Łapa. Ale przed jego oczami pojawił się obraz niezwykle małych uczniów Klanu Cienia, których widział na zgromadzeniu. Nie byli niezwykle mali; to były po prostu kocięta!

Żółty Kieł syknęła pogardliwie.

— Złamana Gwiazda nie dba o to. Ma w zapasie jeszcze dużo kociąt do dyspozycji, a jeśli je straci, może wykradać je z innych klanów!

Jej głos przepełniała wściekłość.

— Przecież mówimy o kocie, który zabił małe swojego własnego klanu!

Ognista Łapa i Szara Łapa stali jak ogłuszeni.

— Jeśli zabił małe Klanu Cienia, dlaczego nie został ukarany? — zapytał w końcu Ognista Łapa.

— Ponieważ skłamał — rzuciła Żółty Kieł. W jej głosie mocno pobrzmiewała gorycz. — Oskarżył mnie o ich zamordowanie i Klan Cienia mu uwierzył!

Ognista Łapa nagle zrozumiał.

— Czy to dlatego zostałaś wypędzona z Klanu Cienia? — zapytał. — Musisz wrócić z nami i opowiedzieć wszystko Błękitnej Gwieździe.

— Nie wcześniej, niż uratuję wasze małe! — warknęła Żółty Kieł.

Ognista Łapa uniósł głowę i wciągnął powietrze. Deszcz ustał i wiatr przycichł. Patrol Klanu Pioruna był już w drodze. Nie byli tu bezpieczni.

Szara Łapa wciąż wydawał się wstrząśnięty oskarżeniem rzuconym przez Żółtego Kła.

— Jak przywódca mógłby zabić małe swojego własnego klanu? — dopytywał się.

— Złamana Gwiazda upierał się, by trenować intensywnie zbyt młodych uczniów. Zabrał dwa kotki na ćwiczenia w walce. — Żółty Kieł wzięła głęboki, świszczący oddech. — Miały tylko po cztery księżyce. Nie żyły już, gdy przyniósł je do mnie. Miały zadrapania i ugryzienia zadane przez dorosłego wojownika, nie przez ucznia. Sam musiał z nimi walczyć. Nic nie mogłam zrobić. Gdy ich matka przyszła po nie, Złamana Gwiazda był ze mną. Powiedział, że znalazł mnie stojącą nad ich zwłokami — jej głos załamał się i odwróciła wzrok.

— Dlaczego nie powiedziałaś jej, że zrobił to Złamana Gwiazda? — zapytał z niedowierzaniem Ognista Łapa.

Żółty Kieł potrząsnęła głową.

— Nie mogłam.

— Dlaczego nie?

Stara kocica zawahała się. Gdy przemówiła, głos miała nabrzmiały żalem.

— Złamana Gwiazda jest przywódcą Klanu Cienia. Jego ojcem był szlachetny Postrzępiona Gwiazda. Jego słowo jest prawem.

Ognista Łapa odwrócił wzrok i wszystkie trzy koty siedziały przez chwilę w milczeniu. W końcu Ognista Łapa odezwał się:

— Razem uratujemy kocięta. Dziś w nocy. Ale nie możemy tu zostać. Czuję, że zbliża się patrol Klanu Pioruna.

Przerwał.

— Jeśli jest z nimi Tygrysi Pazur, Żółty Kieł nie ma szans. Zabije ją, zanim zdołamy cokolwiek wyjaśnić.

Żółty Kieł patrzyła na niego, znów gotowa i zdeterminowana do czynu.

— Tam jest torfowisko — powiedziała. — Będzie mokre po deszczu i ukryje nasz zapach.

Podskoczyła do kępy paproci, a Ognista Łapa i Szara Łapa szybko podążyli za nią. Słyszeli już w oddali szelest leśnego runa. To nie był wiatr poruszający gałęzie krzaków, ale zbliżający się patrol, bez wątpienia spragniony zemsty i podburzony przez kłamstwa Tygrysiego Pazura.

Las zapadł w przedziwny bezruch i rzadka mgła zaczęła się gromadzić między pniami drzew. Ognista Łapa strząsnął kropelki wody z futra i wydał niecierpliwe warczenie.

Żółty Kieł poprowadziła ich dalej. Ziemia stawała się coraz bardziej grząska, łapy kotów zaczęły osuwać się po miękkim torfie. W nozdrza Ognistej Łapy uderzył zapach stęchlizny; był duszący, ale przynajmniej maskował ich trop. Odgłosy kotów za nimi stawały się coraz głośniejsze.

— Szybko, tutaj! — poleciła Żółty Kieł, wciskając się pod liściasty krzak. Trzy koty przykucnęły pod nim, podkulając pod siebie ogony. Ognista Łapa starał się siedzieć spokojnie, próbując nie myśleć o wilgoci ziemi moczącej mu futro na brzuchu i nasłuchując szelestów, podczas gdy patrol Klanu Pioruna podchodził coraz bliżej.

Rozdział 23

Ognista Łapa stwierdził, że w patrolu idzie kilka szybkich kotów. Poprzez wyziewy torfu nie był w stanie rozpoznać ich zapachów, wiedział jednak, że należą do Klanu Pioruna. Wstrzymywał oddech, gdy odgłosy łap przybliżały się i oddalały.

— Naprawdę spróbujemy sami odbić kociaki z Klanu Cienia? — wyszeptał Szara Łapa.

Żółty Kieł odpowiedziała pierwsza.

— Może znajdę pomoc w samym Klanie Cienia. Nie wszystkie koty popierają Złamaną Gwiazdę.

Ognista Łapa wystawił w górę uszy, a Szara Łapa pacnął ze zdziwieniem ogonem.

— Gdy został przywódcą — wyjaśniła Żółty Kieł — zmusił starszych do opuszczenia bezpiecznego miejsca wewnątrz obozu. Musieli zamieszkać na obrzeżach i sami polować dla siebie. To koty, które wychowały się na kodeksie wojownika. Niektóre z nich mogą nam pomóc.

Ognista Łapa wpatrywał się w jej stare oczy i szybko myślał.

— A mnie może uda się nakłonić koty Klanu Pioruna, żeby nam pomogły — zamiauczał. — Jeśli uda mi się z nimi porozmawiać, zanim zobaczą Żółty Kieł, może uda mi się je przekonać, żeby dały wiarę jej opowieści. Szara Łapa, poczekasz przy uschniętym jesionie, przy którym poczuliśmy zapach krwi kociąt, dopóki jedno z nas nie powróci.

Szara Łapa wyglądał na zmartwionego.

— Naprawdę wierzysz, że Żółty Kieł przyprowadzi pomoc? — zamruczał do Ognistej Łapy.

— Musisz mi zaufać — warknęła Żółty Kieł. — Wrócę.

Szara Łapa spojrzał na Ognistą Łapę, który skinął głową.

Żółty Kieł bez słowa przeskoczyła obok dwóch uczniów i zniknęła w krzakach.

— Dobrze robimy? — zapytał Szara Łapa.

— Nie wiem — przyznał Ognista Łapa. — Jeśli mamy rację, zostaniemy bohaterami i kocięta będą bezpieczne. Jeśli jesteśmy w błędzie, właściwie już nie żyjemy.

Ognista Łapa pobiegł wokół jeżyn, za kolcolistem i przez pokrzywy w stronę patrolu. Trop był łatwy do odnalezienia. Wściekłe koty Klanu Pioruna nie próbowały ukrywać swojej obecności na terytorium Klanu Cienia.

W górze gruba warstwa chmur w końcu się rozproszyła, odsłaniając nocne niebo, a nad wierzchołkami drzew błysnęła Srebrna Skóra. Księżyc właśnie wschodził, ale jego zimne światło nie mogło przebić się przez mgłę, która otulała ciemne zarośla.

Ognista Łapa skoncentrował się na zapachach przed sobą. Poczuł woń Białej Burzy. Powąchał raz jeszcze. Tygrysiego Pazura nie było. Przyspieszył, by ich dogonić, i z poślizgiem zatrzymał się za grupą kotów Klanu Pioruna.

Wojownicy obrócili się i spiorunowali go wzrokiem, jeżąc futra i płaszcząc agresywnie uszy. Byli z nimi Ciemna Pręga i młoda kotka Mysia Skóra oraz pręgowany wojownik Szybki Wiatr. Mysia Skóra nie była jedyną kotką w patrolu; przyszła z nimi również Wierzbowa Skóra.

— Ognista Łapa! — rzucił Biała Burza. — Skąd się tu wziąłeś?

Ognista Łapa z trudem łapał oddech.

— Wysłała mnie Błękitna Gwiazda! — wydyszał. — Chciała, bym odnalazł Żółty Kieł wcześniej niż…

Biała Burza przerwał mu.

— Ach! — zamiauczał. — Błękitna Gwiazda powiedziała mi, że mogę napotkać tu przyjaciela. Teraz rozumiem, co miała na myśli. — Popatrzył uważnie na Ognistą Łapę.

— Tygrysi Pazur jest gdzieś w pobliżu? — zapytał Ognista Łapa. Krzyżując spojrzenie z Białą Burzą, poczuł przypływ dumy.

Biała Burza spojrzał na niego dziwnie.

— Błękitna Gwiazda stwierdziła, że Tygrysi Pazur musi pozostać w obozie, by chronić pozostałe kocięta.

Ognista Łapa z ulgą szybko kiwnął głową. Miauknął niecierpliwie:

— Biała Burzo, potrzebuję twojej pomocy. Mogę doprowadzić cię do naszych małych. Czeka na mnie Szara Łapa. Planujemy odzyskać je dziś w nocy. Pójdziesz z nami?

— Oczywiście, że pójdziemy! — Wojownicy machnęli ogonami z radosnym podnieceniem.

— To oznacza atak na obóz Klanu Cienia — ostrzegł Ognista Łapa.

— Możesz nas tam zaprowadzić? — zapytał z zapałem Szybki Wiatr.

— Nie, ale Żółty Kieł może. I obiecała nam pomoc swoich starych sojuszników w obozie.

Mysia Skóra zmierzyła go wzrokiem i gniewnie trzepnęła ogonem.

— Odnalazłeś Żółty Kieł? — wysyczała.

— Nie rozumiem — zamiauczał zdziwiony Biała Burza. — Zdrajczyni zamierza pomóc ocalić małe, które uprowadziła?

Ognista Łapa wziął głęboki oddech dla uspokojenia, po czym popatrzył uważnie w oczy Białej Burzy.

— Żółty Kieł ich nie uprowadziła — miauknął. — Ani nie zamordowała Nakrapianego Liścia. Chce nam pomóc ocalić nasze kocięta.

Biała Burza odwzajemnił jego spojrzenie i wolno przymknął powieki.

— Prowadź, Ognista Łapo — rozkazał.

Szara Łapa czekał pod jesionem, krążąc niespokojnie wokół nadpróchniałego pnia. Na widok wyłaniającego się z mgły patrolu przystanął i poruszył wąsami w pozdrowieniu.

— Jakieś wiadomości o Żółtym Kle? — zapytał Ognista Łapa.

— Jeszcze nie — odpowiedział Szara Łapa.

— Nie wiemy, jak daleko jest do obozu Klanu Cienia — powiedział szybko Ognista Łapa, czując, jak Biała Burza sztywnieje koło niego. — Być może Żółty Kieł już do nas idzie.

— Albo być może radośnie dzieli języki ze swoimi towarzyszami z Klanu Cienia, podczas gdy my siedzimy tutaj jak głupcy, czekając, by wpaść w zasadzkę! — zamiauczał Szara Łapa.

Biała Burza popatrzył na obu uczniów. Jego uszy drgały niespokojnie.

— Ognista Łapo? — zapytał.

— Ona wróci — obiecał Ognista Łapa.

— Dobrze prawisz, młody Ognista Łapo. — Żółty Kieł wysunęła się spoza jesionu i usiadła. — Nie jesteś jedynym, który umie się podkradać. Przypominasz sobie dzień, kiedy się spotkaliśmy? Wówczas również patrzyłeś w złym kierunku.

Trzy inne koty Klanu Cienia wyłoniły się zza drzewa i usadowiły spokojnie po obu stronach Żółtego Kła, a koty Klanu Pioruna zjeżyły futra, zaniepokojone i podejrzliwe.

Koty obu klanów wpatrywały się w siebie w milczeniu. Ognista Łapa wiercił się, niepewny, co teraz zrobić. W końcu przemówił szary kocur z Klanu Cienia. Jego długie ciało było wychudzone, a futro pozbawione połysku.

— Jesteśmy tu, by wam pomóc, a nie walczyć. Przyszliście po swoje małe, a my pomożemy wam je ocalić.

— Co chcecie na tym zyskać? — zapytał nieufnie Biała Burza.

— Chcemy waszej pomocy w pozbyciu się Złamanej Gwiazdy. Złamał kodeks wojownika i Klan Cienia cierpi pod jego przywództwem.

— Więc to wszystko jest takie proste, co? — rzucił Szybki Wiatr. — Po prostu wpadamy do waszego obozu, chwytamy nasze małe, zabijamy waszego przywódcę i wracamy do domu.

— Nie napotkacie tak dużego oporu, jak ci się zdaje — zamruczał szary kocur.

Żółty Kieł powstała.

— Pozwólcie, że wam przedstawię moich starych przyjaciół — miauknęła, obchodząc wokół koty Klanu Cienia. Podeszła szybko do szarego kocura. — To jest Jesionowe Futro, jeden ze starszych klanu. A to Nocna Skóra; był starszym wojowników przed śmiercią Poszarpanej Gwiazdy. — Obeszła dokoła sponiewieranego czarnego kocura, który kiwnął głową w ich stronę. — A to jedna z naszych starszych królowych, Poranna Chmura. Dwa z jej małych zginęły w walce podczas przepędzania Klanu Wiatru.

Poranna Chmura, mała pręgowana kocica, miauknęła w pozdrowieniu.

— Nie chcę więcej tracić swoich dzieci — powiedziała.

Biała Burza szybko liznął się po piersiach, by wygładzić sobie futro.

— Jesteście z pewnością wprawnymi wojownikami, skoro udało się wam podkraść do nas tak niepostrzeżenie. Ale czy to wystarczy? Musimy wiedzieć, co nas czeka w obozie Klanu Cienia.

— Starsi i chorzy Klanu Cienia powoli padają z głodu — miauknął Jesionowe Futro. — A straty wśród naszych małych są zbyt wysokie.

— Jeśli jednak w Klanie Cienia panuje taki rozgardiasz — wybuchnął Ciemna Pręga — to skąd bierze się ta siła, którą ostatnio demonstrujecie? I dlaczego Złamana Gwiazda wciąż jest waszym przywódcą?

— Złamana Gwiazda otacza się elitarną grupką wojowników — odpowiedział Jesionowe Futro. — Trzymają resztę w strachu, bo są gotowi bez słowa zginąć za niego. Inni wojownicy wykonują jego polecenia tylko dlatego, że są zastraszeni. Będą walczyć u jego boku, dopóki będą wierzyć, że Złamana Gwiazda zwycięży. Gdyby pomyśleli, że może przegrać...

— Walczyliby przeciwko niemu, nie dla niego! — Ciemna Pręga ze zgorszeniem dokończył słowa starego kocura. — Gdzie tu lojalność?

Na grzbietach kotów Klanu Cienia zaczęła podnosić się sierść.

— Nasz klan nie zawsze był taki — przerwała Żółty Kieł. — Gdy Postrzępiona Gwiazda przewodził Klanowi

Cienia, troszczyliśmy się o naszą siłę. Ale w tamtych czasach nasza siła pochodziła z kodeksu wojownika i lojalności wobec klanu, a nie ze strachu i żądzy krwi.

Stara uzdrowicielka westchnęła.

— Gdyby tylko Postrzępiona Gwiazda żył dłużej.

— Jak zginął Postrzępiona Gwiazda? — zapytał zaciekawiony Biała Burza. — Na zgromadzeniach krążyło tyle pogłosek, ale nikt niczego nie wiedział na pewno.

Oczy Żółtego Kła zamgliły się smutkiem.

— Wpadł w zasadzkę patrolu wojowników innego klanu.

Biała Burza powoli kiwnął głową.

— Tak uważa większość kotów. To rzeczywiście złe czasy, gdy przywódcy są zabijani z ukrycia, zamiast ginąć w otwartej honorowej bitwie.

Ognista Łapa zmarszczył brwi, jego myśli krążyły wokół planowanego napadu.

— Czy jest jakiś sposób, by uprowadzić małe, nie alarmując całego klanu? — zapytał.

— Są bardzo pilnowane. Złamana Gwiazda będzie oczekiwał, że Klan Pioruna spróbuje je odebrać. Nie uda wam się wykraść ich po cichu. Otwarty atak jest dla was ostatnią deską ratunku — odpowiedziała mu Poranna Chmura.

— W takim razie musimy skoncentrować nasz atak na Złamanej Gwieździe i jego wewnętrznej ochronie — miauknął Biała Burza.

— Wojownicy Klanu Cienia powinni zaprowadzić mnie do obozu. Powiedzą, że mnie pojmali. Musimy wywabić z legowisk Złamaną Gwiazdę i jego wojowników. Na wieść, że zostałam schwytana, na pewno wyjdą na polanę. Gdy tylko znajdą się na zewnątrz, dam wam sygnał do ataku — zaproponowała Żółty Kieł.

Biała Burza milczał przez chwilę. Potem skinął głową, z pochmurnym pyskiem szykując swoich wojowników do ataku.

— Bardzo dobrze, Żółty Kle — miauknął. — Prowadź do obozu Klanu Cienia.

Rozdział 24

Żółty Kieł obróciła się i weszła w gęstwinę paproci. Biała Burza i pozostałe koty podążyły za nią.

Ognista Łapa drżał z radosnego podniecenia. Nie czuł wilgotnego chłodu w powietrzu, zapomniał już o znużeniu.

Żółty Kieł poprowadziła ich do niewielkiego zagłębienia otoczonego gęstymi zaroślami i wskazała wejście do obozu Klanu Cienia. Splątana masa jeżyn bardzo różniła się od czystego tunelu w kolcoliście, który prowadził do obozu Klanu Pioruna. Ściana otaczająca obóz była dziurawa i pełna luk, a wokół rozchodził się smród gnijącej padliny.

— Żywicie się kruczym jedzeniem? — wyszeptał Szara Łapa, wydymając wargi.

— Nasi wojownicy mają walczyć, a nie polować — odpowiedział Jesionowe Futro. — Jemy wszystko, co zdołamy znaleźć.

— Wy, z Klanu Pioruna, ukryjcie się w tamtej kępie

paproci — syknęła Żółty Kieł. — Rośnie tam masa muchomorów, które stłumią wasz zapach. Czekajcie na wezwanie.

Cofnęła się, przepuszczając przodem inne koty Klanu Cienia, by pójść dalej w środku ich grupy, jakby była więźniem. Weszli cicho do obozu.

Skoncentrowane i czujne koty Klanu Pioruna usadowiły się pośród muchomorów. Ognista Łapa czuł, jak sierść go swędzi. Spojrzał na Szarą Łapę, czuwającego u jego boku. Grube futro na karku przyjaciela uniosło się sztywno; Ognista Łapa słyszał jego dyszenie pełne powstrzymywanego radosnego podniecenia.

Nagle w obozie Klanu Cienia rozległ się wrzask. Koty Klanu Pioruna bez wahania wyskoczyły ze swoich kryjówek i popędziły do wejścia.

Żółty Kieł, Jesionowe Futro, Poranna Chmura i Nocna Skóra walczyły na wydeptanej, zabłoconej polanie z sześcioma wojownikami, którzy wydawali się bezlitośni. Ognista Łapa rozpoznał wśród nich Złamaną Gwiazdę i jego zastępcę, Czarną Stopę. Wojownicy wyglądali na wygłodzonych i nosili ślady licznych walk, lecz Ognista Łapa dostrzegał twarde mięśnie pracujące pod zmierzwioną sierścią.

Z brzegu polany przypatrywały się niepewnie nagłemu chaosowi grupy wychudzonych kotów. Ich kościste ciała drżały, kiedy wstrząśnięte czworonogi obserwowały nagłą napaść obcych. Ognista Łapa kątem oka zauważył, jak Cieknący Nos ucieka i ukrywa się pod krzakiem.

Biała Burza dał znak głową i koty Klanu Pioruna skoczyły do walki.

Ognista Łapa chwycił pazurami srebrnego pręgowanego kota, ale został odepchnięty. Upadł, a wojownik Klanu Cienia pociągnął go za sobą i zadrapał pazurami ostrymi jak cierń. Ognistej Łapie udało się przekręcić i zatopić zęby w ciele przeciwnika. Wrzask tamtego powiedział mu, że trafił w czułe miejsce, więc mocniej zacisnął zęby. Wojownik wrzasnął ponownie, wyrwał się i uciekł w zarośla.

Ognista Łapa podniósł się. Młody uczeń Klanu Cienia, z miękkim futrem nastroszonym ze strachu, skoczył na niego spod ogrodzenia obozu.

Ognista Łapa schował pazury i bez wysiłku zdzielił kociaka łapą, odrzucając daleko od siebie.

— To nie twoja bitwa — wysyczał.

Biała Burza przyciskał już do ziemi Czarną Stopę. Pogryzł go bez litości i poraniony zastępca przywódcy klanu uciekł pędem z obozu na zewnątrz, do bezpiecznego lasu.

— Ognista Łapo! — Rozległ się krzyk Porannej Chmury. — Uważaj! Podrapany Pysk jest… — nie dosłyszał reszty.

Zwalił się na niego wielki brązowy kocur. Podrapany Pysk! Ognista Łapa wbił pazury w ziemię i obrócił się, gotów do walki. Wojownik, który zabił Nakrapiany Liść! Na myśl o tym wezbrała w nim wściekłość i rzucił się na przeciwnika.

Rzucił nim o ziemię i przycisnął jego głowę do piaszczystego podłoża. Zaślepiony furią, już miał zatopić zęby w szyi Podrapanego Pyska, ale zanim zadał śmiertelny cios, Biała Burza uderzył go w bok i odciągnął wojownika Klanu Cienia.

— Wojownicy Klanu Pioruna nie zabijają, o ile nie są do tego zmuszeni — warknął Ognistej Łapie do ucha. — Musimy ich po prostu przepędzić!

Ugryzł mocno Podrapanego Pyska, który z wrzaskiem uciekł z obozu.

Wciąż wściekły, Ognista Łapa rozejrzał się dokoła dzikim wzrokiem. Wojownicy Złamanej Gwiazdy uciekali.

Za Szarą Łapą rozległ się gniewny wrzask. Szara Łapa uskoczył w bok i Ognista Łapa ujrzał, jak Żółty Kieł chwyta Złamaną Gwiazdę ubrudzonymi błotem, poplamionymi krwią łapami. Jego ciało krwawiło z kilku ran. Gdy Żółty Kieł przygniotła go do ziemi potężnym chwytem, położył płasko uszy na głowie i nastroszył wąsy.

— Nigdy nie myślałem, że trudniej mi będzie zabić ciebie niż własnego ojca! — warknął.

Żółty Kieł podskoczyła, jakby użądliła ją pszczoła, a po jej obliczu przebiegł wyraz wstrząsu i żalu. Poluzowała chwyt, a Złamana Gwiazda natychmiast odepchnął ją, wykręcając potężne ciało.

— Zabiłeś Postrzępioną Gwiazdę? — wrzasnęła Żółty Kieł, wytrzeszczając oczy z niedowierzaniem.

Złamana Gwiazda spojrzał na nią chłodno.

— Znalazłaś jego ciało. Nie rozpoznałaś mojej sierści między jego pazurami?

Żółty Kieł wpatrywała się w niego przerażona, a on mówił dalej:

— Był słabym i głupim przywódcą. Zasłużył na śmierć.

— Nie! — wysyczała Żółty Kieł, opuszczając głowę i potrząsając nią. Spojrzała na Złamaną Gwiazdę, wyginając się w łuk. — A małe Jasnego Kwiatu? Też zasłużyły na śmierć? — wychrypiała.

Złamana Gwiazda warknął i rzucił się na Żółty Kieł, celując w jej brzuch. Żółty Kieł nawet nie próbowała się bronić przed ostrymi jak cierń pazurami. Przerażony Ognista Łapa ujrzał, że oczy kocicy zamgliły się smutkiem.

— Te koty były słabe — wysyczał Złamana Gwiazda, pochylając głowę do uszu Żółtego Kła. — Nie byłoby z nich pożytku dla Klanu Cienia. Gdybym ich nie zabił, zrobiłby to jakiś inny wojownik.

Czarno-biała królowa Klanu Cienia wydała z siebie żałosne zawodzenie. Złamana Gwiazda zignorował je.

— Powinienem zabić cię wtedy, gdy miałem okazję — splunął na Żółtego Kła. — Najwyraźniej po ojcu odziedziczyłem jakąś słabość. Byłem głupcem, pozwalając Klanowi Cienia pozostawić cię przy życiu! — Rzucił się do przodu z obnażonymi zębami, gotowy zacisnąć je na szyi Żółtego Kła.

Ognista Łapa był szybszy. Skoczył na kark Złamanej Gwiazdy, zanim ten zdołał zacisnąć swoje szczęki. Wbił pazury w potargane futro pręgowanego kocura i odciągnął go od wyczerpanej kocicy, ciskając na skraj polany.

Złamana Gwiazda przekręcił się w powietrzu, wylądował na czterech łapach i spojrzał Ognistej Łapie w oczy, sycząc zjadliwie:

— Nie marnuj czasu, uczniaku! Dzieliłem sny z Klanem Gwiazdy. Będziesz musiał mnie zabić dziewięć razy, zanim do nich dołączę. Naprawdę myślisz, że masz na to wystarczająco dużo siły? — W jego oczach płonęła wyzywająca pewność siebie.

Ognista Łapa przyjrzał mu się i poczuł skurcz w żołądku. Złamana Gwiazda to przywódca klanu! Jakim cudem uczeń mógłby go pokonać? Jednakże koty Klanu Cienia, dotąd biernie obserwujące rozwój wypadków, zaczęły powoli podkradać się do swojego pokonanego przywódcy, warcząc i sycząc z nienawiścią. Choć poturbowane i półżywe z głodu, przewyższały jednak liczebnie zwolenników Złamanej Gwiazdy; nerwowe ruchy jego ogona świadczyły, że zdawał sobie z tego sprawę. Przykucnął i cofnął się w krzaki. Jego oczy błysnęły groźnie z cienia, odnajdując w tłumie Ognistą Łapę.

— To nie koniec, uczniaku — wysyczał, zanim obrócił się i zniknął w lesie w ślad za pobitymi wojownikami.

Ognista Łapa spojrzał na Białą Burzę.

— Ścigamy ich? — miauknął.

Wojownik potrząsnął głową.

— Myślę, że zrozumieli, że nie są tu mile widziani.

Nocna Skóra, wojownik Klanu Cienia, skinął głową na znak zgody.

— Zostawcie ich. Jeśli ośmielą się pokazać tu znowu, Klan Cienia będzie już wystarczająco silny, by samodzielnie stawić im czoło.

Pozostałe koty Klanu Cienia kuliły się razem w ruinach obozu, jakby odrętwiałe po utracie przywódcy. „Odbudowa klanu zajmie im sporo czasu", pomyślał Ognista Łapa.

— Kocięta!

Ognista Łapa usłyszał miauknięcie Szarej Łapy z odległego kąta polany. Popędził w stronę przyjaciela. Mysia Skóra i Biała Burza deptali mu po piętach. Z bliska dosłyszeli dochodzące spod sterty liści i gałązek żałosne popiskiwanie kociąt. Mysia Skóra i Biała Burza szybko przekopywali się przez liście, aż wreszcie na dnie niewielkiego dołka znaleźli porwane kocięta Klanu Pioruna.

— Wszystko dobrze? — zapytał Biała Burza; jego ogon drgał z niepokoju.

— Tak — odpowiedział Szara Łapa. — Większość jest tylko trochę podrapana. Ale ten mały pręgowany ma paskudnie poranione ucho. Możesz się temu przyjrzeć, Żółty Kle?

Stara kocica lizała swoje własne rany, ale na zawołanie śmignęła do zagłębienia, w którym Szara Łapa ostrożnie ułożył małego pręgowanego kociaka.

Ognista Łapa pomógł przyjacielowi wydobyć pozostałe kocięta. Ostatnia była szara jak popiół kotka. Popiskiwała i chwiała się, gdy Ognista Łapa postawił ją na ziemi. Mysia Skóra zebrała wszystkie kociaki wokół siebie i uspokajała je lizaniem i pieszczotami.

Żółty Kieł przypatrzyła się z bliska rozdartemu uchu kociaka.

— Musimy zatrzymać krwawienie — zamiauczała.

Z cienia wyłonił się Cieknący Nos. W łapie niósł kłębek pajęczyn, który cicho podał Żółtemu Kłowi. Kiwnęła głową w podziękowaniu i zabrała się do opatrywania rany.

Nocna Skóra podszedł do grupy kotów Klanu Pioruna.

— Pomogliście Klanowi Cienia pozbyć się brutalnego i niebezpiecznego przywódcy i jesteśmy wam za to wdzięczni. Ale już czas, byście opuścili nasz obóz i wrócili do własnego. Obiecuję, że tak długo, jak będziemy mogli znaleźć dość pożywienia na naszym własnym terytorium, wasze łowiska nie będą nachodzone przez wojowników Klanu Cienia.

Biała Burza pochylił głowę.

— Przez jeden księżyc polujcie w spokoju, Nocna Skóro. Klan Pioruna zdaje sobie sprawę, że potrzebujecie czasu na odbudowę swojego klanu.

Odwrócił się do Żółtego Kła.

— A ty, Żółty Kle? — zapytał. — Chcesz powrócić z nami czy zostaniesz tu ze swoimi starymi towarzyszami?

Żółty Kieł spojrzała na niego.

— Wrócę z wami.

Rzuciła okiem na głębokie rozcięcie na tylnej łapie Białej Burzy.

— Będziecie potrzebować uzdrowicielki, zarówno dla siebie, jak i dla waszych małych.

— Dziękuję! — odpowiedział Biała Burza. Machnięciem ogona dał znak kotom Klanu Pioruna i wyprowadził je z polany. Mysia Skóra i Wierzbowa Skóra pomagały małym, które wyczerpane i oszołomione, szły niepewnym krokiem. Żółty Kieł maszerowała obok rannego pręgowanego kociaka, podnosząc go za kark za każdym razem, gdy się potykał. Poprzez krzewy jeżyn Ognista Łapa i Szara Łapa przekroczyli znaczoną zapachem granicę obozu Klanu Cienia i podążyli za wszystkimi do lasu.

Gdy grupa kotów Klanu Pioruna rozpoczęła długi, mozolny marsz do domu, księżyc wschodził na spokojnym niebie, a z drzew opadały, szeleszcząc, brązowe liście.

Rozdział 25

Radośni, że wracają do domu, Ognista Łapa i Szara Łapa ruszyli sprintem do obozu Klanu Pioruna, wyprzedzając resztę patrolu. Oszronione Futro leżała smutno pośrodku polany z głową opartą na łapach. Gdy obaj uczniowie wbiegli, uniosła się i poniuchała w powietrzu.

— Moje kocięta! — zawołała. Skoczyła na równe łapy i śmignęła za Ognistą Łapą i Szarą Łapą na spotkanie reszty kotów, które wyłoniły się z tunelu.

Kocięta popędziły do niej i przywitały, trącając nosami jej boki. Uszczęśliwiona kotka przygarnęła je do siebie i z głośnym mruczeniem zaczęła kolejno wylizywać.

Żółty Kieł trzymała się na uboczu przy wejściu do obozu, popatrując w milczeniu.

Błękitna Gwiazda podeszła do powracającego patrolu. Rzuciła czułym okiem na Oszronione Futro z małymi, a następnie zwróciła oczy na Białą Burzę.

— Czy są zdrowe? — zapytała.

— Mają się dobrze — odparł Biała Burza.

— Dobra robota. Klan Pioruna jest ci winien szacunek.

Biała Burza pochylił głowę, przyjmując pochwałę, a potem dodał:

— Znaleźliśmy je dzięki temu uczniowi.

Ognista Łapa podniósł dumnie głowę i wyprężył ogon, szykując się do zabrania głosu, lecz w tej chwili na polanie rozległo się oskarżycielskie warknięcie Tygrysiego Pazura.

— Dlaczego przyprowadziłeś zdrajczynię? — Ciemny wojownik podszedł do patrolu i stanął koło jego dowódcy.

— Ona nie jest żadną zdrajczynią — odparł Ognista Łapa. Rozejrzał się po obozie. Wszystkie koty szybko zebrały się na polanie, by ujrzeć małe i pogratulować udanej akcji. Niektóre z nich dostrzegły Żółty Kieł i przyglądały się jej z nieskrywaną nienawiścią.

— Zabiła Nakrapiany Liść — warknął Długi Ogon.

— Spójrz w pazury Nakrapianego Liścia — poradził Szara Łapa. — Znajdziesz na nich brązowe futro Podrapanego Pyska, a nie szare futro Żółtego Kła!

Błękitna Gwiazda skinęła głową w stronę Mysiej Skóry, która rzuciła się przez tłum w kierunku miejsca, gdzie czekając na pochówek, leżało ciało Nakrapianego Liścia. Klan w pełnej napięcia ciszy czekał, dopóki nie powróciła.

— Szara Łapa ma rację — wydyszała Mysia Skóra, pędząc z powrotem na polanę. — Nakrapiany Liść nie została zaatakowana przez szarego kota.

Przez tłum przebiegł szmer zaskoczenia.

— Ale to nie oznacza, że nie pomogła porwać kociąt! — wysyczał Tygrysi Pazur.

— Bez Żółtego Kła nigdy byśmy ich nie odzyskali! — warknął Ognista Łapa; wyczerpanie pozbawiło go cierpliwości. — Wiedziała, że porwał je wojownik Klanu Cienia. Szukała ich, gdy ją odnalazłem. Narażała swoje życie, wracając do obozu Klanu Cienia. To Żółty Kieł wymyśliła cały plan, wprowadziła nas do obozu Klanu Cienia i dała szansę na pokonanie Złamanej Gwiazdy!

Koty ze zdziwieniem słuchały słów Ognistej Łapy.

— On ma rację — miauknął Biała Burza. — Żółty Kieł jest naszym przyjacielem.

— Miło mi to słyszeć — mruknęła Błękitna Gwiazda, rzucając spojrzenie Ognistej Łapie.

W tłumie zabrzmiał zaniepokojony głos Oszronionego Futra.

— Złamana Gwiazda nie żyje? — zapytała.

— Nie, uciekł — odpowiedział jej Biała Burza. — Ale nigdy już nie poprowadzi Klanu Cienia.

Oszronione Futro westchnęła z ulgą i powróciła do trącania nosem swoich małych.

Biała Burza spojrzał na Błękitną Gwiazdę.

— Zaproponowałem Klanowi Cienia rozejm do następnej pełni księżyca — powiedział. — Rządy Złamanej Gwiazdy doprowadziły ich klan do chaosu.

Błękitna Gwiazda kiwnęła głową.

— To była rozsądna i szlachetna oferta — miauknęła z aprobatą.

Przywódczyni Klanu Pioruna przeszła koło Białej Burzy i reszty patrolu, zbliżając się do Żółtego Kła. Gdy dotknęła szorstkiego szarego futra kocicy swoim nosem, Żółty Kieł opuściła wzrok.

— Żółty Kle, chcę, byś zastąpiła Nakrapiany Liść w roli uzdrowicielki Klanu Pioruna — miauknęła. — Jestem pewna, że znajdziesz całą jej aptekę tam, gdzie ją zostawiła.

Pozostałe koty zaczęły mruczeć do siebie, z podnieceniem bijąc ogonami w ziemię. Żółty Kieł obejrzała się na nie z niepokojem, lecz nie odezwała się.

Oszronione Futro rzuciła okiem na inne królowe, po czym spojrzała w oczy Żółtego Kła i z aprobatą wolno kiwnęła głową.

Żółty Kieł pochyliła z szacunkiem głowę w stronę białej kotki, a następnie przemówiła do swojej nowej przywódczyni:

— Dziękuję, Błękitna Gwiazdo. Klan Cienia nie jest już taki, jaki kiedyś znałam. Teraz należę do Klanu Pioruna.

Ognista Łapa poczuł zadowolenie: oto stara kocica, którą pokochał, od tej chwili będzie uzdrowicielką klanu. Ale ogon mu opadł, gdy uświadomił sobie, że nigdy więcej nie spotka na polanie Nakrapianego Liścia, w promieniach słońca rozświetlających jej miękkie futro i odbijających się w złocistożółtych oczach.

— Gdzie jest Krucza Łapa? — miauknęła niepodziewanie Błękitna Gwiazda, wyrywając Ognistą Łapę z jego gorzko-słodkich wspomnień.

— Właśnie — przytaknął Tygrysi Pazur. — Gdzie jest mój uczeń? Dziwne, że zniknął wraz ze Złamaną Gwiazdą.

Popatrzył znacząco na klan.

— Jeśli myślisz, że mógł pomagać Złamanej Gwieździe — miauknął śmiało Ognista Łapa — jesteś w błędzie!

Tygrysi Pazur zesztywniał, w jego żółtych oczach zapłonął groźny blask.

— Krucza Łapa nie żyje. — Ognista Łapa opuścił głowę, jakby przygnieciony żalem. — Znaleźliśmy jego ciało na terytorium Klanu Cienia. Z zapachów wokół niego wywnioskowaliśmy, że został zabity przez patrol Klanu Cienia.

Spojrzał na Błękitną Gwiazdę.

— Wszystko ci później wyjaśnię — obiecał.

Żółty Kieł skierowała na niego pytające spojrzenie. Ognista Łapa odpowiedział jej wzrokiem, z niemą prośbą, by trzymała język za zębami. Jej uszy drgnęły ze zrozumieniem i odwróciła wzrok.

— Nigdy nie powiedziałem, że Krucza Łapa zdradził — syknął Tygrysi Pazur. Przerwał i wyraz żalu zamglił mu oczy. Potem zwrócił do reszty klanu: — Krucza Łapa mógł zostać dobrym wojownikiem. Jego śmierć przyszła zbyt szybko, wielu z nas boleśnie odczuje jego stratę.

„Czcze słowa!", pomyślał gorzko Ognista Łapa. Co powiedziałby Tygrysi Pazur, gdyby wiedział, że Krucza Łapa żyje bezpiecznie daleko za lasem, łapiąc z Jęczmieniem szczury?

Ciszę przerwała Błękitna Gwiazda.

— Będzie nam brakować Kruczej Łapy, lecz opłakiwaniem jego śmierci zajmiemy się jutro. Najpierw musimy dokonać innego rytuału. Krucza Łapa na pewno byłby szczęśliwy, mogąc w nim uczestniczyć.

Odwróciła się do Ognistej Łapy i Szarej Łapy.

— Wykazaliście dziś w nocy wielką odwagę. Walczyli dobrze, Biała Burzo? — zapytała.

— Jak wojownicy — odpowiedział poważnie Biała Burza.

Błękitna Gwiazda spojrzała w jego żółte oczy i nieznacznie skinęła głową. Potem podniosła wzrok w stronę gwiazdozbioru Srebrnej Skóry. W cichym lesie rozległy się słowa rytmicznie wypowiadane jej czystym głosem.

— Ja, przywódczyni Klanu Pioruna, wzywam moich walecznych przodków, by spojrzeli na tych dwóch uczniów. Trenowali pilnie, by poznać zasady waszego szlachetnego kodeksu. Polecam wam ich jako kolejnych wojowników.

Mrużąc oczy, spojrzała na Ognistą Łapę i Szarą Łapę.

— Ognista Łapo, Szara Łapo, czy obiecujecie przestrzegać kodeksu wojownika oraz chronić ten klan i bronić go nawet za cenę życia?

Ognista Łapa poczuł, jakby coś się w nim zagotowało; jakiś ogień zapłonął w jego żołądku, aż zadzwoniło mu w uszach. Nagle zrozumiał, że wszystko, co robił dla klanu do tej pory — wszystkie zwierzęta, które tropił, wszyscy nieprzyjacielscy wojownicy, z którymi walczył — wszystko to prowadziło go do tej jednej chwili.

— Obiecuję! — odpowiedział głośno Ognista Łapa.

— Obiecuję! — odpowiedział Szara Łapa, z sierścią zjeżoną z radosnego podniecenia.

— W takim razie, mocą Klanu Gwiazdy, nadaję wam imiona wojowników. Szara Łapo, od tej chwili będziesz znany jako Szara Pręga. Klan Gwiazdy uznaje twe męstwo i siłę, witamy cię jako pełnoprawnego wojownika Klanu Pioruna. — Błękitna Gwiazda postąpiła krok naprzód i oparła pysk na pochylonej głowie Szarej Pręgi. Skłonił się i z szacunkiem liznął jej bark, a potem wyprostował się i podszedł dołączyć do pozostałych wojowników.

Błękitna Gwiazda stała i przez długą chwilę w milczeniu lustrowała wzrokiem Ognistą Łapę.

— Ognista Łapo, od tej chwili będziesz znany jako Ogniste Serce. Klan Gwiazdy uznaje twe męstwo i siłę, witamy cię jako pełnoprawnego wojownika Klanu Pioruna.

Dotknęła pyskiem jego głowy i zamruczała:

— Ogniste Serce, jestem dumna mając takiego wojownika. Służ dobrze swojemu klanowi, młodzieńcze.

Mięśnie Ognistego Serca drżały tak mocno, że niemal nie mógł pochylić się, by liznąć bark Błękitnej Gwiazdy. Wymruczał ochryple podziękowanie i wymknął się, by stanąć obok Szarej Pręgi.

Wśród tłumu zabrzmiały miauknięcia uznania, a potem w nieruchomym nocnym powietrzu zaczął narastać głos klanu skandujący imiona nowych wojowników.

— Ogniste Serce! Szara Pręga! Ogniste Serce! Szare Pręga!

Ogniste Serce rozejrzał się po kotach klanu, po pyskach, które tak dobrze poznał przez parę ostatnich księżyców. Słyszał, jak wymawiają jego nowe imię, widział życzliwość i szacunek płonące w ich oczach.

— Księżyc jest już wysoko — miauknęła Błękitna Gwiazda. — Według tradycji naszych przodków Ogniste Serce i Szara Pręga muszą zasiąść w cichym czuwaniu do świtu i samotnie strzec obozu, podczas gdy my będziemy spać.

Ogniste Serce i Szara Pręga pochylili się z powagą.

Gdy koty klanu zaczęły rozchodzić się do swoich legowisk, Tygrysi Pazur przecisnął się do Ognistego Serca. Zastępca przywódczyni Klanu Pioruna przystanął i wysyczał mu cicho do ucha:

— Nie myśl, że mnie przechytrzysz, kociaku. Uważaj, co mówisz Błękitnej Gwieździe.

Ogniste Serce poczuł chłodne mrowienie wzdłuż kręgosłupa. Błękitna Gwiazda musi się dowiedzieć o zdradzie Tygrysiego Pazura!

Gdy Tygrysi Pazur poszedł z powrotem do legowiska wojowników, Ogniste Serce zostawił Szarą Pręgę siedzącego samotnie na polanie i podążył cicho za Błękitną Gwiazdą. Dogonił ją przy jej legowisku.

— Błękitna Gwiazdo, wiem, że złamię ślub ciszy, ale muszę porozmawiać z tobą, zanim rozpocznę czuwanie.

Błękitna Gwiazda popatrzyła na Ogniste Serce i potrząsnęła głową.

— To ważny rytuał, Ogniste Serce. Możesz porozmawiać ze mną rano.

Ogniste Serce pochylił głowę. Tak czy owak, problemu Tygrysiego Pazura nie da się rozwiązać podczas jednej nocy. Wrócił więc na środek polany do czuwającego Szarej Pręgi. Przyjaciele wymienili szybkie spojrzenia, ale nie odezwali się do siebie.

Ogniste Serce spojrzał na księżyc nad swoją głową; jego ruda sierść świeciła srebrno w zimnym blasku. Krzewy i drzewa przykryła mgła, która przejmowała wilgocią jego futro. Zamknął oczy i przypomniał sobie sny z czasów, gdy mieszkał u Dwunożnych. Teraz czuł w nozdrzach prawdziwe zapachy lasu, a życie wojownika stało przed nim otworem. Niepohamowana radość odezwała się mrowieniem w jego łapach, a potem przeniknęła całe ciało. Nagle drgnął i otworzył oczy. Inna para oczu świeciła w jego stronę z legowiska wojowników.

Tygrysi Pazur!

Ogniste Serce bez mrugnięcia wytrzymał jego spojrzenie. Był teraz wojownikiem. Uczynił sobie wroga z zastępcy przywódczyni klanu, ale Tygrysi Pazur znajdzie w nim godnego przeciwnika. Ogniste Serce nie był tym samym naiwnym kociakiem, który dołączył do klanu wiele księżyców temu. Był większy, silniejszy, szybszy i rozsądniejszy. Jeśli jest mu przeznaczone przeciwstawić się Tygrysiemu Pazurowi, niech tak będzie. Ogniste Serce jest gotów podjąć wyzwanie.

Jesteś ciekaw dalszych losów Ognistego Serca i Klanu Pioruna? Już niebawem kolejny tom z cyklu „Wojownicy" pod tytułem *Ogień i lód*. Szczegóły znajdziesz na naszym facebooku i stronie internetowej:

www.nowabasn.com